丹鳳街

從市井小民的無奈與苦澀，寫盡小人物的英雄情懷

張恨水 著

「眼望丹鳳街上，挽了籃子的男女，漸漸地多了。他想人還是這
樣忙，丹鳳街還是這樣擠，只有我不是從小所感到的那番滋味。」

不畏強權，義字當頭的高潔情懷，在威逼利誘之下該何去何從？
滄海桑田，人生無奈，什麼又是市井小民的生之信念？

目　錄

第一章　詩人之家……………………………………005

第二章　飯店主人要算帳……………………………019

第三章　掙扎…………………………………………031

第四章　狡毒的引誘…………………………………043

第五章　吞餌以後……………………………………055

第六章　明中圈套……………………………………067

第七章　談條件之夜…………………………………079

第八章　朋友們起來了………………………………091

第九章　他們的義舉…………………………………103

第十章　開始衝突……………………………………115

第十一章　新型晚會…………………………………127

第十二章　新人進了房………………………………137

第十三章　一小販之妻‥‥‥‥‥‥‥‥‥‥‥‥‥‥‥‥‥ 149

第十四章　重相見‥‥‥‥‥‥‥‥‥‥‥‥‥‥‥‥‥‥‥ 159

第十五章　不願做奴才的人‥‥‥‥‥‥‥‥‥‥‥‥‥‥ 169

第十六章　魚鷹的威風‥‥‥‥‥‥‥‥‥‥‥‥‥‥‥‥ 179

第十七章　好漢做事好漢當‥‥‥‥‥‥‥‥‥‥‥‥‥‥ 189

第十八章　魚幫水水幫魚‥‥‥‥‥‥‥‥‥‥‥‥‥‥‥ 201

第十九章　情囚之探視‥‥‥‥‥‥‥‥‥‥‥‥‥‥‥‥ 213

第二十章　鄉茶館裡的說客‥‥‥‥‥‥‥‥‥‥‥‥‥‥ 225

第二十一章　楊大嫂的驚人導演‥‥‥‥‥‥‥‥‥‥‥‥ 237

第二十二章　老人意外收穫‥‥‥‥‥‥‥‥‥‥‥‥‥‥ 247

第二十三章　風雨無阻‥‥‥‥‥‥‥‥‥‥‥‥‥‥‥‥ 257

第二十四章　裡應外合‥‥‥‥‥‥‥‥‥‥‥‥‥‥‥‥ 267

第二十五章　全盤失敗‥‥‥‥‥‥‥‥‥‥‥‥‥‥‥‥ 279

第二十六章　這條街變了‥‥‥‥‥‥‥‥‥‥‥‥‥‥‥ 287

第一章　詩人之家

第一章　詩人之家

　　「領略六朝煙水氣，莫愁湖畔結茅居。」二十年前，曾送朋友一首七絕，結句就是這十四個字。但到了前幾年，我知道我這種思想是錯誤的。姑不問生於現代，我們是不是以領略煙水為事，而且六朝這個過去的時代，那些人民優柔閒逸、奢侈及空虛的自大感，並不值得我們歌頌。其實事隔千年，人民的性格也一切變遷，就是所謂帶有煙水氣的賣菜翁，也變成別一類的人物了。這話並非我出於武斷，我是有些根據的。前幾年我家住唱經樓，緊接著丹鳳街。這樓名好像是很文雅，夠得上些煙水氣。可是這地方是一條菜市，當每日早晨，天色一亮，滿街泥汁淋漓，甚至不能下腳。在這條街上的人，也無非雞鳴而起，孳孳為利之徒，說他們有銅臭氣，倒可以。說他們有煙水氣，那就是笑話了。其初我是煩厭這個地方，但偶然到唱經樓後丹鳳街去買兩次鮮花，喝兩回茶，用些早點，我又很感到興趣了。唱經樓是條純南方式的舊街。青石板鋪的路面，不到一丈五尺寬，兩旁店鋪的屋簷，只露了一線天空。現代化的商品也襲進了這老街，矮小的店面，加上大玻璃窗，已不調和。而兩旁玻璃窗裡猩紅慘綠的陳列品，再加上屋簷外布製的紅白大小市招，人在這裡走像捲入顏料堆。街頭一幢三方磚牆的小樓，已改為布店的廟宇，那是唱經樓。轉過樓後，就是丹鳳街了。第一個異樣的情調，便是由東穿出來的巷口，二三十張露天攤子，堆著老綠或嫩綠色的菜蔬。鮮魚擔子，就擺在菜攤的前面。大小魚像銀製的梭，堆在夾籃裡。有的將兩只大水桶，養了活魚在內，魚成排的，在水面上露出青色的頭。還有像一捆青布似的大魚，放在長攤板上砍碎了來賣，恰好旁邊就是一擔子老薑和青蔥，還很可以引起人的食慾。男女挽籃子的趕市者，側著身子在這裡擠。過去一連幾家油鹽雜貨店，櫃臺外排隊似的站了顧客。又過去是兩家茶館，裡面送出哄然的聲音，辨不出是什

麼言語，只是許多言語製成的聲浪。帶賣早點的茶館門口，有鍋灶疊著蒸屜，屜裡陣陣颺著熱氣，這熱氣有包子味，有燒餅味，引著人向裡擠。

這裡雖多半是男女傭工的場合，也有那勤儉的主婦，或善於烹飪的主婦，穿了半新舊的摩登服裝，挽了個精緻的小籃子，在來往的籮擔堆裡碰撞了走，年老的老太爺，也攜著孩子，向茶館裡進早餐。這是動亂的形態下，一點悠閒表現。這樣的街道，有半華里長，天亮起直到十點鐘，都為人和籮擔所填塞。米店，柴炭店，醬坊，小百貨店，都在這段空間裡，搶這一個最忙時間的生意。過了十二點鐘人少下來，現出丹鳳街並不窄小，它也是舊街巷拆出的馬路。但路面的小砂子，已被人腳板磨擦了去，露出雞蛋或栗子大小的石子，這表現了是很少汽車經過，而被工務局忽略了的工程。菜葉子，水漬，乾荷葉，稻草梗，或者肉骨與魚鱗，灑了滿地。兩個打掃夫，開始來清除這些。長柄竹掃帚刷著地面沙沙有聲的時候，代表了午炮。這也就現出兩旁店鋪的那種古典意味。屋簷矮了的，敞著店門，裡面橫列了半剝落黑漆的櫃臺。這裡人說話，也就多操土音，正像這些店鋪，還很少受外來時代之浪的沖洗。正午以後，人稀少了，不帶樓的矮店鋪，夾了這條馬路，就相當的清寂。人家屋後，或者露出一兩株高柳，春天裡飛著白柳花，秋天裡飛著黃葉子，常飛到街頭。再聽聽本地人的土音，你幾乎不相信身在現代都市裡了。這樣我也就在午後，向這街南的茶館裡賞識賞識六朝煙水氣。然而我是失敗的。這茶館不賣點心，就賣一碗清茶。兩進店屋，都是瓦蓋，沒有樓與天花板，抬頭望著瓦一行行的由上向下。橫梁上掛了黑電線，懸著無罩的電燈泡。所有的桌凳，全成了灰黑色。地面溼黏黏的，晴天也不會兩樣。賣午堂茶的時候，客人是不到十停的一二停，座位多半是空了，所有喫茶的客人，全是短裝。他們將空的夾

第一章　詩人之家

籃放在門外，將兜帶裡面半日掙來的錢，不問銀幣銅元鈔票角票，一齊放在桌上，緩緩地來清理。這是他們每日最得意的時候。清理過款項之後，或回家，或另找事情去消磨下半日。我徹底觀察了之後，這哪有什麼賣菜翁有煙水氣的形跡呢？

可領略的，還是他們那些銅臭氣吧？這話又說回來了，我們睜睜眼看任何都市裡，任何鄉村裡，甚至深山大谷裡，你睜開眼睛一看，誰的身上，又不沾著銅臭氣？各人身上沒有銅臭氣，這個世界是活不下去的。於是我又想得了一個短句：領略人間銅臭氣，每朝一過唱經樓。我隨拿面前的紙筆，寫了一張字條，壓在書桌上硯臺下，不料騎牛撞見親家公，這日來了一位風雅之士許樵隱先生，一見之下，便笑說：「豈有此理！唱經樓是一個名勝所在，雖然成為鬧市，與這樓本身無干，你怎麼將名勝打油一番？」我說：「我並非打油。我們自命為知識分子，目空一切，其實是不知稼穡之艱難，不知市價之漲落，無論生當今世一我們要與社會打成一片，這種和社會脫節的生活，是不許可的。便是這動盪的世界，不定哪一天，會有掀天的巨浪，沖到我們的生活圈裡來。我們那時失了這長衫階級的保障，手不能提，腳不能走，都還罷了。甚至拿了錢在手上還不會買東西，那豈不是一場笑話？未雨綢繆，趁著現在大風還沒有起於萍末，常常和市井之徒親近親近。將來弄得文章不值一錢，在街頭擺個小攤子，也許還可以餬口。」許先生笑道：「你這真是杞人憂天。縱然有那末一日，文人也不止你我二個。就不能想個辦法，應付過去嗎？若是真弄到沿門托缽，那我不必去為這三餐一宿發愁，應當背了一塊大石，自沉到大江裡去。」我笑說：「果然如此，你倒始終不失為風雅之士。」我這樣一句無心的話，誰知許樵隱認為恭維得體！笑道：「我家裡有新到的真正龍井明

前，把去年冬天在孝陵梅花樹上收來的雪水，由地窖裡掘一壺起來，燒著泡茶你喝，好不好？假如你有工夫的話，可以就去。」我笑說：「這些東西，你得來都不容易，特意拿來請我，未免太客氣了。」他說：「這倒無所謂特意不特意，不過我兩個人品茶，要開一個小甕，許多人喝，也不過開一個甕。甕泥開了封，是不能再閉上的。仲秋時候，天氣還熱，雪水怕不能久留。這樣吧，今天夕陽將下去時，在我家裡，開一個小小的詩社。你我之外，雞鳴寺一空和尚是必到的，四大山人，我也可以邀到，此外再約兩位作詩的朋友，就可以熱鬧一下了。」

我說：「我不會作詩，我遲一日去喝茶吧。」樵隱道：「老早你就要四大山人給你畫一張畫，今天可以當面和他要。你為什麼不去？你所要的兩支仿唐筆，我也可以奉送你。」我心想：四大山人的畫那倒罷了，聽到樵隱和一個高等筆匠認識，定做得有許多唐筆，這是錢買不到的東西，不可失了。就答應了許先生的約會。他透著很高興，帶了笑容告辭而去。他家和我家相去不遠，就在丹鳳街偏東，北極閣山腳下空野裡。後面有小山，前面兩排柳樹圍了一個大空場，常有市民在那裡自由運動，他家是幢帶院落的舊式平房，經他小小布置，也算幽人之居。我因仰慕風雅之名，也去過兩次的。到了這日下午五點鐘左右，我抽得一點工作餘暇，就向他家去奉訪。他家大門，是個一字形的，在門框上嵌了一塊四方的石塊，上有「雅廬」兩個大刻字。兩扇黑板門，是緊緊的閉著，門樓牆頭上，擁出一叢爬山虎的老藤，有幾根藤垂下來，將麻繩子縛了，繫在磚頭上。這因為必須藤垂下牆來，才有古意，藤既不肯垂下來，只有強之受範了。這兩扇門必須閉著，那也是一點雅意，因為學著陶淵明的門雖設而常關呢。我敲了好幾下門環，有一個禿頭小孩子出來開了門。進去是一個二丈寬，

第一章　詩人之家

三四丈長的長方形小院子。靠牆一帶種了有幾十竿竹子。在東向角落裡，有十來根蘆柴桿子，夾著疏籬，下面鋤鬆了一塊泥土，約莫栽有七八株菊花秧子。那蘆桿子夾有一塊白木板子，寫了四個字道：五柳遺風。我心裡也就想著，陶淵明東籬種菊，難道就是這麼一個情形？那禿頭孩子見我滿處打量著，便問道：「你先生是來作詩的嗎？」這一問，我承認了覺得有點難為情，不承認又怕這孩子不會認我是客。便笑道：「我是許先先約了來的。」那孩子笑道：「請到裡面去坐，已經來了好幾位客人。」說著，他引著我穿過正中那間堂屋。後進屋子，也和前進一樣，天井裡有兩個二尺多高的花臺，上面栽了些指甲草、野茉莉花。正中屋簷下，牽下十幾根長麻索，釘在地面木椿上，土裡長出來牽牛花、扁豆藤，捲了麻索，爬到屋椽子邊去，這彷彿就很是主角雅的點綴。那裡面正是書齋，但聽到賓主一片笑語喧譁之聲，我還沒有開言，主角在窗戶裡面，已經看到了我，笑道：「又一詩人來矣。」說著，他迎出了門來，在屋簷下老遠的拱手相迎。我隨他進了書齋，這裡面已有一個矮胖和尚，兩個瘦人在座。自然，這和尚就是詩僧一空。那兩個瘦人，一個是謝燕泥，一個是魯草堂，都是詩人。我再打量這屋子，有兩個竹製書架，一個木製書架，高低不齊，靠牆一排列著。上面倒也實實在在的塞滿了大小書本。正中面陳列了有一張木炕，牆上掛了一幅《耕雨圖》，兩邊配一幅七言聯：三月鶯花原是夢，六朝煙水未忘情。書架對過這邊兩把太師椅，夾了一張四方桌。桌旁牆上，掛了一幅行書的〈陋室銘〉。攔窗有一張書桌，上面除陳設了文房四寶之外，還有一本精製宣紙書本，正翻開來攤在案頭。乃是主角與當時名人來往的手札。翻開的這一頁，就貼的是當今財政次長託他收買一部宋版書的八行。主角見我注意到此，便笑道：「最近我又收了許多信札。我兄若肯

寫一封給我，這第二集也就生色不少。」我說：「我既不會寫字，又不是名人，收我的信札有何用？」許樵隱道：「不然，我所收的筆札，完全是文字之交。你就看邵次長寫給我的這封信，也就是極好朋友的口吻。他稱我為仁兄，自稱小弟。」說著將手對著這本子連指了兒下。我笑道：「主人和我們預備的茶呢？」樵隱道：「桌上所泡的茶也是在杭州買來的極好雨前。雪水不多，自然要等朋友到齊，才拿出來以助詩興。」謝燕泥坐在方桌子邊，左腿在右腿上架著，正對了桌上一隻小蒲草盆子注意；那盆子上畫著山水，活像一個藝術賞鑑家。聽了這話，把身子一扭轉來，笑道：「這樣說，今天是非作詩不可了。我覺得我們應當玩個新花樣，大家聯句，湊成一首古風。」

魯草堂在書架下層搬出兩木盒子圍棋，伸手在盒子裡抓著棋子響，笑道：「我們不過是消閒小集，並非什麼盛會，用古風來形容，卻是小題大做，倒不如隨各人的意思，隨便寫幾首詩，倒可以看看各人的風趣。」許樵隱道：「我是無可無不可，回頭我們再議。現在，哪兩位來下一盤棋？」他說著，在書架上書堆裡抽出一張厚紙畫的棋盤，鋪在桌上，問和尚道：「空師之意如何？」一空伸出一個巴掌，將大拇指比了鼻子尖，彎了腰道：「阿彌陀佛。」謝燕泥笑道：「他這句阿彌陀佛，什麼意思？我倒有些不懂。」許樵隱道：「這有什麼不懂呢？他那意思說是下棋就動了殺機。」魯草堂笑道：「和尚也太做作，這樣受著拘束，就不解脫了。」許樵隱道：「他這有段故事的，你讓他說出來聽聽。」一空和尚聽到這裡，那張慈悲的臉兒，也就帶了幾分笑容，點點頭道：「說說也不妨。早幾年我在天津，息影津沽的段執政要我和他講兩天經，我就去了。我到段公館的時

第一章　詩人之家

候，合肥[1]正在客廳裡和人下棋。我一見他就帶了微笑。合肥也是對佛學造詣很深的人，他就問我，這笑裡一定有很重大的意思。我說：『執政在下棋的時候，要貧僧講佛經嗎？』合肥正和那個對手在打一個劫，我對棋盤上說：『如果是事先早有經營，這個劫是用不著打的。』合肥恍然大悟，順手把棋盤一摸，哈哈大笑說：『我輸了，我輸了。』從此以後，合肥就很少下棋。縱然下棋，對於得失方面，也就坦然處之。合肥究竟是一個大人物，我每次去探訪他，他一定要和我談好幾點鐘，方外之人，要算貧僧和他最友善喜歡下圍棋了。」魯草堂道：「合肥在日，不知道禪師和他這樣要好。若是知道，一定要託禪師找合肥寫一張字。」許樵隱道：「當今偉大人物，他都有路子可通，還不難託他找一兩項名人手筆。」和尚聽了這話，頗為得意，微微搖擺著禿頭，滿臉是笑。

謝燕泥道：「我們雖是江南一布衣，冠蓋京華，頗有詩名，平常名人的手筆，自然不難得，可是數一數二的人物，就非想點辦法不可。最近劉次長答應我找某公寫一張字，大概不日可以辦到。」魯草堂笑道：「託這些忙人，辦這種風雅事，那是難有成效的。王主席的介弟，和我換過蘭譜[2]的，彼此無話不談。」一空和尚插嘴笑道：「那末，魯先生也就等於和王主席換過蘭譜了。」魯草堂道：「正是如此說。可是王主席答應和我寫副對聯，直到現在還沒有寄來。」我覺得他們所說的這些話，我是搭不上腔，就隨手在書桌上拿起一本書來看。那正是許樵隱的詩草，封面除了

1　合肥——即段祺瑞，段是安徽合肥人，故以「合肥」稱之，段祺瑞曾任北洋軍閥政府
　　執政（國務總理），喜歡下圍棋。
2　蘭譜——即金蘭譜，舊時友誼相投，互換譜系（家世三代姓名、籍貫），結為兄弟。

正楷題籤之外，還蓋了兩方圖章，頗見鄭重其事。我翻開來一看，第一首的題目，便是元旦日呈高院長，以下也無非敬和某公原韻，和恭呈某要人一類的詩題。我也沒有去看任何一首詩的內容，只是草草翻看了一遍。就在這時，聽到許樵隱發出一種很驚訝的歡呼聲，跑了出去迎著人道：「趙冠老和山人來了。」我向窗子外看時，一位穿灰綢夾袍，長黑鬍子的人，那是詩畫名家四大山人。其餘一個人，穿了深灰嗶嘰夾袍，外套青呢馬褂，鼻子上架了大框眼鏡，鼻子下養了一撮小鬍子。在他的馬褂鈕扣上，掛了一片金質徽章。一望而知他是一位公務人員。這兩人進來了，大家都起身擁迎。許樵隱介紹著道：「這位趙冠老，以前當過兩任次長，是一位詩友。於今以詩遊於公卿之間，閒雲野鶴。越發是個紅人了。」我這才知道，這就是以前在某公幕下當門客的趙冠吾。他雖不是闊人，卻不是窮措大，何以他也有這興致，肯到許樵隱家來湊趣？倒蒙他看得起我，丟開了眾人，卻和我攀談。大家說笑了一陣，那四大山人就大模大樣坐在旁邊太師椅上，手摸了長鬚，笑道：「主角請我們品茶，可以拿出來了。」許樵隱笑道：「已經交代家裡人預備了。」說著他就進進出出開始忙起來。先是送進來一把紫泥壺和幾個茶杯，接著又拿出一個竹製茶葉筒來。他笑道：「這是我所謀得的一點真龍井。由杭州龍井邊的農家在清明前摘的尖子。這裝茶葉的瓶子，最好是古瓷，紫泥的也可以，但新的紫泥，卻不如舊的竹筒。因為這種東西，既無火氣，也不透風，也不沾潮。平常人裝茶葉，用洋鐵罐子，這最是不妥。洋鐵沾潮易鏽，靠近火又傳熱，茶葉在裡面擱久了就走了氣味。」一空和尚笑道：「只聽許先生這樣批評，就知道他所預備的茶葉，一定是神品了。」許樵隱聽了這話，索性倒了一些茶葉在手心裡送給各人看。謝燕泥將兩個指頭鉗了一片茶葉，放到嘴裡咀嚼

第一章　詩人之家

著，偏著頭，只管把舌頭吮吸著響，然後點點頭笑道：「果然不錯。」許
樵隱道：「我已經吩咐家裡人在土裡刨出一瓷罐雪水了，現在正用炭火慢
慢的燒著，一下子就可以請各位賞鑑賞鑑了。」說著他放下茶葉筒子走
了。我也覺得他既當主人，又當僕人，未免太辛苦了，頗也想和他分勞。
他去後，我走到天井裡，要看看他花罈子上種的花，卻是禿頭孩子提了一
把黑鐵壺，由外面進來。卻遠遠的繞著那方牆到後面去。聽了他道：「我
在老虎灶上，等著水大大的開了，才提回來的。」我想著站在那裡，主角
看到頗有些不便，就回到書房裡了。不多一會，許樵隱提了一把高提梁的
紫泥壺進來笑道：「雪水來了。不瞞諸位說，家裡人也想分潤一點。燒開
了拿出來泡茶的，也不過這樣三壺罷了。」說時，從從容容地在桌上茶壺
裡放好了茶葉。就在這時，那禿頭童子，用個舊木托盆，把著一隻小白泥
爐子，放在屋簷下。許樵隱將茶葉放過了，把那高提梁紫泥壺，放到爐子
上去。遠遠的看到那爐子裡，還有三兩根紅炭。許樵隱伸手摸摸茶壺，點
點頭，那意思似乎說，泡茶的水是恰到好處；將水注到紫泥壺裡。放水壺
還原後，再把茶壺提起，斟了幾杯茶，向各位來賓面前送著。魯草堂兩手
捧了杯子，在鼻子尖上湊了兩湊，笑道：「果然的，這茶有股清香，隱隱
就是梅花的香味兒，我相信這水的確是梅樹上掃下來的雪。」我聽這話，
也照樣的嗅嗅，可是聞不到一點香氣。

　　謝燕泥笑道：「大概是再沒有佳賓來到了，我們想個什麼詩題呢？」
趙冠吾笑道：「還真要作詩嗎？我可沒有詩興。」四大山人一手扶了茶几
上的茶杯，一手摸了長鬚道：「有趙冠老在場的詩會，而趙冠老卻說沒有
詩興，那豈不是一個笑話？至少也顯著我們這些人不配作詩。」趙冠吾
覺得我是不能太藐視的人，便向我笑道：「足下有所不知，我今天並非為

作詩而來，也不是為飲茶而來。這事也不必瞞人，我曾託樵隱兄和我物色一個女孩子。並非高攀古人的朝雲、樊素[1]，客館無聊，找個人以伴岑寂雲耳。據許兄說，此人已經物色到了，就在這附近，我是特意來找月老的。」說著嘻嘻一笑。我說：「原來趙先生打算納寵，可喜可賀。這種好事，更不可無詩。」那四大山人手摸鬍鬚，昂頭大笑一陣，因道：「不但趙冠老應當有詩，就是我也要打兩首油。冠老今天不好好作兩首詩，主角也不應放他走的。」趙冠吾笑道：「作詩不難，題目甚難。假如出的題目頗難下筆，詩是作不好的。」一空和尚笑道：「趙先生太謙了。世上哪裡還有什麼題目可以把大詩家難倒的？」許樵隱笑道：「然而不然，趙冠老所說的題目，是說那美人夠不夠一番歌詠？可是我要自誇一句：若不是上品，我也不敢冒昧薦賢了。」他說著，又提了外面爐子上那個壺，向茶壺裡水肉。趙冠吾道：「以泡茶而論，連爐子裡的炭火，都是很有講究的，豈有這樣仔細的人，不會找一位人才之理？」這兩句話把許樵隱稱讚得滿心發癢。放下水壺，兩手一拍道：「讓我講一講茶經。這水既是梅花雪，當然頗為珍貴的，若是放在猛火上去燒，開過了的水，很容易變成水蒸氣，就跑走了。然而水停了開，又不能泡出茶汁來，所以放在爐子上，用文火細煎。」我說：「原來還有這點講究。但是把燒開了的雪水，灌到暖水瓶裡去保持溫度，那不省事些嗎？」這句話剛說完，座中就有幾個人同聲相應道：「那就太俗了！」我心裡連說慚愧，在詩人之家的詩人群裡，說了這樣一句俗話。好在他們沒有把我當個風雅中人，雖然說出這樣的俗話，倒也不足為怪。而全座也就把談鋒移到美人身上去了，也沒有繼續

1　朝雲、樊素——朝雲是宋代詩人蘇東坡的侍姬，樊素是唐代詩人白居易的侍姬。

第一章　詩人之家

說茶經。趙冠吾卻笑道：「茶是不必喝了，許兄先帶我去看看那人，假如我滿意的話，回來我一定做十首詩。不成問題，山人是要畫一張畫送我的。」四大山人把眉毛微微一聳，連連摸了幾下鬍子道：「我這畫債是不容易還清的。劉部長請我吃了兩三回，而且把三百元的文票也送來了，我這一軸中堂，還沒有動筆。還有吳院長，在春天就要我一張畫，我也沒有交卷。當我開展覽會的時候，他是十分地捧場。照理，我早應當送他一張畫了。還有……」他一句沒說完，卻見許樵隱突然向門外叫道：「幹什麼？幹什麼？」看時，一個衣服齷齪的老媽子，手提了一個黑鐵罐，走到屋簷下來，彎了腰要揭開那雪水壺的蓋起來。許樵隱這樣一喝，她只好停止了。許樵隱站在屋簷下喝道：「你怎麼這樣糊塗？隨便的水，也向這壺裡倒著。」老媽子道：「並不是隨便的水，也是像爐子上的水一樣，在老虎灶上提來的開水。」許樵隱揮著手道：「去吧，去吧！不要在這裡胡說了。」老媽子被他揮著去了，他還餘怒未息，站在屋簷下只管是說豈有此理！那幾位詩人，在主人發脾氣的時候，也沒有心思作詩，只是呆呆向書房外面看著。就在這時，許樵隱突然變了一個笑臉，向前面一點著頭道：「二姑娘，來來來！我這裡有樣活計請你做一做，這裡有樣子，請你過來看。來嗜！」隨了這一串話，便有一個十七八歲的姑娘走過來，身穿一件白底細條藍格子布的長袷襖，瓜子臉兒，漆黑的一頭頭髮。前額留了很長的瀏海髮，越是襯著臉子雪白。她一伸頭，看到屋子裡有許多人，輕輕「喲」了一聲，就縮著身子，回轉去了。許樵隱道：「我要你給我書架子做三個藍布幃子，你不量量尺寸，怎麼知道大小？這些是我約來作詩的朋友，都是斯文人。有一位趙先生，人家還是次長呢，你倒見不得嗎？」他說著，向屋子裡望著，對趙冠吾丟了一個眼色。趙冠吾會意，只是微笑。

四大山人笑道:「樵兄要做書架幌子,應當請這位姑娘看看萍子,這位姑娘意不甚進來。這樣吧,我們避到外邊來吧。」說時他扯了趙冠吾一隻衣袖,就要把他拉到門外來。可是姑娘倒微紅著臉子進來了。她後面有個穿青布袷襖褲的人,只是用手推著,一串道地:「在許老爺家裡,你還怕什麼?不像自己家裡一樣嗎?人窮志不窮,放大方些。」說這話的人,一張酒糟臉,嘴上養了幾根斑白的老鼠鬍子,頗不像個忠厚人。那小姑娘被他推到了房門口,料著退不回去,就不向後退縮了,沉著臉子走了進來,也不向誰看看。我偷眼看那位詞章名人,卻把兩道眼光盯定了她的全身。我心裡也就想著,這不免是一個喜劇或悲劇的開始。主角當然是這位小家碧玉。至於這些風雅之士,連我在內,那不過是劇中的小丑而已。

第二章　飯店主人要算帳

第二章　飯店主人要算帳

　　在這些人裡面，許樵隱雖也是位丑角，但在戲裡的地位，那是重於我們這些人的。所以他就搶了進來，引著那姑娘到了書架子邊，指給她看道：「就是這書架子，外面要作個幪子，免得塵土灑到書上去。你會做嗎？」那姑娘點點頭道：「這有什麼不會？」說著掉轉身來又待要走。許樵隱笑道：「姑娘，你忙什麼呢？你也估計估計這要多少布？」那個推她進來的窮老頭子也走到房門口就停住了不動，彷彿是有意擋了她的去路。她只好站住腳，向那書架估計了一陣。因道：「五尺布夠了，三五一丈五，許先生，你買一丈五尺布吧。」許樵隱笑道：「我雖不懂做針活，但是，我已捉到了你的錯處。你說的書架子五尺長，就用五尺布，就算對了。但是這書架子有多少寬，你並沒有估計，買的布，不寬不窄恰好來掩著書架前面嗎？」那姑娘微微一笑道：「這樣一說，許先生都明白了，你還問我做什麼呢？」趙冠吾見她笑時，露出兩排雪白的牙齒，臉腮上漩著兩個酒窩兒，也就嘻嘻一笑。那姑娘見滿屋子的人，眼光全射在她身上，似乎是有意讓她在屋子裡的。扭了身又要走。許樵隱兩手伸開一攔，笑道：「慢點，我還有件事，要請教一下。這位趙先生做一件長衫，要多少尺衣料？」說著向趙冠吾一指。那姑娘見他指著裡面，隨了他的手指看過來，就很快地把眼睛向趙冠吾一溜。趙冠吾慌了手腳，立刻站了起來，和她點了兩點頭。她也沒有說什麼，紅著臉把頭低了，就向外面走去。許樵隱笑道：「噫！你怎麼不說話？我們正要請教呢！」那姑娘低聲道：「許先生說笑話，這位先生要我們一個縫窮的做衣服嗎？」她口裡說著，腳下早是提前兩步，身子一側，就由房門口搶出去了。那個窮老頭子，雖是站在門口，竟沒有來得及攔住她。這裡詩人雅集，當然沒有他的份，他也就跟著走了。許樵隱直追到房門口，望著她走了，回轉身來向趙冠吾

道：「如何？如何？可以中選嗎？」趙冠吾笑道：「若論姿色，總也算中上之材，只是態度欠缺大方一點。」四大山人將手抓著長鬍子，由嘴唇向鬍子稍上摸著。因笑道：「此其所以為小家碧玉也。若是大大方方，進來和你趙先生一握手，那還有個什麼趣味？」趙冠吾笑著，沒有答覆。那一空和尚笑道：「無論如何，今天作詩的材料是有了。我們請教趙先生的大作吧。」謝燕泥笑道：「大和尚，你遇到了這種風流佳話，不有點尷尬嗎？」那一空又伸出了一隻巴掌直比在胸前，閉了雙眼，連說阿彌陀佛。趙冠吾笑道：「唯其有美人又有和尚，這詩題才更有意思。茶罷了，我倒有點酒興。」說到這裡，主角臉上，透著有點難堪。他心裡立刻計算著，家裡是無酒無菜，請這麼些個客，只有上館子去，那要好多錢作東？於是繃著臉子，沒有一絲笑容，好像他沒有聽到這句話。趙冠吾接著道：「當然，這個東要由我來做，各位願意吃什麼館子？」許樵隱立刻有了精神，笑道：「這個媒人做得還沒有什麼頭緒，就有酒吃了。」趙冠吾笑道：「這也無所謂。就不要你作媒，今天和許多新朋友會面，我聊盡杯酒之誼，也分所應當。」說著向大家拱了一拱手，因道：「各位都請賞光。」我在一邊聽著，何必去白擾人家一頓。便插嘴道：「我是來看各位作詩的，晚上還有一點俗事。」趙冠吾抓著我的手道：「都不能走。要作詩喝了酒再作。」大家見他如此誠意請客，都嘻嘻的笑著。可是一空和尚站在一邊，微笑不言。許樵隱向他道：「你是脫俗詩僧，還拘什麼形跡？也可以和我們一路去。」和尚連念兩聲阿彌陀佛。趙冠吾笑道：「你看，我一時糊塗，也沒有考慮一下。這裡還有一位佛門子弟呢，怎能邀著一路去吃館子？我聽說寶剎的素席很好。這裡到寶剎又近，我們就到寶剎去坐坐吧。話要說明，今天絕對是我的東，不能叨擾寶剎。我預備二十塊錢，請一空師父交給廚房裡替

第二章　飯店主人要算帳

我們安排。只是有一個要求，許可我們帶兩瓶酒去喝。」

一空和尚道：「許多詩畫名家光臨，小廟當然歡迎。遊客在廟裡借齋，吃兩三杯酒，向來也可以通融。」許樵隱笑道：「好好好！我們就走。各位以為如何？」魯草堂道：「本來是不敢叨擾趙先生的。不過趙先生十分高興，我們應當奉陪，不能掃了趙先生的清趣。」謝燕泥道：「我們無以為報，回頭做兩首詩預祝佳期吧。」我見這些人聽到說有酒喝，茶不品了，詩也不談了，跟著一處似乎沒趣。而這位四大山人，又是一種昂頭天外的神氣，恐怕開口向他要一張畫，是找釘子碰，許樵隱忙著呢，也未必有工夫替我找唐筆。便道：「我實在有點俗事，非去料理一下不可。我略微耽擱一小時隨後趕到，趙先生可以通融嗎？」他看我再三託辭，就不勉強，但叮囑了一聲：務必要來。於是各人戴上了帽子，歡笑出門。許樵隱走到了趙冠吾身邊，悄悄道地：「冠老，那一位我想你已經是看得很清楚的了。不過『新書不厭百回看』，假如還有意的話，我們到雞鳴寺去，可以繞一點路，經過她家門口。」趙冠吾一搖頭道：「啊！那太惡作劇。」許樵隱道：「有什麼惡作劇呢？她家臨大街，當然我們可以由她門口經過。譬如說那是一條必經之路，我們還能避開惡作劇的嫌疑，不走那條街嗎？」趙冠吾笑著點點頭道：「那也未嘗不可。」於是大家哄然一聲，笑道：「就是這樣辦，就是這樣辦。」許樵隱自也不管是否有點冒昧，一個人在大家前面引路。由他的幽居轉一個大彎，那就是我所認為市人逐利的丹鳳街。不過向南走，卻慢慢的冷淡。街頭有兩棵大柳樹，樹蔭罩了半邊街。樹蔭外路西，有戶矮小的人家，前半截一字門樓子，已經倒坍了，頹牆半截，圍了個小院子。在院子裡有兩個破炭簍子，裡面塞滿了土，由土裡長出了兩棵倭瓜藤，帶了老綠葉子和焦黃的花，爬上了屋簷。在那瓜蔓下面，歪斜著三間屋子，

先前那個姑娘，正在收拾懸搭在竹竿上的衣服。竹竿搭在窗戶外，一棵人高的小柳樹上。柳樹三個丫又叢生著一簇細條，像一把傘。那個酒糟面孔的老頭子，也在院子裡整理菜擔架子。那姑娘的眼睛，頗為銳利，一眼看到這群長衫飄飄的人來了，她立刻一低頭，走回屋裡去了。那個酒糟面孔的老頭子，倒是張開那沒有牙齒的大嘴，皺起眼角的魚尾紋，向了大家嘻笑地迎著來。許樵隱向他搖搖手，他點個頭就退回去了。我這一看，心裡更明白了許多。送著他們走了一程。說聲回頭再見，就由旁邊小巷子裡走了。其實我並沒有什麼事，不過要離開他們，在小巷子徘徊了兩次，我也就由原路回家了。當我走到那個破牆人家門口時，那個酒糟面孔的老頭子追上來了。他攔住了去路，向我笑道：「先生，你不和他們一路走嗎？」我說：「你認得我？」他說：「你公館就在這裡不遠，我常挑菜到你公館後門口去賣，怎麼不認識？」我哦了一聲。他笑說：「我請問你一句話，那位趙老爺是不是一位次長？」我說：「我和他以前不認識，今天也是初見面。不過以前他倒是做過一任次長的。」他笑著深深一點頭道：「我說怎麼樣？就看他那樣子，也是做過大官的！」我問：「你打聽他的前程做什麼？」這老頭子回頭看看那破屋子的家，笑道：「你先生大概總也知道一二。那個姑娘是我的外甥女，許先生作媒，要把她嫁給趙次長做二房。」我問：「她本人好像還不知道吧？」老頭子道：「多少她知道一點，嫁一個做大官的，她還有什麼不願意嗎？就是不願，那也由不得她。」我一聽這話，覺得這果然是一幕悲劇。這話又說回來了，吹皺一池春水，干卿底事？天下可悲可泣的事多著呢，我管得了許多嗎？我對這老頭子嘆了一口氣，也就走了。我是走了，這老頭子依然開始導演著這幕悲劇。過了若干時候，這幕悲劇，自然也有一個結束。又是一天清早，我看到書案上兩只花瓶子裡的鮮花，

第二章　飯店主人要算帳

都已枯萎，便到丹鳳街菜市上去買鮮花。看到那個酒糟面孔老頭子，穿了一件半新舊灰布的皮袍，大襟鈕扣，兩個敞著，翻轉一條裡襟，似乎有意露出羊毛來。他很狼狽的由一個茶館子裡出來，後面好幾個小夥子破口大罵。其中有個長方臉兒的，揚起兩道濃眉，瞪著一雙大眼。

　　將青布短襖的袖子，向上捲著，兩手叉住繫腰的腰帶。有兩個年紀大些的人，攔住他道：「老五，人已死了，事也過去了，他見了你跪了，也就算了。你年輕輕的把命拚個醉鬼，那太不合算！」那少年氣漲得臉像血灌一般。我心裡一動，這裡面一定有許多曲折文章。我因這早上還有半日清閒，也就走進茶館，挨著這班人喝茶的座位，挑了一個座位。當他們談話的時候，因話搭話，我和他們表示同情。那個大眼睛少年，正是一腔苦水無處吐，就在一早上的工夫，把這幕悲劇說了出來。從此以後，我們倒成了朋友，這事情我就更知道得多了。原來那個酒糟面孔的老頭子，叫何德厚，做賣菜生意，就是那個姑娘的舅父。當我那天和何德厚分別的時候，他回到屋子裡，彷彿看到那姑娘有些不高興的臉色，便攔門一站，也把臉向下一沉道：「一個人，不要太不識抬舉了。這樣人家出身的女孩子，到人家去當小大子[1]，提尿壺倒馬桶，也許人家會嫌著手粗。現在憑了許老爺那樣有面子的人做媒，嫁一個做次長的大官，這是你們陳家祖墳坐得高，為什麼擺出那種還價不買的樣子？你娘兒兩個由我這老不死的供養了十年，算算飯帳，應是多少？好！你們有辦法，你過你的陽關道，我走我的獨木橋，把這十年的飯錢還我，我們立刻分手！」那姑娘坐在牆角落裡一張矮椅子上摺疊著衣服，低了頭一語不發。另外有個老婆子，穿了件藍布褂

1　小大子──南京方言，意即小丫頭，小使女。

子，滿身綻著大小塊子的補釘。黃瘦的臉上，畫著亂山似的皺紋。鼻子上也架了大概銅邊眼鏡，斷了一隻右腿，把藍線代替著，掛在耳朵上。她坐在破桌子邊，兩手捧了一件舊衣服，在那裡縫補。聽了這話，便接嘴道：「秀姐舅舅，你又喝了酒吧？這兩天你三番四次的提到說為孩子找人家的事情，我沒有敢駁綱一個字。就是剛才你引了秀姐到許家去，我也沒有說什麼。我不瞞你，我也和街坊談過的，若是把秀姐跟人家做一夫一妻，就是挑桶賣菜的也罷了，我們自己又是什麼好身分呢？至於給人做二房，我這樣大年紀了，又貪圖個什麼？只要孩子真有碗飯吃，不受欺侮，那也罷了。就怕正太太不容，嫁過去了一打二罵，天火受罪，那就……」阿德厚胸脯一挺，直搶到她身邊站住，瞪了眼道：「那就什麼？你說你說！」這老婆子見他來勢洶洶，口沫隨了酒氣，向臉上直噴，嚇得不敢抬頭，只有垂了頸脖子做活計。何德厚道：「俗言說，小襟貼肉的，你都不知道嗎？慢說那趙老爺的家眷不在這裡。就是在這裡，只要老爺歡喜了，正太太怎麼樣？只要你的女兒有本領，把老爺抓在手心裡，一腳把正太太踢了開去，萬貫家財，都是你的姑娘的了。你也不知道現在是什麼世界？現在是姨太太掌權的世界。你去打聽打聽，多少把太太丟在家鄉，和姨太太在城裡住公館的？是你的女兒，也是我的外甥女，我能害她嗎？」

他向老婆子一連串的說著，卻又同過頭來，對那小姑娘望著，問道：「秀姐，我的話，你都聽到了？」那秀姐已經把一大堆衣服疊好了，全放在身邊竹床上，兩手放在膝蓋上，只是翻來覆去地看著那十個指頭。何德厚對她說話，她低了頭很久很久不作一聲，卻有兩行眼淚在臉上掛下來，那淚珠兒下雨似的落在懷裡。何德厚道：「噫！這倒奇怪了，難道你還有什麼委屈嗎？那位趙次長今天你是看見過的，也不過是四十挨邊，你覺得

第二章　飯店主人要算帳

他年紀大了嗎？」秀姐在腋下掏出一方白手絹，擦了眼圈道：「舅舅養了我十年，也就像我父親一樣。我除嫁個有錢的人，也難報你的大恩。但是我這麼一個窮人家的姑娘，哪裡有那樣一天。唉！這也是我命裡注定的，我還有什麼話說？」說到這裡，她微微地擺了兩擺頭。何德厚眼一橫，對她看了很久，兩手叉腰道：「你不要打那糊塗主意，想嫁童老五。他一個窮光蛋罷了，家裡還有老娘，一天不賣力氣，一天就沒有飯吃，你要跟他，靠你現在這樣縫縫補補漿漿洗洗，還不夠幫貼他的呢。你真要嫁他，我是你舅舅，不是你的父母，我也不攔阻你。算我家裡是家飯店，你在我小店裡住了十年，我這老夥計，不敢說是要房飯錢，就是討幾個錢小費，你也不能推辭吧？你去告訴童老五，送我三百塊錢。」秀姐不敢多說了，只是垂淚。那老婆子一聽到三百塊錢這個數目，覺得有生以來，也沒有打算發這大一注財，也不能接嘴。何德厚在牆裂口的縫裡，掏出一盒紙菸來，取了一支塞在嘴角裡，站在屋中心，周圍望了一望，瞪著眼道：「怎麼連洋火也找不到一根？」秀姐忍著眼淚，立刻站了起來，找了一盒火柴來擦著了一根，緩緩地送到他面前來，替他點著菸。何德厚吸了一口菸，把菸噴出來，望了她道：「並非我做舅舅的強迫你，替你打算，替你娘打算，都只有嫁給這位趙次長是一條大路。我看那位趙次長，是千肯萬肯的了。只要你答應一聲，馬上他就可以先拿出千兒八百的款子來。我們窮得這樣債平了頭，快要讓債淹死的時候，那就有了救星了。」

　　老婆子兩手捧著眼鏡，取在手裡，向他望著道：「什麼？立刻可以拿了千兒八百的款子來，沒有這樣容易的事吧？」何德厚道：「我們既然把孩子給人做二房，當然也要圖一點什麼，不是有千兒八百的，救了我們的窮，我們又何必走到人家屋簷下去呢？」老婆子道：「舅舅回來就和秀姐生著氣，

我們只知道你和孩子說人家，究竟說的是怎樣的人家？人家有些什麼話？你一個字沒提。」何德厚坐在竹床上，背靠了牆，吸著菸閒閒地向這母女兩人望著，據這老婆子所說，顯然是有了千兒八百的錢，就沒有問題的。因道：「我和你們說，我怎樣和你們說呢？只要我有點和你們商量的意思，你們就把臉子板起來了！」老婆子道：「舅舅，你這話可是冤枉著人。譬如你今天要秀姐到許家去相親，沒有讓你為一點難，秀姐就跟你去了。若是別個有脾氣的孩子，這事就不容易辦到。」何德厚道：「好，只要你們曉得要錢，曉得我們混不下去了，那就有辦法。我送了秀姐回來，還沒有和許家人說句話，我再去一趟，問問消息。」他說著，站起身來拍拍灰，對她母女望望，作出那大模大樣，不可侵犯的樣子。接著又咳嗽了兩聲，才道：「你們自己做晚飯吃吧，不必等我了。」於是把兩手挽在背後，緩緩地走了出去。這裡母女兩人，始終是默然地望了他走去。秀姐坐在矮椅子上，把頭低著，很久很久，突然哇的一聲，哭了出來。然而哭出來之後，她又怕這聲音，讓鄰居聽去了，兩手捧了一塊手絹，將自己的嘴捂住。老婆子先還怔怔地望著女兒，後來兩行眼淚，自己奔了出來，只是在臉上滾落。她抬頭就看到院子外的大街，又不敢張了口哭，只有勉強忍住了來哽咽著。秀姐嗚咽了一陣子，然後擦著眼淚道：「娘，你也不用傷心。我是舅舅養大的，舅舅為我們娘兒兩個背過債，受了累，那也是實情。現在舅舅年紀大了，賣不動力氣，我們也應當報他的恩。」她娘道：「你說報他的恩，我也沒有敢忘記這件事。不過報恩是報恩，我也不能叫你賣了骨頭來報他恩。雖說這個姓趙的家眷不在這裡，那是眼面前的事，將來日子長呢，知道人家會怎樣對付你？」秀姐低著頭又沒話說，過了很久嘆了一口氣。秀姐娘何氏，坐在那裡，把胸脯一挺，臉上有一種興奮的樣子，便道：「你不要難過，老娘在一天，就要顧你

第二章　飯店主人要算帳

一天。你舅舅不許我們在這裡住，我們就出去討飯去！至於說到吃了他十年的飯，我們也不白吃他的，和他做了十年的事呢。若是他不喝酒，不賭錢，靠我們娘兒兩個二十個指頭也可以養活得了他。」

秀姐道：「只要他不賭錢，就是他要喝兩杯酒，我還是供給得了。」她娘還要發揮什麼意見時，卻有人在院子裡叫道：「何老闆在家嗎？」向外看時，就是這街上放印子錢的梁胖子。身穿一件青綢短袷襖，肚子頂起來，頂得對襟鈕扣，都開了縫。粗眉大眼的，臉腮上沉落下來兩塊肉，不用他開口，就覺得他有三分氣焰逼人。秀姐先知道這是一件難於應付的事情，就迎出門來，笑著點頭道：「哦，梁老闆來了，請到裡面來坐。」梁胖子冷笑道：「不用提，你舅舅又溜之大吉了吧？今天是第三天，他沒有交錢。他也不打聽打聽，我梁胖子沒有三彎刀砍，也不敢在丹鳳街上放印子錢。哪個要借我的錢，想抹我的帳，那我白刀子進去，紅刀子出來。」他說話的時候，兩手互相搓著拳頭。秀姐陪笑道：「梁老闆太畜重了。我舅舅這兩天生意不好，身上沒有錢，大概也是真情。不過說他有意躲梁老闆的債，那也不敢。這幾天他有點私事沾身，忙得不落家。」梁胖子橫了眼道：「私事沾身？哪個又辦著公事呢？大家不都是整日忙吃飯穿衣的私事嗎？和我做來往帳的，大大小小，每天總也有五十個人，哪個又不是私事沾身的？若都是借了這四個字為題，和我躲個將軍不見面，我還能混嗎？」秀姐被他數說著不敢作聲，閃到門一邊站著。何氏就迎上前來了，也陪笑道：「梁老闆，你請到屋子裡來坐會子吧，不久他就會回來的。」梁胖子看到她，就近了一步，低聲問道：「我倒有一句話要問你。何老闆告訴我，他快要攀一個做大官的親戚了，這話是真的嗎？」何氏想到他是債主子，很不容易打發他走。他問出這句話來，顯然是有意的，不如因話答話，先搪塞他一下。

便點點頭道：「話是有這句話，可是我們這窮人家，怎能夠攀得上做大官的人呢？」梁胖子對秀姐看了一眼，又走上前一步笑道：「若論你姑娘這分人才，真不像是貧寒人家出來的。找個做官的人家，那才對得住她。現在你們所說的是在哪個機關裡做事的呢？」何氏道：「我們哪裡曉得？這些事都是她舅舅作主，聽說是個次長呢。」梁胖子索性走近了屋子，抱了拳頭，向她連拱了幾下，笑道：「恭喜恭喜，你將來做了外老太太，不要忘記了我們這窮鄰居才好。」何氏心裡想著；你這個放閻王帳的梁胖子，我一輩子也不會忘了你。便笑道：「有那個日子，我一定辦一桌酒請你坐頭席。」梁胖子帶著笑容又回頭看到秀姐身上去，見她滿臉通紅，把頭低著，覺得這話果然不錯。因問道：「老嫂子，你女兒說何老闆有私事沾身，就是為了這件喜事嗎？」何氏道：「你看，他喝了兩盅酒，也不問自己是什麼身分，就是這樣忙起來。等他回來，我叫他去找梁老闆吧。沒有錢也當有一句話。」梁胖子笑道：「若是他為這件喜事忙著呢，那倒情有可原，不能為交我的印子錢，耽誤了姑娘的終身大事。他晚上要是忙，也不必來找我，明天菜市上見吧。」說著，又向秀姐勾了一勾頭笑道：「姑娘恭喜了，不要忘了我。」說著，進來時那滿臉的怒容，完全收去，笑嘻嘻地走了。何氏望著他的後影去遠了，點頭道：「秀姐，人的眼睛才是勢利呢，怪不得你舅舅說要攀交一個闊親了。」秀姐沉著臉道：「這種人說話，等於放屁！你理他呢？」何氏道：「說正經話，我們該做晚飯吃了。你打開米缸蓋看看，還夠晚飯米不夠？」秀姐走到屋裡去，隔著牆叫道：「缸裡還不到一把米，連煮稀飯吃也不夠呢。」何氏摸摸衣袋裡，只有三個大銅板，就沒有接著說話。可是就在這時，還有個更窮的人來借米，這就讓她們冷了半截了。

第三章　掙扎

第三章　掙扎

　　俗言道：「越窮越沒有，越有越方便。」秀姐母女在這沒有米下鍋的情形中，自己也覺得窮到了極點，不會有再比自己窮的人了。偏有個人在門外叫著道：「陳家姑媽，在家裡嗎？」秀姐由屋子裡伸頭向外一看，正是舅舅說的那個無用的童老五，便淡淡地說：「不在家，我們還到哪裡去？」童老五手上拿了個鉢子笑著走進屋來道：「看二姑娘的樣子，又有一點不高興了。姑媽，今天我們又沒了晚飯米，問你們借兩升米。」秀姐遠遠地站住，笑著嘆了一口氣。何氏道：「咳，我們真是同病相憐！你到哪家去借米，也比到我們家借米為強。我們還打算出去借米呢。」那童老五穿了一件粗布褲子，上身用藍布腰帶繫住了一件灰布裌襖，胸襟上做了一路鈕扣。只看他額角上還溼淋淋地出著汗，還像去出力的時候不久。秀姐笑道：「看這樣子，老五不像是打牌去了。做了生意，為什麼沒有錢買米？」童老五皺起兩道眉毛道：「做生意沒有錢買米，那很不算稀奇。我要一連白幹一個禮拜，才能回轉過這一口氣來。」何氏道：「我勸你一句話：以後不要賭錢了。你為了一時的痛快，惹得整個禮拜都伸不了腰，那是何苦？」童老五笑道：「你老人家把日曆書倒看了。這些時候，無論什麼都貴，規規矩矩做生意，還怕不夠吃飯的呢，我還有心思拿血汗錢去賭嗎？」何氏道：「那末你為什麼叫苦連天呢？」童老五道：「你老人家有什麼不明白的呢？我總是為了人情困死了。上次王老二的老子死了，我們幾個朋友湊錢替他買的棺材。我的錢是和幾家老主顧借的，約了這個禮拜把錢還清楚。我認得的都是窮人，借債不還是不行的。我只有拚命多販一些菜賣，自己又拚命地少用幾個。」秀姐站在一旁微笑道：「我又忍不住要說兩句了。一個人無論怎樣地省，不能省得飯都不吃，不吃飯也挑不動擔子，要拚命也拚不了。」童老五聳了肩膀笑道：「因為這樣所以我到這裡

來借米。無論如何，借了米這兩天之內是不必還的，吃一頓，自己就可以少墊出一筆伙食費。」何氏道：「老五，你為人是太熱心了，以後自己積聚幾個錢為是。你的老娘雖說她自己能幹，說不要你奉養，你總也要給她幾個錢，盡點人事。」秀姐抿嘴笑了一笑。童老五道：「二姑娘有什麼話要說我嗎？」秀姐道：「說你我是不敢。不過現在社會上做人，充英雄好漢是充不過去的。你在茶館裡聽來的鼓兒詞，動不動是劍仙俠客。別人沒有法子，你可以和朋友湊錢幫人家的忙。到了你自己沒有米下鍋的時候就不要想有人幫你的忙了。你以為鼓兒詞上說的那些故事，現在真會有嗎？」童老五笑道：「不談這個，言歸正傳……」說著，他打了一個哈哈道：「說不談這個，我還把說書的口裡一句話撿了來說。姑媽，有米嗎？」何氏問秀姐道：「我們到底有多少米？若夠老五吃的就借給他吧。等你舅舅回來，他總會給我們想法子。」童老五聽了這話，搶步到裡面屋裡去，見屋角裡那只瓦缸，上面蓋的草蒲團，靠缸放在地上。伸頭望那缸裡，只有一層米屑遮了缸底。便搖頭道：「我的運氣不好，我向別處打主意去了。何家母舅這個人聞了酒香，天倒下來了也不會管，大概又是找酒喝去了。你們要他回來想法子買米，明日早上他醒過來再說了。這點米留著你們熬粥吃，那是正經。」他說到這裡，門外院子裡有人大聲接著道：「是哪個雜種，在我家裡罵我？」童老五趕快出來，見何德厚捏了拳頭，趺趺撞撞，向裡面走。

童老五笑道：「母舅，是我和姑媽說笑話。」何德厚靠了門框站住，將一雙酒醉紅眼瞪了起來，因道：「我叫何德厚，那個老太婆叫陳何氏。你要叫我們，儘管這樣稱呼，沒有哪個怪你，也不敢怪你。你在茶館裡聽夠了鼓兒詞，變成丹鳳街的黃天霸了。你叫我母舅，我倒要問問，我們童

第三章　掙扎

何二姓，是哪百年認的親？」他所說的陳何氏就笑著迎上前來了，笑道：「老五也不過跟秀姐這樣叫一句，人家也沒有什麼惡意。」何德厚捏了大拳頭在大門上咚的打了一下，冒出額上的青筋，大聲叫道：「山東老侉的話，我要揍他。我們家裡現放著一個十七八歲的黃花閨女在這裡，他二十來歲的小夥子，無事生端往我這裡跑做什麼？我何老頭子窮雖窮，是拳頭上站得住人，胳臂上跑得了馬的。你少要在我們家門口走來走去。」童老五聽了這話，把臉都氣紫了，將手捧的瓦鉢子向屋角裡一丟，拍托一聲，砸個粉碎，把胸一挺，走上前一步。何氏伸了兩手，在中間一攔道：「老五，他是個長輩，你不能這個樣子，有理講得清。」何德厚把頸脖子一歪，翹起了八字鬍鬚，鼻子裡先哼了一聲。接著道：「小狗雜種你不打聽打聽，你老太爺是個什麼人？你不要以為你年紀輕，有兩斤蠻力氣，就逢人講打。我告訴你，你要動動老太爺頭上一根毫毛，叫你就不要在這丹鳳街混。」秀姐為了何德厚說的話難聽，氣得臉皮發白，已經跑到裡面屋子裡去坐著。陳何氏站在一老一少的中間，只管說好話。何德厚將門攔住了，童老五又出不去。這個局面就僵住在這裡。還是隔壁老虎灶上的田佬子聽到這院子裡大聲叫罵，走了過來。見童老五光了兩隻手胳臂，互相摩擦著，瞪直了兩眼。

何德厚卻靠了門站住，口裡不住地叫罵。這就向前一步，拉了他的手笑道：「你也總算我們這些小夥子的老長輩，你怎好意思攔住門撇著人打。去，我們那邊吃碗茶去。不久你要做舅太老爺了，這樣子，也失了你的官體。哈哈哈。」說著，拉了何德厚就跑。最後一句玩笑話，倒是他聽得入耳的。因道：「我也正是這樣想。我窮了半輩子，說不定要走幾年老運，我能跟著這些混帳王八蛋失了身分嗎？但是我也不許這些狗雜種在我

面前橫行霸道。」他被田佗子拉得很遠去了，還回轉頭來向這邊痛罵。童老五倒是沒有作聲，站在屋子中間發呆。直等何德厚走到很遠去了，才回轉頭來向陳何氏淡笑了一聲。何氏道：「老五，回去吧。你總是晚輩，就讓他一點。」童老五道：「這件事算我錯了，我也不再提了，我所要問的，是田佗子說他要做舅老太爺了，我倒有些不懂。他和我一樣，一個挑菜的小販子，怎麼會做起舅老太爺來了？」何氏笑道：「你理他呢，那是田佗子拿他窮開心的。」童老五道：「蒙你老人家向來看得起我，向來把我當子侄們看待。我沒有什麼報答你老人家，遇到你老人家要吃虧的事，我若知道不說，良心上說不過去。你以為何老頭子是你的胞兄弟，他就不做壞事害你嗎？老實說，這天底下天天在你們頭上打主意的人就是他。我們窮人只有安守窮人的本分，不要憑空想吃天鵝肉。」何氏等他數說了一陣，呆板著臉沒有話說，倒嘆了一口氣。童老五道：「我也明白，我就是問你老人家，你老人家知道我的性子直，也不會告訴我的。不過我要重重的叮囑你老人家。那老頭子若是把什麼天上掉下來的一切富貴告訴你，你應當找幾位忠厚老人家，大家商議一下子，免得落下火坑。」何氏對於他的話，並沒有一個字答覆，卻是低下頭在矮的竹椅子上坐著，長長地嘆了一口氣。童老五道：「好吧，再見吧。」說著，他昂著頭出去了。何氏呆呆坐了很久，最後自說了一句話道：「這是哪裡說起？秀姐哪裡去了？還有小半升米，淘洗了拿去煮稀飯吃吧。」她儘管說著，屋子裡卻沒有人答應。何氏又道：「你看這孩子怪不怪？這不干你什麼事，你為什麼生氣不說話？就是生氣，也不干我什麼事，你怎麼不理我？」她一路嘮叨地說著，秀姐在屋裡還是不作聲。何氏這就不放心了，走進房來一看，見她橫了身子，躺在床上，臉向裡。何氏道：「你又在哭了。回頭你那醉鬼舅舅

第三章　掙扎

回來了，一罵就是兩個鐘頭，我實在受不了。你真是覺得這舅舅家裡住不下去的話，我養了你這大，也不能把你活活逼死。我認命了，拿了棍子碗和你一路出去討飯吧。你看，我一個五十歲的女人有什麼法子呢？」她說著這話，手扶了牆走著，一挨坐在一條矮板凳上，也就嗚嗚咽咽哭了起來。秀姐一個翻身坐了起來，手理著蓬亂的頭髮道：「這做什麼？家裡又沒有死人。」何氏擦著眼淚，向對面床上看來，見秀姐兩隻眼睛哭得紅桃一般。便嘆了一口氣道：「你還說我呢？好吧，你在房裡休息，我去煮粥。」

　　說著，撈起破褂子的底襟，揉擦了一陣眼睛，然後悄悄地走了。她忍著眼淚去煮粥，是很有見地的。等著粥煮好了，就聽到何德厚由外面叫了進來道：「秀姐，飯煮好了沒有，點燈很久了，我們該吃飯了。」何氏迎著他笑道：「缸裡只剩有小半升米，勉勉強強煮了半鍋粥。」何德厚道：「沒有了米，怎麼不和我說一聲呢？」他說著話走進來，似乎有點沒趣，偏了頭屋子兩面望著，只管將兩隻手搔著兩條大腿。他們並沒有廚房，屋角上用石頭支起一隻缸灶，上面安上了大鐵鍋。灶口裡有兩半截木柴，燃著似有似無的一點火苗。他將鍋蓋掀開看了一看，稀薄的還不到半鍋粥。便嘆了一口氣道：「唉！這日子不但你們，叫我也沒法子過下去。」說著，看那缸灶腳下的石頭邊，只有幾塊木柴屑子。水缸腳下有一把菱了葉子的蘿蔔，另外兩片黃菜葉子。缸灶邊一張破桌子上面堆了些破碗破碟。看時，任何碗碟裡都是空的。於是桌子下面拖出一條舊板凳來，在何氏對面坐下，因皺了眉道：「我們是五十年的兄妹了，我為人有口無心，你也可以知道一點。有道是人窮志短，馬瘦毛長。當我年輕力壯的時候，手上又有幾個錢，茶館裡進，酒館裡出，哪個不叫我一聲何大哥？都以為我既能

賺錢，又能廣結廣交，將來一定要發財。到了現在，年紀一老，挑不起抬不動，賺錢太少，不敢在外面談交情。越是這樣，越沒有辦法。跟著是錯不動賒不動。」何氏聽到他說軟話了，跟著他就軟下來。因道：「舅舅呵，你說到借錢的話，我正要告訴你這件事。剛才梁胖子來討印子錢，那樣子厲害死了。後來我們談了幾句天，他沒有怎樣逼我們就這樣走了。」何德厚道：「你和他談了些什麼呢？」何氏道：「我和他又不大熟識，有什麼可談的？他在這裡東拉西扯一頓，說什麼，我們遇貴人了，要發財了，也不知道他在什麼地方聽到這些話？」何德厚兩手將腿一拍，站了起來道：「你說怎麼樣？我告訴你的話，大有原因吧。現在還只是把這喜信提個頭，就把街坊鄰居都轟動了。假使我們真有這回事，你看還了得嗎？我敢說所有丹鳳街的人，都要來巴結我們。」何氏坐在他對面，默然地望了牆角裡那一鍋粥。由鍋蓋子縫裡，陸續向空中冒著熱氣。何德厚道：「你看，我們這個日子，怎麼過得下去？三口人吃一頓稀飯混大半天，這都不用說。討印子錢的人，若不是手下留情，今天一定要打上門。那趙次長既然肯和我們結親，絕不會讓我們這樣過苦日子，只要我一張口，一定可以先借點錢給我們。第一是買兩件衣料，給秀姐做兩件上得眼的衣服。不用說，我們家裡的米缸，也可以把肚子裝得飽飽的了。」何氏聽著這話，雖然臉上帶了三分笑意，可是要怎樣答覆這句話，還在腦子裡沒有想出來。秀姐在裡面屋子裡大聲答道：「舅舅，你想發財，另打主意吧！我娘兒兩個，不能再連累你，從明日起，我們離開這裡了。」她雖沒有出來，只聽她說話的聲音，那樣又響又脆，可以知道她的態度已是十分堅決。

　　何德厚把一張臉漲紫了，微昂起了頭，很久說不出話來。何氏便向他陪笑道：「你不要理她。你從她幾歲的時候就攜帶著她，也就和你自己

第三章　掙扎

的女兒一樣。她這種話，你不要睬她。」何德厚突然站起，一腳把坐的椅子踢開去好幾尺遠，大喝一聲道：「天地反覆了嗎？我養你娘兒兩個，養到今天，我倒成了仇人！我看到你青春長大，是個成家的時候，託人和你作媒，找一個有錢有勢的姑爺，這還有對你不住的地方嗎？你上十年都在我家裡熬煉過去了。到了現在，我只說兩句重話，怎麼著，就要離開我這裡嗎？好！你果然養活得了娘，你就帶了她去。若是不行的話，老實告訴你，她和我是一母所生，讓她太過不去了，我還不答應你呢。」秀姐在屋子裡答道：「我帶了我娘出去，當然我負養她的責任。討飯的話，我也先盡她吃飽，自己餓肚子都不在乎。」何德厚歪了脖子向屋裡牆上喝著遭：「什麼？你要帶你娘去討飯？那不行。你娘雖然在我這裡喝一口粥，倒是風不吹雨不灑。你這年輕輕的姑娘，打算帶這麼一個年老的娘，去靠人家大門樓過日子，我不能認可！」秀姐紅著眼睛，蓬了頭髮走出來淡淡笑道：「喲！你老人家有這樣好的心事，怕我委屈了老娘。我要說一句不知進退的話，平常的時候，你老人家少給點顏色我們看就行了。你老人家指我年輕輕的出去不好，有什麼不好呢？至多也不過是像在這裡一樣賣給人家罷了。」何德厚突然向上一跳，捏了拳頭，將桌子痛打了一下。喝道：「好大的膽！你敢和我對嘴，你有那本事，你出去也租上一間屋子，也支起一分人家來我看看才對。吹了一陣，不過是出去討飯，你還硬什麼嘴？我告訴你……」說到這裡，把腳一頓，喝道：「不許走！哪個要把我的老妹子帶了去吃苦，我把這條老命給他拚了。」何氏見他將兩隻光手臂，互相的把手摩擦著，總怕他向秀姐動起手來。因向前一步按住他的手道：「舅舅，你難道也成了小孩子，怎麼把她的話當話？她說帶我走，我就跟了她走嗎？秀姐，不許再說！你舅舅猶如你親生老子一樣，你豈可以

這樣無上無下地和他頂嘴？」秀姐一扭身子走進房去，就沒有再提一個字了。何德厚嘮嘮叨叨罵了一頓，自拿了一隻空碗，盛了一碗粥，坐在矮凳子上喝。看看桌上並沒有什麼菜，撮了一些生鹽，灑在粥上，將筷子把粥一攪，嘆了一口氣道：「天下真有願挨餓，不吃山珍海饈的人，有什麼法子呢？」說著，兩手捧了那碗粥，蹲在門口吃。何氏看這情形，秀姐不會出來吃的，只好由她了。秀姐怕舅舅的拳頭，不敢和他爭吵，可是她暗中下了個決心，自即刻起不吃舅舅的飯了。到了次日，天色沒亮，何德厚開門販菜去了，秀姐也跟著起來。何氏道：「你這樣早起來做什麼？」

　　秀姐道：「昨晚上沒有米，舅舅也沒有留下一個銅板，他這一出去，知道什麼時候回家，我們餓著肚子等他嗎？我總也要出去想點法子。」何氏道：「你有什麼法子想出來呢？兩隻空手你也不會變錢。」秀姐道：「你也不必管，無論如何，我在十點鐘左右，我一定會回家，你起來之後向街上香菸鋪子裡看著鐘等我就是了。」她一面說著，一面扣搭衣服的鈕扣，摸著黑，已經走出屋子去了。何氏躺在床上道：「你這個孩子，脾氣真大，你在家鬧鬧不夠，還要出去鬧給別人看。」何氏接著向下說了一串，秀姐在外面一點回聲沒有。何氏披上衣服，趕著追到外面來看時已經沒有人影子了。她雖然十分不放心，也沒有地方找人去，只好耐心在家裡等著。一早上倒向斜對門香菸鋪子裡看了好幾回鐘點。果然到了十點鐘的時候，秀姐回來了。看時，這才知道提了家裡兩隻破籃子出去的。她右手提了一隻大籃子，裝著木刨花和碎木片。左手提了一隻小籃子，裡面裝著大大小小的各種碎菜葉子。何氏見她臉上紅到頸子上去，額角出著汗珠子，喲了一聲，搶到街上，把大籃子先接過來，笑道：「你這一大早出去，就為了這兩籃子東西嗎？」秀姐到了屋子裡，放下籃子喘著氣道：

第三章　掙扎

「怎麼樣？這還不值得我忙一早上的嗎？哪！這大籃子裡的燒火，小籃子裡的，洗洗切切，在鍋裡煮熟了，加上一些鹽，不就可飽肚子嗎？不管好吃不好吃，總勝似大荒年裡鄉下人吃樹皮草根。」何氏對兩隻籃子裡望一陣，笑道：「你在哪裡找到這些東西的？」秀姐道：「街那頭有所木廠在蓋房子，我在木廠外撿了這些木片。菜葉子是在菜市上撿的。養豬的人，不是撿這個餵豬嗎？」何氏道：「不要孩子氣了。這樣能過日子，我也不發愁了。」秀姐坐在矮凳子上望了這兩隻籃子，左手搓著右手的掌心。正因為提了這隻籃，把手掌心都勒痛了。聽了母親的話，竟沒有一毫許可的意思，也許是自己是真有一點孩子氣。可是忙了這一早上，汗出多了，口裡渴得生煙，現成的木柴片，燒一口水喝。於是向鍋裡傾了兩木瓢水，拖著籃子木片過來，坐在缸灶邊，慢慢地生著火。水煮開了，舀了兩碗喝著。看看院子裡那北瓜藤的影子，已經正正直直，時候已經當午，何德厚並沒有回來。何氏悄悄地到門口探望兩次，依然悄悄地進屋來。到第三次，走向門口時，秀姐笑道：「我的娘，你還想不通呢。舅舅分明知道我帶你不走，也不買米回來，先餓我們兩頓，看看我還服不服？你說我孩子脾氣，你那樣見多識廣的人，也沒有想通吧？若是他晚上回來，我們也餓到晚上嗎？」何氏淡淡地答應了一聲：「還等一會子吧。」秀姐把那小籃子菜葉，提到門外巷子裡公井上，去洗了一陣，回來時，何德厚依然沒回。也就不再徵求她娘的同意了，將菜葉子清理出來，切碎了放在鍋裡煮著煮得熟了，放下一撮鹽，加上兩瓢水，把鍋蓋了。

　　於是一面在缸灶前燒火，一面向何氏道：「老母親，你餓不餓？快三點鐘了，不到晚上，他也不回來的。」何氏道：「唉！真是沒有話說。我這大年紀，土在頭邊香，吃一頓算一頓，倒不講求什麼。只是你跟了我後

面吃這樣的苦，太不合算了。秀姐也不多說，連菜葉子帶鹽水，盛上了兩碗，不問母親怎樣，自捧了一碗，在灶口邊吃喝。何氏在遠處看她，未免皺了眉頭子，然而她吃得唏哩呼嚕地響，不到幾分鐘，就吃下去一碗了。這半鍋菜湯，終於讓她們吃完。秀姐洗乾淨了碗筷，見小籃子裡，還剩了半籃子菜葉，把腰桿子一挺，向坐在房門角邊的何氏笑道：「舅舅就是今天不回來，我們也不必害怕，今天總對付過去了。」何氏道：「明天呢？」秀姐道：「明天說明天的，至少我們還可以抄用老法子。」何氏也沒有作聲，默然地坐著，卻有幾點眼淚滾落在衣襟上。秀姐一頓腳道：「娘！你哭什麼？有十個手指頭，有十個腳指頭，我總可以想出一點法子來，不能餐餐讓你喝菜湯。還有一層，我們不要中舅舅的計。舅舅總望饑餓我們，讓我們說軟話。他回來了，我們不要和他提一個字，他問我們，我們就說吃飽了。」何氏只把袖子頭揉著眼睛角。秀姐頓了腳道：「我和你爭氣，你就不和我爭一口氣嗎？吃飽了，吃飽了，不求人了！你這樣說！」何氏還沒有接著嘴，院子外卻有個人哈哈笑了一陣，這倒讓她母女愕然了。

第四章　狡毒的引誘

第四章　狡毒的引誘

　　這個發笑的人，便是隔壁老虎灶上的田佗子。他在今日早上，看到何氏跑向門口來好幾次，就有點奇怪。後來聽她母女兩個的談話，竟是餓了大半天，這就站在院子裡聽了一會。何氏看到是他，卻有些不好意思。勉強笑道：「田老闆，你看我們秀姐舅舅，真是一醉解千愁！一粒米也沒有留在缸裡，到這個時候，還沒有回來。秀姐故意和他鬧脾氣，到菜市上去撿了些菜葉子來煮湯吃。」秀姐由門裡迎出門來道：「事到於今，我們還要什麼窮面子？我們就是為了借貸無門，又沒有法子賺錢，只好出去拾些菜葉子來熬湯度命，今日這一次，不算稀奇，以後怕是天天都要這個樣子。我想：一不偷人家的，二不搶人家的，不過日子過得苦一點，也不算什麼丟人。」田佗子在耳朵根上，取下大半支夾住的香菸銜在口裡，又在腰帶裡取出一根紅頭火柴，提起腳來，在鞋底上把火柴擦著了，點了煙捲，一路噴了煙，慢慢走進屋來。他倒不必何氏母女招呼，自在門口一張矮凳子坐了。笑道：「陳家嬸娘，我要說幾句旁邊人的話。你可不要多心。依我看來，你們應該有個總打算，天天和何老闆抬槓，就是有吃有穿，這是也過得不舒服，何況日子又是十分清苦。」何氏聽他的口音，分明是有意來和自己出主意的，便由裡面屋子走出來，坐在田佗子對面小椅子上。因道：「我們怎樣不想打主意呢？無奈我們母女兩個，一點出息沒有，什麼主意也是想不出。」田佗子將嘴裡半截煙捲取下來，把中指拇指夾了煙，食指不住地在上面彈灰，作個沉吟的樣子。何氏道：「田老闆，你有話只管講。你和我們出主意，還有什麼壞意嗎？」田佗子笑道：「你老人家和我做了多年鄰居，總也知道我為人。」何氏點頭道：「是的，你是個熱心熱腸的人。」田佗子道：「據我看來，你們只有兩條路可走：其一呢，你姓陳的過你姓陳的，他姓何的過他姓何的，各不相涉，自然無

事。不過這裡有點兒問題，就是你離開了何家，把什麼錢來過日子呢？就算你們天天能去撿青菜葉子來熬湯吃，你總也要找一個放鋪蓋的地方，單說這個，就不是件容易的事，能隨便一點的房子，也要三五塊錢一個月。其二呢，你們也就只好由何老闆作主，和大姑娘找一個好人家。你老人家跟了姑爺去過，再把日子比得不如些，總也會比這強。女兒長到一百歲，總也是人家的人，與其這樣苦巴苦結混在一處，分開來了也好。何況你老人家願意把這件事和結親的那頭商量，也沒有什麼不可以。那就是說，姑娘出了閣，你一個孤身老人家，要跟了姑娘去過。我想照何老闆所說的那種人家，是很有錢的，多添口把人，那是不成問題的事。」他說著這話時，就把手裡的香菸頭子在牆上畫著，服望了何氏，看著她有什麼表示。何氏道：「田老闆，這主意不用你說，我們老早也就是這樣想著的了。第一條路是不用說，那是走不通的。就是你說的那話，我們一出了這門，立時立刻哪裡去找一個遮頭安腳的地方呢？說到第二條路，這倒是我情願的。但是她舅舅和她說的人家，可是做二房，也許不止是做二房，還是做三房四房呢！這樣做，我們不過初次可以得到一筆錢。以後的事，那就不曉得。姑娘到了人家去，能作主不能作主，自然是不曉得。說不定還要受人家的氣呢。要不，她舅舅有這種好意，我還為什麼不敢一口答應呢？」田佗子笑道：「那我又可以和嬸子出個主意了。你簡直和男家那邊說明了。不管他娶了去做幾房，你們一定要他另外租房子住家。這樣，你住在姑娘一處，也就沒有問題。」何氏黯然了一會，回頭看看秀姐，見她並不在這屋子裡。這又是她發了那老脾氣。她遇到了人談她的婚姻大事，她就倒在床上去睡覺的。因嘆了一口氣道：「田老闆，你還有什麼，不知道的嗎？我辛辛苦苦一生，就是這一塊肉。說是送給人家做小，我實在捨不

第四章　狡毒的引誘

得。」田佗子笑道：「為什麼是捨不得呢？不就是為著怕受氣嗎？假使你能想法子辦到她不受氣，不也就行了嗎？」何氏搖搖頭，很久不作聲。田佗子咳嗽了二聲，便站起來牽牽衣襟笑道：「我呢，不過是看到你老人一家這樣著急，過來和你老人家談談心，解個悶。」何氏道：「田老闆的好意，我是知道的。」說著，也站了起來，扯著田佗子的衣服，向屋子裡使著眼色，又一努嘴，因低聲道：「這一位的脾氣……唉。」田佗子點點頭，笑著走了。何氏餓了這大半天，自己再也就軟了半截。相信女人撐門戶過日子，那實在是艱難的事，田佗子走來這樣一說了，更覺除了把秀姐嫁出去，沒有第二條路。坐著無聊，何德厚是一徑的不回來，又再沒有個可以商量的人。因之也拿了碗，盛了菜湯喝著。心裡也就想著，若明天還是這個樣子，後天也是這個樣子，也還罷了。假如起風下雨，菜市上撿不到菜葉子，木廠裡撿不到木皮，難道喝白水不成？鹽水煮的老菜葉，當然是咀嚼不出滋味來。何氏一面喝著菜湯，一面微昂了頭出神。不知不覺地將筷和碗放在地上，碗裡還有大半碗菜湯呢。忽聽得有人在院子裡叫道：「今天何老闆在家嗎？」何氏伸頭張望時，又是那放印子錢的梁胖子來了。便起身迎著笑道：「梁老闆，你還是來早了，他今天天不亮就出去，直到現在沒有回來。這樣子做事，實在也不成個局面。我不瞞你說，母女兩個，到這個時候，還沒有吃早飯，就是把這個混了大半天。」

　　說著，在地面上端起那半碗菜湯來，舉著給梁胖子看了一看。梁胖子笑道：「我不是來討錢的，你不用和我說這些。」說著，就在田佗子剛坐的那椅子上坐下。他腰上繫著帶兜肚口袋的板帶，這時把板帶鬆了一鬆。在披在身上的青綢短裌襖口袋裡，掏出了香菸火柴，自請自起來。何氏笑道：「怎麼辦？家裡開水都沒有一日。」梁胖子擺了手道：「你倒不用客

氣。我跑路跑多了，在這裡歇一會。要不，你到田佗子灶上，給我泡一壺茶來。就說是我喝，他不好意思不送我一點茶葉。」何氏聽他這樣安排了，他是個殺人不見血的債主子，哪裡敢得罪他？在桌上拿了一把舊茶壺，就向隔壁老虎灶上去了。泡了茶回來，見梁胖子將兜肚解下來搭在那兩條腿上，正由裡面將一卷卷的鈔票，掏出來數著，地面上腳下堆著銅板銀角子等類。何氏心裡想著，你這不是有心在我家裡現家財？我只當沒有看見。便斟一杯茶，放在桌子角上，因道：「茶泡來了，梁老闆請喝茶。」說著話，故意走到屋子角落裡去看缸灶裡的火，又在牆上取下一方乾抹布，擦抹鍋蓋上的灰塵。梁胖子點好了鈔票，收在身上，又把銅板銀角子算了一遍，一齊放到兜肚口袋裡去。估量著那杯茶是溫涼了，過去一口喝了，然後在袋裡摸出一支帶鋼筆套的筆，和一卷小帳本子來。在腿上將帳本翻了幾翻，昂著頭，翻著眼出了一會神，然後抽出筆在帳本子上面畫了幾個圈。最後把帳本子毛筆，全都收起來了，這才向何氏笑道：「你不要看了我到處盤錢。就靠的是這樣盤錢過日子。帳目上有一點不周到，就要賠本。」何氏坐在缸灶邊，離得很遠，口微笑著，點了兩點頭。梁胖子起身，自斟了一杯茶，再坐下來，對屋子周圍上下看了一看，笑道：「這個家，好像和何老闆沒有關係，一天到晚也不回來。我收印子錢，不是在茶館裡就他，就是在酒館裡就他。」何氏道：「梁老闆，你還是那樣找他好。今天恐怕不到晚上不回來了。」梁胖子笑道：「我已經說過了，並非是和他取錢，你何必多心？我再等他半點鐘，不回來我再作道理。」何氏見他不肯走，又說不是要錢，倒也不知道他用意何在，只好東扯西拉地和他說著閒話。梁胖子喝茶抽菸，抽菸喝茶，說話之間，把那壺茶喝完了。何氏捧了茶壺到老虎灶上去舀開水，田佗子笑道：「怎麼著？梁老闆還沒有走

第四章　狡毒的引誘

嗎？這樣子，今天恐怕和何老闆有個過不去。」何氏皺了眉道：「秀姐她舅舅，從來也沒有這樣做過。無論有錢沒錢，到了下午三四點鐘，總要回來的。今天他更是窮得厲害，不但沒有丟下一個錢下來，而且也沒有丟下一粒米，梁老闆就是殺他一刀，他也拿不出錢來的。」

　　田佗子笑道：「我來和他談談。」於是在篾棚隔著的後面屋裡，把他女人叫出來，讓她看守著生意，自己便和何氏同到這邊屋子裡來。梁胖子老遠地站了起來，笑道：「田老闆，生意好？」田佗子道：「唉！我們這賣熟水的生意，大瓢子出貨，論銅板進錢，再好也看得見。」梁胖子倒一點也沒有放印子錢的態度，在菸盒子裡抽出一支菸捲來，雙手遞給他。笑道：「我老早就給你們出個主意，可以帶著做一點別的生意。可是你總沒有這樣做過。」田佗子搔搔頭髮，笑道：「梁老闆，你是飽人不知餓人饑，做生意不是一句話就了事的，動動嘴就要拿錢。」梁胖子笑道：「我既然勸你做生意，當然不光是說一句空話。譬如說，你支起一個香菸攤子，若不帶換錢，有個二三十塊，就做得很活動。或者趁了現在山薯上市，搨一個泥灶賣烤薯，一天也可以做一兩塊錢生意，隨便怎麼樣子算，也可以掙出你們倆一口人的伙食錢來。」田佗子道：「這個我怎麼不知道，本錢呢？」梁胖子笑道：「你是故意裝傻呢，還是真個不明白。我梁胖子在丹鳳街一帶混，和哪個做小生意買賣的沒有來往？我現和你出主意，難道提到了出錢，我就沒有話說了嗎？」田佗子又抬起手來搔著頭髮笑道：「梁老闆若有那個好意，願意放一筆錢給我。我倒怕每日的進項，不夠繳你印子錢的。」梁胖子道：「你這就叫過分的擔憂。有些人硬拿印子錢做生意，也能在限期以內把本利還清。你自己有個水灶，根本不用動攤子上的錢。你只把攤子上的錢拿來還我總會有盈餘。一天餘兩毛，十天餘兩塊。有一

兩個月熬下來，你就把擺攤子的本錢熬到了手了。」何氏聽他兩人所說的話，與自己不相干，當然也就不必跟著聽下去，就到屋子裡一去看看秀姐在做什麼。她雖然喝了一飽菜湯，究竟那東西吃在肚裡，不怎麼受用，又以田佗子所說的不像話，便橫躺在床上倒了身子睡覺。何氏因有兩個生人在外邊，不願兜翻了她，默然坐著一會，復又出來。便向梁胖子道：「梁老闆，你還要等秀姐她舅舅嗎？」梁胖子笑道：「他不回來，我也就不必去再等他了。有了田老闆在這裡，也是一樣。何老闆他和我商量，要我放五十塊錢給他，他再放手去做一筆生意。老實說一句話，他在我身邊失了信用，我是不願和他再做來往的了。也是他運氣來了，門板擋不住。我路上有一個朋友，包了一個大學堂的伙食，要一個人承包他廚房裡的菜蔬，每天自己送了去。只要我作個保，可以先給七八十塊錢的定洋。我就介紹了何老闆。他也和當事人在茶館裡碰了頭。人家做事痛快，定洋已經拿出來了。我想，他手上錢太多了，也不好。所以我只收了人家三十塊錢。他既不在家，也不便久等，當了田老闆的面，這錢就交給陳家老嫂子了。」

　　說著在他懷裡，掏出了一卷鈔票，就伸手交給何氏。何氏先站在一邊，聽到有三十元收入，人家說是雪中送炭，那都比不上這錢的好處來，早是心裡一陣歡喜，把心房引得亂跳。及至梁胖子將鈔票遞了過來，她卻莫名其妙的，兩手同時向身後一縮，不覺在衣襟上連連地擦著，望了那鈔票，只一管笑道：「這個錢，我不便接。」梁胖子將鈔票放在桌子角上，咦了一聲道：「這就怪了。你和何老闆是同胞手足，而且又在一鍋吃飯，我給他帶錢來了，請你和他收著，你倒來了個不便！」何氏笑道：「不是那話。這件事我以前沒有聽到他說過。梁老闆拿出錢來，我糊裡糊塗就收下。我們這位酒鬼孩子母舅，回來又是一陣好罵。」田佗子笑道：「我的

第四章　狡毒的引誘

嬸嬸，你怎麼這樣的想不開。世上只有人怕出錯了錢，哪有怕收錯了錢的道理？你若是嫌收錯了，我是個見證，你把錢就退給我吧！你若是不把錢收下，何老闆回來，倒真要不依。我想你們也正等了錢用吧？錢到了手，你倒是推了出去，那不是和日夜叫窮的何老闆為難嗎？」何氏掀起一角衣襟，只管擦了手望著桌子角出神。笑道：「若是這樣說，我就把錢收下吧。像梁老闆這樣精明的人，也不會把錢送錯了人。」梁胖子笑道：「幸而你說出了這句話。要不然，我梁胖子倒成了個十足的二百五！拿了錢到處亂送人。好了好了，你把錢收下吧。」何氏覺得絕不會錯，就當了兩人的面，將鈔票一張張的點過，然後收下。梁胖子笑道：「在這裡打攪了你母女半天，改天見吧。」說著，繫起他那板腰帶，竟自走了。田佗子站在屋子裡，眼望著梁胖子去遠了，然後搖了兩搖頭道：「這年頭兒改變了。像梁胖子這樣的人，居然會做起好事來。他已經答應借二十塊錢給我擺香菸攤子，連本帶利，一天收我一塊錢。一個月收完，而且答應還不先扣五天利錢，實交我二十塊錢。要拿他平常放債的規矩說起來，對本對利，那就便宜我多了。」何氏道：「是呀，這三十塊錢雖然不是他拿出來的，但是要他作保，那也和他拿出來的差不多。要不，錢咬了手嗎？怎麼看到錢，我還不敢收下來呢？」田佗子笑道：「你放心吧。梁胖子若不是作夢下了油鍋，他也不會有這樣的好心，白替何老闆作保。我想，在這裡面他已經撈夠了油了。你若不收下這錢，白便宜了他，那才不值得呢。有了這款子，你可以放心去買些柴米油鹽了。回頭見。」

　　說著，他點頭走了。何氏拿了這筆錢，倒真沒有了主意，便到屋子裡，把秀姐喊起來。秀姐不等她開口，便坐起來瞪了眼道：「不用告訴我，我全聽到了。照說，梁胖子不會那樣傻，他肯把整卷的鈔票送人，我們收

下來沒有什麼錯處。不過這錢到底是怎樣一個來源，不等舅舅回來，是鬧不清楚的。你老人家可不要見錢眼紅，好好地收著，等舅舅回來，原封不動地交給他。」何氏道：「那自然，我們只當沒有這事，不也要過日子嗎？錢在我手上是靠不住的，你收著吧。」於是在衣袋裡掏出那卷鈔票來，一下子交給了秀姐。雖然是交給女兒了，她心裡總這樣想著，等何德厚回來，把事問明了，就可以拿錢去買些吃的。只是事情有些奇怪，何德厚這一整晚都沒有回家。秀姐也想著，不管它怎樣，這三十元鈔票決計是不動的，第二日還是一早起來到菜市上去撿菜葉子去。哪曉得到了半夜時，電光閃紅了半邊天，雨像瓢倒似的落將下來。在這大雨聲裡，雷是響炮也似的鳴著。秀姐由夢中驚醒，隔了窗戶向外看著。見那屋簷下的雨溜，讓電光照著，像一串串的珠簾。窗子外那棵小柳樹，一叢小枝條也會像漏篩一樣淋著雨。不免坐在被頭上，有點兒發呆。何氏在電光裡看到她的影子，便問道：「你坐著幹什麼？仔細受了涼。」秀姐道：「等雨住了，我還要出去呢。」何氏道：「你真叫胡鬧了。你還想像昨日一樣出去撿菜葉子嗎？慢說天氣這樣壞，撿不到什麼。就是撿得到東西，淋了人周身徹溼，女孩子像個什麼樣子？」秀姐沉吟了很久，才道：「你打算動用那三十塊錢嗎？」何氏道：「這雨若是下得不停的話，我明天早上向田老闆借個幾毛錢斂早飯。到了下午你舅舅回來了⋯⋯」秀姐一扭身道：「照你這樣說，你還是指望了動那個錢。你要知道，我們就為著吃了舅舅這多年的飯，現時落在他的手心裡。留在這裡，餓過了上頓，又緊接下頓，是沒有法子。要走呢？又走不了。我們再要用他的錢，那可由得他說嘴：『你們除了我還是不行。』那末，只有規規矩矩聽他來擺弄吧。」說著，倒下去，扯了半邊被將身子蓋了。當然是沒有睡著，頭在枕上，睜了兩眼，望著窗戶上的電光一閃一閃

第四章　狡毒的引誘

過去。那檐溜嗶啦啦的響著，始終沒有停止一刻。清醒白醒巴望著窗戶完全白了。雨小了一點，慢慢起床，卻見母親側身睡著，臉向裡邊，輕輕叫了兩聲，她也沒有答應。料著她就是醒的，也不願起來。因為起來無事可做，看到鍋寒灶冷，心裡也會難過，因之不再去喊她，悄悄地到外面屋子裡將昨日所撿到的木柴片，燒了一鍋水。本來呢，除了這個，也另外無事可做。不想那些木柴片，看起來還有一大抱。可是送到灶口裡燃燒起來，卻不過十來分鐘就燒完了，揭開鍋蓋來看看，裡面的水，不但沒有開，而且也只剛有點溫熱。自己很無聊的，洗了一把臉，就舀過半碗溫熱水喝了。往常早上，有洗米煮飯，切菜砍柴，這些零碎工作。今天這些事情全沒有了，屋外面大雨住了，小雨卻牽連不斷的，夾著小雨絲，若有若無的飛舞著。天上烏雲密集，差不多低壓到屋頭上。街上行人稀少，帶篷子的人力車，滾得街心的泥漿亂濺，門口就是水泥塘子，一步也行走不了。

　　那兩棵大柳樹的柳條子，被雨淋著，在田佗子矮履上，蓋著綠被。秀姐靠著門框，站住對天上看望了一陣子雨，還只有退回來兩步，在矮凳子上坐著。覺得人心裡，和柳蔭下那一樣幽暗。兩手抱住了膝蓋，縱不費力，也是感覺到周身難受。而同時昨日容納過兩碗菜湯的肚子，這時卻很不自在，彷彿有一團炭火微微地在肚子裡燃燒著。於是將凳子拖向門前來一點，看看街上來往的車子作為消遣。偏是那賣油條燒餅的，賣煮熟薯的，提著籃子，掛著桶子，陸續的吆喚著過去。尤其是那賣蒸米糕的，將擔子歇在大門外，那小販子站在對面屋簷下，極力地敲著小木梆。而那蒸糕的鍋裡，陣陣的向寒空中出著蒸氣。她情不自禁地瞪了一眼，便起身走進屋子裡去，在破櫥子裡找出針線簸箕來，坐在床沿上，將裡面東西翻了一翻。雖然，這裡針線剪刀頂針一切全有，但它並沒有什麼材料，供給做

針線的。想到母親的一條青布褲子破了兩塊，趁此無事，和她補起來也好。因之在床頭邊墊褥底下，把折疊著的青布褲子抽出來。可是一掀墊褥的時候，就看到昨晚上放在這裡的那三十元鈔票，她，對那薄薄一疊鈔票呆望了一下，便將鈔票拿起來數了一數，這裡除了一張五元的鈔票而外，其餘都是一元一張的零票子。回頭看看母親時，她面朝裡依然睡著，一動也不動。她是一個最愛起早的人，今天卻只管睡得不醒，沒有這個道理。起來有什麼想頭呢？起來是乾挨餓，倒不如睡在床上了。她嘆了一口氣，將鈔票依然放在墊褥下面，走向外面屋子來。她沒有意思去補那褲子了，便依舊在那條矮板凳子上坐著。心裡也有這樣一個念頭，雨下得很大，舅舅未必有什麼生意可做，大概他快回來了。他回來之後，一定要和他辦好這個交涉，先給母親做飯吃。這樣想過之後，索性跑出院子來，站在老虎灶屋簷下，向街上張望著。正好田佗子老婆，兩手捧了一大碗白米飯，放到灶沿上來。另外還有一大碗煮青菜，一碟子炒豆腐干丁丁子。那青菜和白米飯的香味，遠遠地順風吹了過來，覺得有生以來，沒有嗅到過這樣動人的氣味，肚子裡那一團微微的火氣，覺得立刻增加了幾倍力量，只管向胸口，燃燒著。而口裡那兩股清涎，不知是何緣故，竟由嗓子眼裡逼榨著，由兩口角裡流了出來。自己再也不敢正眼向菜飯碗看去，扭轉身就要走。偏是那田佗子老婆不知氣色，追著問道：「大姑娘吃了飯沒有？坐一會子去嗜。」秀姐回頭點了一點，趕快向家裡走去。家裡冷清清的，母親沒有起來，母舅也沒回家，天上的細雨，似乎也故意替這屋子增加淒涼的滋味，隨了西北風，斜斜地向屋子裡面吹了來。除了水缸腳下有兩隻小土蝦蟆，沿著地上的潮溼，向墊缸灶的召墩下跳了去。這屋子裡外，可說沒有了一點生氣。秀姐忽然把腳一頓，卻轉了一個念頭了。

第五章　吞餌以後

第五章　吞餌以後

　　秀姐這一頓腳，是興奮極了的表示，可是她並沒什麼出奇的求生之道，只是走到裡面屋子去，把床枕底下放著的一小卷鈔票捏在手心裡。另一隻手卻去推著半睡著的何氏，叫道：「媽，起來吧，我上街去買米了。」連叫了好幾句。何氏似乎不耐煩地一翻身坐起來，問道：「買米？天上落下錢來了嗎？」秀姐頓了一頓，眼角裡已含著有兩汪眼淚。因一道：「你這大年紀了，我不忍只管了我自己乾淨，讓你受罪。日子多似毛毛雨，今天餓過去了，明天餓過去了，後天怎麼餓得過去？天下沒有看著米倉餓死人的道理。舅舅不回來，我們就不動這錢，他若十天半月不回來，我們還餓下去十天半月來等著不成？若是舅舅有意和我娘兒兩人為難，大概還有兩天才回來的。要等他回來再去買米做飯，恐怕……」何氏聽她這樣說，就明白她的意思了。因道：「孩子，我也不願你老餓著呀。可是你把舅舅這錢花了，他回來和你算帳，你打算怎麼辦？」秀姐把眼淚水給忍住了，反而笑起來，將手一拍身上道：「你老人家發什麼急？我就是一套本錢，舅舅回來了，有我這條身子，固然可以還債。就是放印子錢的梁胖子來，我這條身子，也一樣的可以還債。我也想破了，人生一世，草生一秋，快活一天是一天，何必苦了眼前，反去擔心後來看不見的事？」

　　何氏將手揉了眼睛，倒說不出這樣一套。秀姐說過這一套之後，更是下了最大的決心，扭轉身子就走出去了。等著她回來的時候，後面有個柴炭商店裡的小徒弟，扛著一捆柴進來。秀姐左手提了一小袋子米，右手挽了一隻竹籃子，裡面裝滿油鹽小菜。何氏站在房門口，只嚥了一聲，秀姐卻交了一只紙口袋到她手上。她看時，正是剛剛出爐的幾個蟹殼黃燒餅[1]。

1　蟹殼黃燒餅──南方的一種點心：即芝麻小燒餅，有甜鹹兩種，狀如螃蟹殼。

雖然也不見得有異乎平常的樣子，可是一陣芝麻蔥油香味，立刻襲進了鼻子來。她且不問燒餅的來源如何，兩個指頭，先夾了一個放到嘴裡咀嚼著。其實她並不曾怎麼咀嚼，已是吞下去了。因見秀姐已經到缸灶邊去砍柴燒火，便靠了門框站定，老遠的向她看著。卻是奇怪，低頭一看，一紙袋燒餅完全沒有了。這才來回想到剛才看女兒砍柴的當兒不知不覺的卻把一口袋燒餅吃光。燒餅吃完了，當然也無須去研究它的來源，因也走出來幫同洗菜洗米。平常過著窮應付的日子，總也有飯吃，有菜吃，雖是生活很苦，卻也不覺得這粗菜淡飯有什麼可寶貴。到了今天，隔著有四十八小時沒吃過白米飯了，當那飯在鍋裡煮熟，鍋蓋縫裡透出了飯香之後，就是這沒有菜的白米飯，也是十分引人思慕的。何氏坐在灶門口，嗅到那陣陣的熟飯氣味，已是要在口角裡流出涎來了。秀姐是很能知道母親，而又很能體貼母親的，並沒有預備多的菜，只做好了一項，就和母親一同吃飯了。何氏未便吃多了，讓姑娘笑著，只來了個大八成飽，吃下去三碗飯。她依然不問這飯菜是用什麼錢買的，其實也用不著問。飯後，天氣已經晴朗了，秀姐也就想著，舅舅在下午必要回來的，就預備一番話，打算搶個先把他駁倒。可是，這計畫卻不能實行，直到晚上，也不見他回來。何氏便道：「秀姐，你到外面去打聽打聽吧，怎麼你舅舅還沒回來？不要是喝醉了酒，在外面惹出了什麼禍事了？」秀姐笑道：「你老人家放心吧。舅舅縱然喝醉了，這幾天他也不會鬧什麼事，他正等著機會來了，將發一注洋財呢。我想著，我們把這幾十塊錢用光了的時候，他也就回來了。」何氏望了她道：「你這是什麼意思？我倒有些不明白。」秀姐正收拾著剩下來的冷飯，將一隻空碗盛著，放在桌上，因笑道：「你不懂嗎？等著我們家裡一粒米又沒有的時候，這時也許就明白了。現在我們不但是有得吃，

第五章　吞餌以後

而且還有整大碗的白米飯剩下來，這件事是不容易明白的。為什麼呢？我們再沒有米吃了，就會有比梁胖子還要慷慨的人送了吃的用的來。你想到了那個時候，你不會看出來嗎？」何氏聽了女兒的話，當然也就知道一些話因。不過看到姑娘臉上那種哭笑無常的樣子，也不忍接著向下說。一說，更會引起她的煩惱。到了次日早上，秀姐在屋子裡聽到門外鬧哄哄的聲音，知道是早市開始興旺了，挽著菜籃子的，陸續在面前經過，有兩天了，不敢看這類的人，今天膽子壯了，也就挽個空籃子出去。這是個晴天，丹鳳街上的人，像滾一般湧在攤子和擔子中間，回來的人，籃子都塞著滿滿的。青菜上，或者托了一條鮮紅的肉，那多麼勾引人！她在路邊擔子後邊，挨了店鋪的屋簷走。在一家屠店門口，被肉槓子攔住了。屠戶拿了一把尖刀，割著一片豬肉身上的脅縫，嘶的一聲，割下了一塊。他看見秀姐站住，問道：「要多少？」秀姐覺得不說要是一種侮辱，便道：「要半斤。」於是數著錢，坦然地買了半斤肉，放到籃子裡去。忽聽得有人在身後笑道：「今天也不是初一十五，怎麼買葷菜了？大概是哪一位過生日吧？」秀姐回頭看時，正是童老五挑了菜擔子在街上經過。便笑道：「你一猜就猜著了。是我過生日，你打算拿什麼東西送禮呢？」童老五搖了一搖頭道：「你不要信口胡說。你是四月初八的生日，最容易記不過。』」

秀姐道：「統共買半斤肉，這算得了什麼？不過生日，連這半斤肉都不能吃嗎？」她說著話，走出了屠案，和老五並排走著。童老五笑道：「不是我多心，前天我到你府上去借兩升米，你們家連一粒米都沒有，今天吃起肉來了！」秀姐道：「那是你運氣不好，你借米的那一天，就趕上我們家裡空了米缸。假使今天你來借米，不但是有米，我還可以借給你半斤肉呢。」老五笑道：「我不想這分福，我也不要去挨你舅舅的拳頭。」秀

姐道：「提到了他，我正有一件事問你，你在茶館裡看到他沒有？他有兩天兩夜沒有回來了。」老五笑道：「他半個月不回來也更好，省得你娘兒兩個受他的氣，聽他那些三言兩語。你還記惦著他呢！」秀姐想把記惦舅舅的原因說出來，已有人叫著要買老五的菜，彼此便分開了。她買了肉回來，何氏看到，果然也是大吃一驚。問道：「孩子，你這做什麼？」秀姐不等她說完，手提了那一串草索捆的半斤肉，高高舉起，搶著笑道：「動那筆錢，一毛錢是花了人家的錢，一齊花光，也不過是花了人家的錢，索性花吧。這樣，也落個眼前痛快。你老人家好久沒有喝口清湯了，我來把這半斤肉煨湯你喝，好嗎？」何氏皺了眉道：「我的姑娘，我倒不在乎吃什麼喝什麼，能夠少生些閒氣，太太平平的過著日子，那就比什麼山珍海味都強。」秀姐道：「你放心，從今以後，舅舅絕不會找你吵嘴了。不但不會找你吵嘴，說不定還要常常恭維你呢。」何氏聽她這話，裡面是另含有原因，只管向她身上打量著。可是秀姐自身，卻不怎麼介意，倒是自自在在的做事。何氏只有一個姑娘，平常是嬌養得慣了。說話偶不對頭，就要受姑娘的頂撞。若是明明去問她不愛聽的話，當然她要發脾氣。因之雖心裡有些奇怪，沒得著一個說話的機會，也只好忍耐著，只坐了發呆。可是秀姐進進出出，總是高興的，把菜切了，米洗了，便燒著火煮飯。另將一個小灶子燒著柴炭，將那半斤肉，放在吊罐裡，擱在爐子上煨湯。她坐在灶口邊，將大火鉗靠了大腿放著，在袋裡掏出一把五香瓜子來，左手心托著，右手一粒一粒地送到嘴裡去嗑。何氏坐在竹椅子上，就著天井裡的陽光，低了頭在縫綴一隻破線襪子，不住斜過眼光來，看秀姐是什麼情形。然而她含笑嗑了瓜子，腳在地面上拍著板，似乎口裡還在哼著曲子。這倒心裡有點疑惑。為什麼她這樣過分的高興，莫非另外還有什麼道理

第五章　吞餌以後

嗎？何氏正在打著肚算盤，要怎樣來問她。卻聽到門外有人叫一聲姑媽。回頭看去，童老五把菜擔子歇在院子裡，籮筐裡還有些菜把。便道：「老五下市了？今天生意怎麼樣？」

老五放下擔子，兩手扯了短袷襖的衣襟，頭伸著向屋子裡張望了一下，似乎是個手足無措的樣子。便道：「進來坐了吧，有什麼事嗎？」老五兩隻巴掌互相搓著，笑道：「何老闆不在家？」何氏道：「他三天不在家了。你看到他沒有？」老五這才把腳跨進門來，笑道：「怪不得了，兩天沒有在菜市上看到他。」說著，在懷裡掏出一盒紙菸來，向何氏敬著一支道：「你老人家抽一支？」何氏笑道：「謝謝！老五，你幾時又學會了吃香菸？」老五道：「人生在世，要總有一點嗜好才對。一點什麼也不來，專門到這世界上來吃苦，這人也就沒有什麼做頭。喂！二姑娘，來玩一根怎麼樣？」說時，搭訕著，把紙菸送到缸灶門口來。秀姐把瓜子紙包放在灶墩石上，接著紙煙道：「吸一支就吸一支吧。」於是將火鉗伸到灶裡去，夾出一塊火種來，嘴角銜了菸，偏了頭將紙菸就著炭火，把菸吸上了。放下火鉗，卻把燃著的菸遞給老五去點菸，兩手把了隻腿膝蓋，昂頭望了他道：「賣菜還沒有下市吧？怎麼有工夫到我們這裡來？」老五站在一邊，將菸點著了，依然把那支菸遞給秀姐，趁那彎腰的時候，低聲道：「一來看看姑媽。」秀姐倒不覺得這些事有什麼不能公開，因向他笑道：「二來呢？」老五道：「二來嗎……二來還是看看姑媽。」秀姐將嘴向前面一努道：「她不坐在那裡？你去看她吧。」老五倒退了兩步，在桌子邊一條破凳子上坐著，架起一條腿來。因回轉臉來向何氏道：「你老人家裡有什麼喜事吧？一來二姑娘這樣高興。二來你老人家這樣省儉過日子的人，今天居然捨得買一罐子肉煨湯吃。」秀姐聽他這話，狠命地盯了他一眼。他

微笑著，沒有理會。何氏道：「秀姐為什麼高興，我也不知道，你可以問她。說到煨這半斤肉吃，我和你一樣，覺得不應當。可是她買了肉回來了，我怎能把它丟了呢？」老五呵了一聲，默然地吸了紙菸。他大概很想了幾分鐘，才問道：「真的，何老闆有什麼要緊的事耽誤了，兩三天不回來？他有吃有喝了，就不顧旁人。」何氏嘆了一口氣道：「前天你沒有來，你看到就慘了，我們秀姐，上街去撿些菜葉子回來熬湯度命，不要說米了。」老五道：「後來怎麼又想到了辦法呢？」何氏將手招了，把童老五叫到面前去，低聲把梁胖子放錢在這裡的話告訴了他。因道：「這不很奇怪嗎？我們本來不想動那筆錢，也是餓得難受。」秀姐便插嘴道：「童老闆，你要打聽的事，打聽出來了吧？我們買肉吃，不是偷來的搶來的錢，也不是想了別種法子弄的錢。」這兩句話倒把童老五頂撞得無言可答，兩片臉腮全漲紅了。何氏道：「你這孩子，說話不問輕重。老五問這一番話，也是好意。現在有幾個人肯留心我們的呢？老五，你到底是個男人，你晝夜在外頭跑，你總比我們見多識廣些。你看梁胖子這種做法是什麼意思？」老五冷笑了一聲道：「若是梁胖子為人，像姑媽這樣說的，肯和人幫忙，天下就沒有惡人了。何老闆幾天不回來，梁胖子放一筆錢在你們家裡，不先不後，湊在一處，這裡面一定有些原因。我看，梁胖子來的那天，田佗子也在這裡，他少不了也知道一些根底，我要找田佗子去談談。」秀姐原是坐在灶門口，始終未動，聽著這話，立刻站了起來，「喂」了一聲道：「你可不要和我娘兒兩個找麻煩。」老五道：「你急什麼，我若找他說話，一定晚上在澡堂子裡，或者老酒店裡和他談談。他現時在做生意，我也要做生意，我去找他做什麼？姑媽，你鎮定些，不要慌張。有道是不怕他討債的是英雄，只怕我借債的是真窮。他就是來和你們要錢，你

第五章　吞餌以後

們實在拿不出來他反正不能要命。」秀姐輕輕淡淡地插一句道：「不要命，也和要命差不多。」老五已是到院子裡去挑擔子，秀姐道：「送我們兩把韭菜吧。」說著這話，追到院子裡來。

老五道：「你娘兒兩個能要多少？要吃什麼菜，只管在筐子裡撿吧。」秀姐就當在筐子裡撿菜的時候，輕輕道地：「喂！我和你商量一件事。」老五道：「要買什麼呢？」秀姐一撇嘴道：「你有多少錢做人情呢？一張口就問要買什麼？我的事情，你總知道，你和我打聽打聽風聲。」老五把擔子挑在肩上，緩緩地向大門口走。低聲道：「打聽什麼風聲？」秀姐有些發急了，瞪了眼道：「打聽什麼風聲？我的事，難道你不曉得？你早點告訴我，也好有一個準備。」老五道：「真的我不太十分清楚。」秀姐因跨出門外，就會讓隔壁的田佗子看到，只揪著菜筐子說了一句「隨你吧」，她已是很生氣了。她回到屋裡，照常地做飯。何氏道：「老五放了生意不做，到我們家來坐了這一會子，好像他有什麼事來的？」秀姐道：「你沒有看到拿出香菸來抽嗎？挑擔子挑累了的人，走門口過，進來歇歇腿，這也很算不得什麼。」何氏沒想到問這樣一句話，也讓姑娘頂撞兩句，只好不向下說什麼了。吃過早飯後，天氣越發晴朗，秀姐家裡，沒有人挑井水，到隔壁老虎灶上，和田佗子討了一桶自來水，回家來洗衣服。在半下午的時候，老虎灶上的賣水生意，比較要清閒些，田佗子在大門外來往地溜著，見秀姐在院子裡洗衣服，便站定腳問道：「二姑娘，何老闆回來了嗎？」秀姐道：「我母親為了這事，還正找著急呢。」[1] 田佗子道：「這倒是真有一點奇怪，事先並沒有聽到說他要向哪裡去，怎麼一走出去了，就幾

1　找著急──安徽方言，意為本來不必著急，而自己找著著急。

天不回來呢？」他說頭兩句話的時候，還站在大門外，說到第三四句的時候，已是走進了院子。秀姐將木盆裝了一盆農服在地上，自己卻跪在草蒲團上，伸手在盆裡洗衣服。田佗子背了兩手在身後，向盆裡看著。他很隨便地問道：「你媽在家嗎？」秀姐道：「她倒是想出去找我舅舅，我攔住了。你想，這海闊天空的，到哪裡去找他呢？」田佗子道：「何老闆這就不對。不要說每天開門七件事，他不在家，沒有法子安排。就是家裡的用水，也不是要他挑嗎？」秀姐彎了腰洗著衣服，沒有作聲。田佗子回頭向屋裡瞧瞧，見牆上掛的竹籃子裡滿滿的裝著小菜，灶口外堆好幾捆束柴。桌上一隻飯筲箕又裝了一半的冷飯在內。這樣就是說他們家裡有錢買柴米了。田佗子笑道：「二姑娘，我們鄰居，有事當彼此幫忙。假如你家裡為了何老闆沒有回來，差點什麼的話，可以到我家裡要。」秀姐道：「這還用說嗎？噷！這盆裡的水，就是在你家裡提了來的。」田佗子笑道：「這太不值得說了。晚上的米有嗎？」秀姐道：「多謝你關照，米還夠吃幾天的。」田佗子又說了幾句閒話，緩緩走開了。秀姐望了他的後影，淡笑了一笑。她雖沒有說什麼，何氏在屋子裡，隔著窗戶紙窟窿眼看到了，也就覺得田佗子也學大方了，是奇怪的事。想著，就把秀姐叫了進去，低聲問道：「田佗子走進來，東張西望，好像是來探聽什麼消息的。」秀姐道：「讓他打聽吧。他們有他們的計畫，我也有我的計畫，反正不能把我吞下去。」何氏道：「自然不會把你我兩個人弄死。所怕的像前兩天一樣半死不活地困守在家裡。」秀姐搖搖頭笑道：「再不會有那麼一天的，我有把握。她說過這話，還拍了一下胸襟。何氏瞧了她一眼，也就沒什麼可說。說這話不過兩小時上下，卻聽到有人在院子裡叫了一聲何老闆。何氏由窗戶紙窟窿裡面向外張望著，正是放印子錢的梁胖子。因為過去幾次，他並

第五章　吞餌以後

沒有進門就討錢，料著今日這一來，也和往日一樣，便迎出去道：「梁老闆！你坐一會子吧。你看，這不是一件怪事嗎？我們這位酒鬼兄弟，出去了三天，還沒有回來。」

梁胖子也不怎麼謙遜，大搖大擺走進來，把放在牆根的一把竹椅子提了過來，放在屋子中間，然後坐下，伸張兩腿，把一根紙菸塞到嘴角裡，張眼四望。秀姐也是很含糊他的，立刻拿了一盒火柴送過去。梁胖子擦著火柴把紙菸點了，噴出一口煙來問道：「他到哪裡去了，你們一點不知道消息嗎？」秀姐道：「他向來沒有這樣出門過，我們也正著急呢。」梁胖子口裡噴出了菸，把眉毛皺著，連搖頭道：「他簡直是拆爛汙！他簡直是拆爛汙！」何氏道：「梁老闆有什麼要緊的事找他嗎？」梁胖子先咦了一聲，接著道：「你們難道裝馬糊嗎？我不是交了你們三十塊錢嗎？那錢是人家要他每天送菜的定錢，我也和你們說明了的。還有一個田佗子作證呢。人家不等了要菜吃，也不會先拿出這些定錢來。於今就是拿定錢退還人家，誤了人家的事，人家也是不願意。」何氏聽到定錢兩個字，就不敢作聲，只是呆呆地望著。秀姐倒不怎麼介意，靠了房門框站住，微微地笑道：「梁老闆，說到定錢的事，那還要讓你為難。我舅舅這多天不回來，我們的困難，你是可以想得到的。我們不能手裡拿著錢，餓了肚子，坐在家裡等死。萬不得已，我已用了幾塊了。」梁胖子聽了她的話，倒不十分驚異，翻了眼望著她道：「用了多少呢？」秀姐還是很從容地，答道：「恐怕是用了一半了。」

何氏道：「沒有沒有，哪裡會用了這樣多呢？我們也並沒有買什麼。」秀姐道：「不管用了多少錢吧，我們已經沒有法子退還人家的定錢。只好請梁老闆替我們想個法子。」梁胖子道：「用了人家的錢，就要和人家送

菜去，不送菜去，就還人家的定錢，另外有什麼法子可想嗎？」秀姐低了頭，將指頭掄著自己的鈕扣。梁胖子道：「有還有個法子，除非是我墊款，把人家的定錢還了。可是話要說明，我梁胖子靠放債過日子，在銀錢往來上，我是六親不認的。二姑娘，你舅舅不回來，這錢怎麼辦？」秀姐笑道：「聽了你這句話，我可前知五百年，後知五百年了。若是我舅舅不回來，這錢就歸我還。你不要看我是個無用的女孩子，還很有人打我的主意。這幾十塊錢，找個主子來替我還，倒是並不為難的。梁老闆若信得過我這句話，就把款子墊上。信不過呢，只好等我舅舅回來，你和他去辦交涉了。」梁胖子見她靠著門框，微昂了頭，臉紅紅的，她倒成了個理直氣壯的形勢了。於是又拿出一支紙菸來點著吸了，一手按了膝蓋，一手兩個指頭夾了嘴角的菸，且不放下來只是出神。秀姐噗嗤一聲笑道：「梁老闆，你還想什麼？魚吞了鉤子，你還怕她會跑了嗎？」這句話透著過重，不但梁胖子臉變了色，就是何氏也嚇了一跳呢！

第六章　明中圈套

第六章　明中圈套

在秀姐的鄰居家裡，誰都知道她是一個老實姑娘。梁胖子心裡，也就是把她當一個老實姑娘看待。現在聽她所說的話，一針見血，倒有點不好對付，可是真把這事說穿了，料著她也不奈自己何。不過歡歡喜喜的事，勉勉強強來做，那就透著無味。在他沉吟了幾分鐘之後，這就笑了一笑道：「陳姑娘說話真厲害！你說的這話，我根本不大明白，我也無須去分辯。和何老闆墊出這三十塊錢來，完全是一番好意。不想你們把錢花了，事情不辦，倒向我來硬碰硬，說只有等何老闆回來再說，何老闆一輩子不回來，難道我就等一輩子嗎？」他說著話，把嘴裡銜的菸捲頭扔在地上，極力用腳踏著。似乎把那一股子怨氣，都要在腳踏菸頭的時候發洩出來。何氏這就向他陪著笑道：「梁老闆，你是我們多年多月的老鄰居，有什麼不明白的。我家這大丫頭，為人老實，口齒也就十分的笨。她說的這些話，當然是不能算事。」梁胖子望了地面，很有一會子，忽然將身子一扭，臉望了她道：「既是不能算事，你就說出一句算事的辦法來。」何氏本已走著站到了他面前來了，被他這樣一逼問，向後退了幾步，坐在門邊椅子上去。秀姐在搶白梁胖子一句之後，本也就氣不忿地向屋子裡一縮。這時聽見梁胖子說出這句話來，母親有好久不曾答應，便隔了牆道：「媽，你怎麼不說話了？你想不出主意來，請個人替你想主意，還有什麼不會的嗎？你可以到隔壁老虎灶上找田佗子和梁老闆談談。田佗子來了一定會和你出個主意，來把梁老闆說好的。」何氏道：「這個時候，人家要做生意。」秀姐道：「你去叫叫看嗜。也許他很願意來呢。他就是不來，你也不會損失了什麼！為什麼不去？」何氏聽了這話，緩緩地站起身來。看那梁胖子時，他又點了一支菸銜在嘴角裡，偏了頭在吸著。何氏向他笑道：「梁老闆，我去請田老闆和你來談談，好嗎？」梁胖子笑

著點了一個頭道：「那也好。」就是這「那也好」三字，雖不知道梁胖子真意如何，但他不會表示反對，卻可斷言。何氏也就不再考慮，徑直向田佗子家中去。那田佗子聽了一聲請，很快地就走過來了。在大門口，老遠地就向梁胖子點著頭道：「梁老闆早來了，我在那邊就聽到你說話的聲音。」梁胖子站起來笑道：「我說話和我為人一樣，總是唱大花臉。田老闆來得很好，我們還有一點小事要麻煩你一下。前日我送那筆款子來，你也在當面。何老闆拆爛汙，到了這個時候，他還沒有回來。錢呢？我們這位大嫂子又扯得用了。一不向人家交貨，二不向人家退定錢，你想，我這中間人，不是很為難嗎？」兩個人一面說著，一面坐下來。梁胖子就拿出一盒菸來，敬了他一支，又自吸了一支，兩個人面對面地噴著菸，默然了一會，田佗子抽出嘴角裡捲菸來兩指夾了，將中指在菸支上面彈著灰，偏過頭向站在門邊的何氏道：「陳家嬸子，打算怎麼辦呢？」何氏雞皮似的老臉，不覺隨著問話紅了起來，因道：「我有什麼法子呢？」田佗子將菸捲放到嘴角裡又吸了兩口，然後向何氏點了個頭笑道：「當然在銀錢上要你想不出什麼法子。我想在銀錢以外，和梁老闆打個圓場，免得梁老闆為難，這種辦法，你總不反對吧？」何氏偷著看梁胖子的顏色時，見他很自然的向半空裡噴出菸去，並沒有什麼反對的樣子。便道：「只要不出錢，我有什麼不願意？可是田老闆說的辦法，總也要我辦得到的才好。」田佗子把手指上夾的菸捲，放在嘴角裡又吸了兩口，先點了個頭，然後向梁胖子微笑道：「這沒有法子，誰叫梁老闆伸手管這件事呢？既然沾了手，只好請你將肩膀抗上一抗。」梁胖子嘆了一口氣道：「煩惱皆因強出頭。陳家大嫂子很清苦，我是知道的，我若是一定要她拿錢出來，那也未免太不肯轉彎。你說吧，可以想個什麼辦法來周轉呢？」田佗子笑道：「你就好

第六章　明中圈套

人做到底，那三十塊錢都借給陳家孀子好了。」何氏聽到這話，不覺全身出了一陣冷汗，隨著站了起來，兩手同搖著道：「這個我不敢當，這個我不敢當。」

田佗子笑道：「你也太老實了，我一雙眼睛幹什麼的，難道還會叫你借印子錢嗎？梁老闆雖是放債過日子的人，買賣是買賣，人情是人情，他借錢給你們，當然是人情，不是買賣，既是人情帳，自然說不上放印子錢那些辦法。就是利錢這一節也談不到，只要寫一張字，收到梁老闆多少錢，定一個還錢的日子就算完了。」何氏道：「這樣說，梁老闆自然是十二分客氣。不過我的事，田老闆是知道的，我也在人家大樹蔭下乘涼，一文錢的進項也沒有。你說讓我定個日子還錢，教我定哪個日子呢？我自己都不相信我會有那種日子。」梁胖子忍不住插嘴了，嗤一聲地笑道：「人家討債的自己找臺下，總說要約一個日子。你是連日子都不肯約，這就太難了。」何氏強笑著道：「不是那樣說，田老闆知道我們的事。」田佗子搖了兩搖頭道：「不是那樣說，你是怎麼樣呢？我可不知道。」這一僵，把何氏鬆懈了一分的神經，復又緊張起來。滿臉淺細的皺紋都閃動著，變成深刻的線條，苦苦地向田梁二人一笑。梁胖子坐在矮凳上，不住地顫動著大腿，這就向何氏沉著肉泡臉腮道：「你也應該替別人想想。你為難，人家和你幫忙，這忙也應當幫得有個限度。你現在雖然是沒有進項，但你不能夠一輩子都沒有進項。你遲早約一個還錢的日子，我也就放了心。再退一步說，就算你沒有法子，何老闆總要回來的，他回來了，必定會替你想法子的。你發愁什麼？」田佗子坐著，微笑著聽完話，卻把手一拍大腿道：「照哇！何老闆總會和你想法子的。一棵草有一顆露水珠子，天下有多少人生在天底下會幹死了？總有辦法，總有辦法。」說時，他不

住地點頭。何氏看到他這樣肯定的說自己有辦法，但這辦法在哪裡？實在不明白，只有睜眼望了他們，一句話說不出。梁胖子以為她心裡在於主意，由她慢慢去想著，並不加以催促。倒是秀姐在屋子裡默聽了半天，見外面並無下文，因又走出來看看。見母親滿臉莫名其妙的樣子在房門邊呆坐著，因道：「媽，人家等你回一句話，你怎麼不作聲？」

何氏對她說話，卻有辭可措了。掉過頭來向她望著道：「你在屋裡頭，難道沒有聽見嗎？人家要我們約一個還錢的日子呢。我就不知道我們家裡哪一天會有錢，我怎麼好說什麼呢？」秀姐微微一笑，向她點頭道：「你老人家實在太老實，不用王法也可以過日子。」說著，走出來，也在一把椅子上坐下，品字形地對了田梁二人。向田佗子笑道：「我媽太老實，所以請你來出一個主意。我們願出一張借字給梁老闆用這三十塊錢。至於哪一天還他，各有各的算法。田老闆你和我們估計一下，大概什麼時候可還呢？」田佗子笑道：「你們家的事，我怎麼好估計？」秀姐望著他，唷了一聲，笑道：「你就估計一下也不要緊。估計錯了，也不能敬你替我們還錢啦。」田佗子笑了一笑，將右耳朵縫裡夾的半根菸捲取了下來，放到嘴角裡銜著，在捲著的袖子裡找出一根火柴，抬起腳來，在鞋底上擦燃了，然後自點著菸吸了。這樣沉默了四五分鐘，他向秀姐笑道：「我是瞎說的，對與不對，大姑娘不要見怪。據我想著，在三個月內你們家裡一定有辦法。」秀姐笑道：「好吧，借重田老闆的金言。那末我就寫一張三個月裡還他的借字吧。」何氏道：「三個月裡還錢？到那時，你有錢還人家嗎？」秀姐道：「田老闆久經世故，什麼事不知道？他這樣說了，一定是三個月裡有辦法。就請田老闆和我們寫一張借字吧。」田佗子望了梁胖子笑道：「梁老闆的意思怎麼樣？」說著，站起來拍了兩拍身上的菸灰。梁

第六章　明中圈套

胖子也隨他的話站起身來，笑道：「我無所謂。只要陳家大嫂子感覺得不困難。」秀姐笑道：「天下人都是這樣，借錢的時候，非常高興，到了還錢的時候，就覺得有困難了。最好是我們借了梁老闆這筆錢，不用……」她說到這裡就不向下說了，向田佗子點了一個頭道：「諸事都拜託田老闆了。」田佗子道：「你這裡沒有筆硯，拿到我家裡去寫吧。寫好了我來請大姑娘畫一個押就是。」何氏道：「還要畫押？」說著，突然地站了起來。秀姐笑道：「我的老娘，你怎麼越過越顛倒。人家替你寫一張借字，交給梁老闆，這就算事了嗎？假如這樣算得了事，你有十個姑娘，也讓舅舅賣掉了。」梁田兩人都站在院子裡聽她說話。秀姐笑道：「你二位去吧。我娘兒兩個一天抬到晚的槓，這算不了什麼。」

梁胖子聽說，笑著走開了。何氏看到兩個人都走進老虎灶去了，便悄悄地問秀姐道：「這樣辦不要緊嗎？到了日子拿不出錢來，你我娘兒兩個要挑著千斤擔子的。我們畫了押，你舅舅不會管這件事的。」秀姐道：「哪個又要他管這件事呢？我們花了人家的錢，我們還。我們還不出錢來，我憑著我這個人就有法子解決。」何氏笑道：「你也自負得了不得。你就有這麼大的面子嗎？」秀姐道：「你老人家太老實，非說明了不可。我就告訴你吧，他們這是一個圈套。頭一下子我就有些疑心。可是我們餓得難受，不得不上鉤。現在既然是上鉤，只有跟著吞了下去，不吞也是不行。好在我們窮得精光，除了這條身子，也沒有什麼讓人家拿去的。我捨了這條身子就是了，你老人家還擔什麼心？只要我肯下身分，慢說是三十塊錢，就是三百塊錢，也有法子對付。」正說到這裡，田佗子已經同著梁胖子走回來了。他們聽到秀姐在道論這件事，在院子裡站著，沒有進來。秀姐點點頭道：「二位請進來，我們家裡，並沒有什麼祕密！」那兩人見她

這樣大馬關刀地說著，在尷尬情形中也就只好笑了一笑走進來。田佗子手上捧了一張借字，向秀姐微欠了一欠腰，笑道：「姑娘看看，這借字寫得怎麼樣？」說著，將借字伸著遞過來。秀姐向後退了兩步，笑著搖了兩搖頭道：「我又不認得字，你給我看什麼？」田佗子笑道：「大姑娘客氣，我知道你在家裡老看鼓兒詞。不過也應當唸給陳家大嬸子聽聽。」於是舉著字條在面前，念道：

立借約人陳何氏，今借到梁正才先生名下大洋參拾元。言明月息一厘，在三個月內，本息一併歸還。生口無憑，立此借約為據。

年月日具唸完了，他又聲明一句道：「無息不成借約。只好在字上寫了一厘息，三十塊錢作三個月算，到了還債的日子，要不了你一角錢利錢，載上這一筆，總沒有什麼關係。」何氏點點頭道：「我懂得懂得！我們常噹噹[1]的人，利錢是會算的。」田佗子道：「那就很好，請你畫上一個押。」說著，把那借字遞了過來。何氏拿了這張字在手，不知道怎樣是好。卻回過臉來向秀姐望著。秀姐笑道：「這發什麼呆呢？梁老闆手上有筆，你接過來畫上一個十字就是。」何氏糊裡糊塗地在梁胖子手上接過那支毛筆來，又不知道要在哪裡下手。還是掉過臉來向秀姐望著。秀姐道：「咳！我索性代了你老人家吧。我自己押上一個字，想梁老闆一定也歡迎。」說著，把字條鋪在桌上，在立借約人陳何氏名下畫了一個押，而且還在旁邊注了一行字，陳秀姐代筆。寫得清楚完畢了，兩手捧著，送到梁胖子手上，笑道：「梁老闆你放心，你這筆錢跑不了的。我娘還不了你的錢，你好歹認在我身上。」梁胖子望了她笑道：「大姑娘，你不要誤會了

---

1 噹噹——拿東西到當鋪抵押、借錢；到期付清本利，贖回原物。

第六章　明中圈套

我們的意思。」秀姐道：「我這話也並不見得說出了格呀。我作代筆人在上面畫了押，你不能拿借字和我辦交涉嗎？」梁胖子笑道：「哦！大姑娘是這個意思，但那也不至於。再會！再會！」他一面說著，一面將借字折疊起來揣到懷裡去。和田佗子看了一眼，笑嘻嘻地走了。秀姐簽過押的那支筆，還放在桌上，田佗子就向前去撿了在手上。秀姐向他勾勾頭笑道：「田老闆，多謝你費神了。作中的人，像你這樣熱心的，真是少有！除了跑路，連畫押的筆，都要你隨身帶著。等我舅舅回來，一定告訴他，深深的和你道謝。」田佗子道：「誰讓我們是緊挨著的鄰居呢？這樣近的鄰居家裡有了事，我有個不過問的嗎？」

秀姐笑道：「說到鄰居，那不一定呀！有些人就是搭得鄰居不好，弄得不死不活。像田老闆這樣的鄰居，實在可以多多的請教一下。」田佗子雖覺她的話帶刺，可是想到所做的事，就表面看來，是沒有什麼可說的，微笑笑著也自走了。何氏聽到女兒這些似恭維非恭維的話，又看看她臉上那一種忿恨的顏色，也就想到這件事的前前後後，好像是事先約好了的一套戲法。姑娘既是作主把借約畫了押了，自己也就無須去再說什麼，只是坐著矮椅子上，背半靠了牆壁，呆呆地想。秀姐卻不理會，抬頭看看天上，自言自語道地：「天氣不早了，該做飯吃了。還有二十多塊錢，可以放心大膽，平平安安過上一個月的好日子。媽，你晚上想吃點什麼菜？」何氏望了她道：「你這孩子氣瘋了我，還這樣調皮做什麼？」秀姐笑道：「我調什麼皮？這本來是實話。他們拿錢來圈套我們，我們也上了人家的圈套，這好比人落到水裡去了，索性在水裡游泳著，還可以游過河去。若是在水裡掙扎起來，還想衣服鞋子一點不溼，那怎樣能夠？我們現在快快活活吃一點，也就和落了水的人，索性在水裡游泳一般。」何氏道：「孩

子，你這樣做，是一不做二不休的意思，你真做到了那一步田地的時候，那就不能怪做娘的不能維護你了。」秀姐把臉色向下一沉道：「我要你維護做什麼？我不是維護你，我還不這樣一不做二不休呢。」何氏被女兒這樣頂撞了一句，就不再向下說了。秀姐卻像沒有經過什麼事一樣，自自在在地燒火做飯。這樣一來，何氏倒添了一椿心事，晚飯只吃了一碗，就放下筷子了。秀姐雖也吃飯不多，可是態度十分自然，趕快地洗刷了鍋碗，就把茶壺找了出來，用冷水洗了，放在桌上，問道：「媽，記得我們家還有一小包茶葉，放在哪裡？」何氏靠了桌子坐在矮凳子上，手撐了頭只是昏昏沉沉地想睡。聽了這話，抬起頭來，皺了眉道：「還喝個什麼茶？」秀姐道：「哪是我們喝？我是預備舅舅喝的。我預算著，舅舅該回來了。」何氏道：「好幾天沒有回來了，你倒算得那樣準。」秀姐倒不去和她計較，笑道：「我出去買茶葉去吧。」隨著這話，她走了出去。當她的茶葉還沒有買回來的時候，就聽到何德厚在院子裡先呵喲了一聲。接著道：「我知道，這幾天，家裡一定等我等急了。」何氏見他果然是這時候回來，秀姐所猜的情形，那就一點不錯。不覺一股怒火，直透頂門，立刻扭轉身軀，走進房去。可是她還沒有走進臥室門去，那何德厚已走進了外面堂屋門了。

他笑道：「秀姐娘，老妹子，我這個沒出息的哥哥回來了。」何氏見他這樣喊著了，不能再裝馬糊了，只得站住腳回轉身來向他笑道：「舅舅你怎麼記得回來？我和你外甥女，快要討飯了。」何德厚道：「我想著，你娘兒兩個，一定會想出一些辦法來的。所以我也沒有託人帶一個口信回來。今天吃過晚飯嗎？」何氏還沒有答清，秀姐已經買了一包茶葉進門了。她笑道：「舅舅財喜好哇！在哪裡出門來呢？」何德厚本已坐在椅子

第六章　明中圈套

上了，看到她走進來，便站了起來向她點了一個頭笑道：「外甥姑娘，這兩天把你急壞了，真對不起。」秀姐笑道：「真想不到，舅舅和外甥女這樣客氣，其實應該說是我們對不住舅舅。」何德厚手上捏了一個大紙包，正放到桌上去透開著，這裡面除了燒餅饅頭，還有一張荷葉包，包著燻雞醬肉之類，正笑著要請她母女兩人吃。聽了這話，故意放出很吃驚的樣子，向秀姐望了道：「你這話，什麼意思？」秀姐道：「也沒有什麼意思。不過我沒有知道舅舅回來得這樣快，沒有把茶葉給你預備下來，好讓你一進門就有得喝。」何德厚笑道：「就是這件事？」秀姐道：「不就是這件事，舅舅還希望你不在家的時候，我們和你惹下一場大禍嗎？」何德厚笑道：「若是那樣說，我益發不敢當了。」秀姐笑道：「哼！不敢當的事，以後恐怕還要越來越多呢。」說著，她在茶壺裡放下了茶葉，立刻到田佗子家裡泡了熱茶來。田佗子隨在她後面走來，走到院子裡，老遠地就抬起一隻手來，向何德厚指點著道：「你在哪裡吃醉了酒，許多天沒有回來？真是拆爛汙，真是拆爛汙！」何德厚道：「我到江邊上去販貨，讓我一個朋友拉著我到滁州去，做了一趟小生意。雖也尋了幾個錢，扣起來去的盤川，也就等於白跑了。請坐請坐！」他搬過一張竹椅子來讓田佗子坐下，又在身上掏出一盒紙菸來敬客。對於田佗子之來，似乎感到有趣，還將新泡來的茶，斟了一杯，放在桌子角上相敬。田佗子抽著菸，微笑道：「何老闆這多天，家裡不留下一個銅板，也沒有在米缸裡存下一合米，你這叫人家怎樣過日子呢？」何德厚搔搔頭髮，笑道：「這實在是我老荒唐。不過我這位外甥姑娘很能幹，我想著總也不至於吊起鍋來。」何氏站在房門邊聽他們說話，這就把頭一偏道：「不至於吊起鍋來？可不就吊了一天的鍋嗎？」何德厚向她一抱拳頭，笑著連說對不起。田佗子笑道：「你不用

著急，天無絕人之路呢。」於是把梁胖子送款來的事，粗枝大葉地說了一個頭尾。何德厚當他說的時候，只管抽了菸聽著。直等田佗子說完，卻板了臉道：「田老闆你雖是好意給她們打了圓場，但是你可害了我。你想吧，她母女兩人，在三個月之內，哪裡去找三十塊錢來還這筆債？」田佗子臉上，透著有點尷尬，勉強笑道：「我也明知道，梁胖子不是好惹的。不過在當時的情形，不是這樣就下不了臺。而況梁胖子這樣對她們客氣，還是一百零一次，我覺得倒不可以太固執了。」何德厚道：「客氣是客氣，他不會到了日子不要錢吧？我和他有過一次來往帳，我是提到他的名字，就會頭痛。」秀姐將身子向前一挺，站到他們兩人面前，臉紅紅地望了何德厚道：「舅舅，你說這些話，還是故意裝做不知道呢？還是真不知道？你要把我說給趙次長做二房，你早已就告訴梁胖子的了，梁胖子還向我娘道過喜呢，這不就是我一個還錢的機會嗎？我一天做了趙次長的姨太太，難道三十塊錢還會難倒我？我並不是不害臊，自己把這些話說出來。不過我看到大家像唱戲一樣的做這件事，真有些難受！我索性說明了。大家痛痛快快向下做去，那不好嗎？哼！真把我當小孩子哄著呢！」她這樣說著，別人一時答覆得什麼出來？田佗子看著情形不妙，搭訕著伸了個懶腰，問聲：「幾點鐘了？」在這句話後，懶洋洋地走了。

第七章　談條件之夜

第七章　談條件之夜

　　抽菸的動作，是給人解決困難的補救劑。何德厚悶著一肚皮的春秋，自是想到家以後，按了步驟，一步一步做去。現在聽到秀姐說的這一番話，簡直把自己的五臟都掏出來看過了。一時無話可說，只好在身上掏出一盒紙菸來，銜了一支，坐在矮凳子上慢慢地抽。秀姐在一邊看到微笑道：「我們舅舅真是發財了。現在是整包的香菸買了抽。將來在我身上這筆財要發到了，不但是買整包的香菸，還要買整廳宇的菸呢。」何德厚再也不能裝傻了，兩指取出嘴裡銜的菸來，向空中噴了一口菸，把臉子沉了下來，因道：「秀姐，你不要這樣話中帶刺。我和你說，人家也是一番好意。你這大年歲了，難道還沒有到說人家的時候嗎？至於說給人家做二房，這一層原因，我也和你詳細地說了，從與不從，那還在你，你又何必這樣找了我吵？」秀姐道：「我為什麼從？我生成這樣的下賤嗎？不過你們做好了圈套，一定要把我套上，我也沒有法子。我為什麼沒有法子呢？因為我餓得冷得，也可以受得逼。但是我這位老娘，苦了半輩子就指望著我多少養活她兩天。現在我要一鬧脾氣，尋死尋活，第一個不得了的就是我的娘。我千不管，萬不管，老娘不能不管。我明知道我將來是沒有好下場，但是能顧到目前，我也就樂得顧了目前再說。譬如說，那個姓趙的討我去做姨太太，開頭第一項，他就要拿一筆錢來。我娘得了這錢，先痛快痛快一陣子再說。至於我本人到了人家，是甜是苦那還是後話，我只有不管。我娘這大年紀了，讓她快活一天是一天。」何德厚這才帶了笑容插嘴道：「姑娘，你說了這一大套，算最後這一句話說得中肯。你想，你娘為你辛苦了半生，還不該享兩天福嗎？至於你說到怕你到了人家去以後，會有什麼磨折，你自然也顧慮得是。我做舅舅的和你說人家，也不能不打聽清楚，糊裡糊塗把你推下火坑。你所想到的這一層，那我可寫一張保險單

子。」秀姐不由得淡笑了一聲，索性在何德厚對面椅子上坐下，右腿架在左腿上，雙手抱了膝蓋，脖子一揚，小臉腮兒一繃，一個字不提。何德厚道：「姑娘，你以為我這是隨便說的一句淡話嗎？」秀姐笑道：「若是開保險公司的人，都像舅舅這個樣子，我敢說那公司是鬼也不上門。」何德厚又碰了這樣一個硬釘子，心裡也就想著，這丫頭已是拚了一個一不做，二不休，若是和她硬碰硬的頂撞下去，少不了她越說越僵，弄個哭哭啼啼，也太沒趣味，就讓她兩句，也沒什麼關係。這就笑道：「姑娘，隨便你怎樣形容得我一文不值。好在你的娘和我是胞兄妹。再說，我膝下又沒有一男半女，你也就是我親生的一樣。我就極不成人，我也不至於害了你，自己找快活。」秀姐在一邊望了他，鼻子裡哼上了一聲，除了臉上要笑不笑而外，卻沒有什麼話說。何氏坐在旁邊，看到秀姐只管譏諷何德厚，恐怕會惹出其他的變故。便笑道：「舅舅，你剛回來，喝碗茶，不必理會她的話。人家的錢，我們已經用了，後悔自然也是來不及。我們慢慢的來商量還人家的錢就是了。」秀姐把身子一扭，轉了過來，向她母親望著道：「你老人家，也真是太阿彌陀佛，我們還商量些什麼？哪裡又有錢還人？老老實實和舅舅說出來，把我賣出去，你要多少錢？這樣也好讓舅舅和人家談談條件。」何德厚把吸剩的半截菸頭，扔在地上將腳踏了。笑道：「我們外甥姑娘是越來越會說話。字眼咬得很清楚不算，還會來個文明詞兒。世上將女兒許配人家做三房四妾的很多，難道這都是賣出去的嗎？你說出這樣重的字眼，我就承當不起。」秀姐笑道：「喲！我說了一個賣字，舅舅就承當不起？好了，我不說了，現在也不是鬥嘴巴子的時候，有什麼話，娘就和舅舅談談吧。」何氏道：「你看，你還是要脾氣。」秀姐道：「並不是我要脾氣。事到於今，反正是要走這一條路，有道是，快刀殺人，死

第七章　談條件之夜

也無怨。我就願意三言兩語把這話說定了，我死了這條心，不另外想什麼。你老人家也可以早得兩個錢，早快活兩天。」何德厚又點了一支紙菸抽著，點點頭道：「自己家裡先商量商量也好。你娘兒兩個的實在意思怎樣？也不妨說一點我聽聽。」何氏皺了眉道：「教我說什麼呢？我就沒有打算到這頭上去。」秀姐站起來，把桌子角上那壺茶，又斟了一杯，兩手捧著送到何德厚面前笑道：「我沒有什麼孝敬你老人家，請你老人家再喝一杯茶。」何德厚也兩手把茶杯接著，倒不知她又有什麼文章在後，就笑道：「外甥姑娘，你不要挖苦我了，有話就說吧。」秀姐笑道：「你老人家請坐，我怎麼敢挖苦你老人家？因為到了這個時候，我不能不說幾句實在話，也不能不請你作主。既是要你作主，我就要恭維恭維你了。」何德厚笑道：「恭維是用不著。我想著，你總有那一點意思：我和你提親，一定在其中弄了一筆大錢。這事我要不承認呢，你也不相信。好在這件事，我不能瞞著你的，人家出多少錢禮金，我交給你母親多少禮金，你都可以調查。」秀姐道：「這樣說，舅舅是一文錢也不要從中撈摸的了。」

　　何德厚頓了一頓，然後笑道：「假使你母親答應我從中吃兩杯喜酒，那我很願意分兩個錢吃酒，橫直你舅舅是個酒鬼。」說著，就打了一個哈哈。秀姐望了何氏，將腳在地上面，連頓了幾頓，因道：「我的娘，你到了這時候，怎麼還不說一句話？這也不是講客氣的事，怎麼你只管和舅舅客氣呢？」何氏道：「我倒不是客氣。這是你終身大事，總也要等我慢慢的想一想，才好慢慢的和你舅舅商量。」秀姐道：「你老人家也真是阿彌陀佛。說到商量，要我們在願不願意之間還有個商量，意思是可以決定願不願。現在好歹願是這樣辦，不願也是這樣辦，那還有什麼商量？我們只和舅舅談一談要多少錢就是了。」何氏見自己女兒，總是這樣大馬關刀的

說話，便道：「你何必發脾氣？舅舅縱然有這個意思，也沒有馬上把你嫁出去。」秀姐嘆了一口氣，又搖了兩搖頭，因笑道：「麻繩子雖粗，也是扶不起來的東西。」就向何德厚道：「大概我娘是不肯說的了，我就代說了吧。什麼條件也沒有，就只兩件事：第一，我娘要三千塊錢到手，別人得多少不問。第二，我要自己住小公館，不和姓趙的原配太太住一處。錢拿來了，不管我娘同意不同意，我立刻就走。」何德厚微笑道：「你總是這樣說生氣的話。」秀姐點點頭道：「實在不是生氣的話。說第一個條件吧。姓趙的既是做過次長的，拿五七千塊錢討一個姨太太也不算多，慢說是三千塊錢。第二條呢⋯⋯」何德厚道：「這一層，我老早就說過了，絕不搬到趙次長公館裡去住。人家討二房，也是尋開心的事，他何必把二太太放到太太一處去，礙手礙腳呢？」秀姐道：「好，難為舅舅，替我想得周到。這第一件呢？」說時，伸了一個手指，很注意的望了何德厚。他笑道：「第一條？」說著，伸手搔了幾搔頭髮。秀姐道：「錢又不要舅舅出，為什麼發起愁來了呢？」何德厚道：「我當然願意你娘多得幾個錢。不過開了這樣大的口，恐怕人家有些不願意。」

秀姐道：「不願意，就拉倒嗎！這又不是賣魚賣肉，人家不要，怕是餿了臭了？」何德厚覺得有些談話機會了，正要跟著向下說了去，不想她又是攔頭一棍，讓自己什麼也說不上，只得口銜了紙菸，微微地笑著。何氏道：「這也不是今天一天的事，你舅舅出門多天，剛剛回來，先做一點東西給你舅舅吃吧。」這句話倒提醒了何德厚，便站起來，扯扯衣襟，拍拍身上的菸灰，自笑道：「我真的有些肚子餓，要到外面買一點東西吃去了。有話明日談吧。」說著話，他就緩緩地踱了出去。何氏自然是好久不作聲。秀姐見何德厚掏出來的一盒紙菸沒有拿走。這就取了一支菸在

第七章　談條件之夜

手，也學了別個抽菸的姿勢，把菸支豎起，在桌面上連連蹾了幾下，笑道：「我也來吸一支菸。」何氏道：「你這孩子，今天也是有心裝瘋。你要和你舅舅講理，你就正正堂堂和他講理好了。為什麼一律說著反話來俏皮他？他不知道你的意思，倒以為你的話是真的。」秀姐把那支菸銜在嘴角裡，擦了火柴，偏著頭將菸點著吸上一口，然後噴出菸來道：「我本來是真話。有什麼假話，也不能在你老人家面前說得這樣斬釘截鐵。娘，我真是有這番意思，嫁了那個姓趙的拉倒。」

何氏還沒有答話，門外卻有一個人插嘴道：「好熱鬧的會議，完了一場又是一場。」隨著這話，卻是童老五口裡銜了一支香菸，兩手環抱在胸前，緩緩地踱著步子走了進來。何氏倒無所謂，秀姐卻是一陣熱氣，由心窩裡向兩腮直湧上來，耳朵根後面都漲紅了。先還不免一低頭，隨後就勉強一笑道：「老五什麼時候來的？我們一點也不知道。」童老五且不答覆她這句話，笑道：「幾時喝你的喜酒呢？」隨了這話，扭轉身來向何氏抱了一抱拳頭，笑道：「恭喜恭喜！」何氏道：「哪裡就談得上恭喜呢？我娘兒兩個，也不是正在這裡為難著嗎？」童老五笑道：「認一個做次長的親戚，這算你老人家前世修到了哇，為什麼為難呢？」秀姐本就含住兩汪眼淚水，有點兒抬不起頭來。到了這時，實在忍不住了，哇的一聲哭著，兩行眼淚，在臉上齊流，望了童老五頓著腳道：「前世修的也好，今世修的也好，這是我家的事，不礙別人。你為什麼挖苦我？」說畢，扭了身子就向自己屋子裡頭跑，嗚嗚咽咽的哭著。童老五進門的時候，雖然還帶了一片笑容，可是臉上卻暗暗藏著怒氣。這時秀姐在屋子裡哭了起來，他倒沒有了主意。不覺微微偏了頭，皺了眉向何氏望著。何氏嘆了一口氣道：「本來呵，她已經是心裡很難受，你偏偏還要拿話氣她。你想，她舅

舅出的這個主意，她還願意這樣做嗎？」童老五道：「你們家的事，多少我也知道一點。第一自然是你娘兒兩個的生活無著，不能不靠了這老酒鬼。第二是你們又錯用了梁胖子三十塊錢了，沒有法子還他。俗話說：一文逼死英雄漢，你們是讓人家逼得沒奈何了。」何氏倒沒有什麼可說的，鼻子裡嘯噓兩聲，忽然流下淚來。童老五道：「唉！酒鬼不在家，你們過不去，該告訴我一聲。我縱然十分無辦法，弄得一升米，也可以分半升給你娘兒兩個。不該用那三十塊錢。」秀姐止住了哭聲，突然在裡面屋子插嘴道：「好話人人會說呀。你不記得那天還到我們家來借米嗎？假如，我娘兒兩個有一升米，你倒真要分了半升去。」她雖沒有出來，童老五聽了這話，看到裡面屋裡這堵牆，也不覺得紅了臉。何氏道：「老五，你也不要介意。她在氣頭上，說話是沒有什麼顧忌的。不過我娘兒兩個，在背後總沒有說過你什麼壞話的。」童老五兩手環抱在懷裡，將上牙咬了下嘴唇，偏著頭沉思了一番，臉色沉落下來，向何氏道：「姑媽，你往日待我不錯。你娘兒倆現在到了為難的時候，我要不賣一點力氣來幫幫忙，那真是對不起你。我也不敢預先誇下海口，能幫多大的忙。反正我總會回你們一個信的。看吧！」說完，他一撒手就走了。何氏滿腔不是滋味，對於他這些話，也沒有十分注意。還是秀姐睡在屋子裡頭，很久沒有聽到外面說話，便問道：「童老五走了嗎？」何氏道：「走了，他說可以幫我們一點忙。」秀姐隔著牆嘆了一口氣道：「他也是說兩句話寬寬我們心罷了。我現在死了心，倒也不想什麼人來幫我們的忙。」何氏道：「真也是，我們是六親無靠。假如我們有一個像樣的人可靠，也不會落到這步田地。」秀姐道：「你這話我不贊成。你說童老五和我們一樣窮倒也可以。你說他也不像樣，那就不對。他為人就很仗義。一個人要怎麼樣子才算像樣呢？要

第七章　談條件之夜

像梁胖子那樣，身上總穿一件綢，腰包裡終年揣了鈔票，那才是像樣子的
人嗎？」

　　何氏道：「我也不過那樣比方的說，我也不能說童老五不是一個好人
啦！」秀姐對於她母親這話，倒並沒有怎樣答覆，屋子裡默然了下去。
何氏拿了一件破衣服，坐到燈下，又要來縫補釘。秀姐由屋子裡出來，
靠了房門框站定，臉上帶了淚痕，顏色黃黃的。手扶著鬢髮，向何氏道：
「這個樣子，你老人家還打算等著舅舅回來，和他談一陣子嗎？」何氏
道：「你看，你先是和他說得那樣又清又脆，一跌兩響，他出去了一趟回
來，就把這事丟到一邊不問，那怎麼可以呢？」秀姐道：「你談就儘管和
他談，我也不攔你。你不要忘記了我和舅舅提的那兩個條件。只要舅舅答
應辦得到，你就不必多問，無論把我嫁給張三李四，你都由了他。」何氏
道：「你不要說是三千塊錢沒有人肯出。你要知道，有錢的人拿出三千塊
錢來，比我們拿出三千個銅板來，還容易得多呢！」秀姐道：「有那樣拿
錢容易的人，我就嫁了他吧！假使我吃個三年兩載的苦，讓你老人家老年
痛快一陣子，那我也值得。」何氏兩手抱了那件破衣服在懷裡，卻偏了頭
向秀姐臉上望著。因道：「你以為嫁到人家去，兩三年就出了頭嗎？」秀
姐道：「那各有各的算法，我算我自己的事，三兩年是可以出頭的。你老
人家太老實，什麼也不大明白，我說的話，無非是為了你，你老人家……
唉！我也懶得說了。」說著，搖了兩搖頭，自己走回屋子去了。何氏對於
她這話，像明白又像不明白，雙手環抱在懷裡，靜靜的想了一想。接著
又搖搖頭道：「你這些話，我是不大懂得。」可是秀姐已經走到屋子裡去
了，她縱然表示著那疑惑的態度，秀姐也不來理會。她手抱了衣服，不
做針活，也不說話，就是這樣沉沉的想。不多一會子，何德厚笑嘻嘻回

來了，笑道：「秀姐娘，你還沒睡啦！」何氏道：「正等著舅舅回來說話呢！」何德厚道：「等我回來說話？有什麼事商量呢？」說著抬起手來，搔搔頭髮，轉了身子，四周去找矮凳子，這就透著一番躊躇的樣子。何氏道：「舅舅請坐，再喝一杯茶，我緩緩來和你說。」何德厚終於在桌底下把那矮板凳找出來了。他緩緩坐下去，在身上又摸出一盒紙菸來。何氏立刻找了一盒火柴，送到他面前放在桌子角上，笑道：「舅舅真是有了錢了，紙菸掏出一盒子又是一盒子。」何德厚擦了火柴吸著菸笑道：「那還不是託你娘兒兩個的福。」何氏道：「怎麼是託福我娘兒兩個呢？我們這苦人，不連累你，就是好的了。」何德厚頓了一頓，笑道：「我說的是將來的話。」何氏道：「是的，這就說到秀姐給人家的事情了。她果然給了一個有吃有喝的人家，我死了，一副棺材用不著發愁，就是舅舅的養育之恩，也不會忘記。不過若只圖我們舒服，把孩子太委屈了，我也是有些不願意的。」何德厚連連搖著頭道：「不會不會，哪裡委屈到她？我不是說了嗎？她就像我自己的姑娘，我也不能害自己的女兒。那趙次長不等我們說，他就先說了，一定另外租一家公館。」何氏道：「我曉得什麼？凡事總要望舅舅體諒一點。」她說著，哽咽住了，就把懷裡抱的那件破衣服拿起，兩手只管揉擦眼睛角。她不揉擦，倒也沒有什麼形跡，這一揉擦之後，眼淚索性紛紛地滾了下來。何德厚勸也不是，不勸也不是，皺了眉頭子抽著菸捲，口裡卻連連說著：「這又何必呢？」何氏越是聳了鼻尖，唏唏噓噓的哭。秀姐突然的站在房門口，頓腳道：「舅舅和你說話呢，你哭些什麼？你哭一陣子，就能把事情解決得了嗎？舅舅，我來說吧。另外住這一件事，我看是沒有什麼問題的了。還有一件我想也不難。那個姓趙的討得起姨太太，就可拿得出三千塊錢。」何德厚微偏了頭，向秀姐笑道：

第七章　談條件之夜

「姑娘，你不要這樣左一聲右一聲叫著姨太太，說多了，你的娘心裡又難過。至於三千塊錢的話，只要你不反悔，總好商量。」秀姐道：「我反悔什麼？只要這三千塊到了我娘的手上，要我五分鐘內走，我要挨過了五分零一秒，我不是我父母養的。舅舅，你和我相處，也一二十年了。你看我這個人說話，什麼時候有說了不算事的沒有？至於姨太太這句話，說是名副其實，也沒有什麼難過不難過。不說呢，也可以，這也並不是什麼有體面的事情。」

何德厚先把大拇指一伸，笑道：「姑娘，不錯！你有道理。只要你說得這樣乾脆，我做舅舅的也只好擔些擔子。就是這話，我去對趙次長說，沒有三千塊錢，這親就不必再提。」說著，伸手掌拍胸脯。秀姐笑道：「今晚上你老人家沒有喝酒嗎？」何德厚突然聽了這一問，倒有些愕然。便道：「喝是喝了一點，怎麼？你一高興了，打算請我喝四兩嗎？」秀姐道：「不是那話。你老人家沒有喝什麼酒，這會子就不醉。既不醉呢，說的話就能算數。」何德厚抬起右手，自在頭皮上戳了一下爆栗。笑罵道：「我何德厚好酒糊塗，說話做事，都沒有信用，連自己的外甥女兒，都不大相信，以後一定要好好的做人，說話一定要有一個字是一個字。」秀姐笑道：「舅舅倒不必這樣做。好在我已經拿定了主意，無論怎樣說得水點燈，沒有三千塊錢交到我娘手上，我是不離開我娘的。」何德厚點點頭道：「你這樣說也好。你有了這樣一個一定的主意，我也好和你辦事。」說著，口裡抽了紙菸，回轉頭來向何氏道：「你老人家還有什麼意見呢？」她聽著她女兒說話，已經用破衣服把眼淚擦乾了，卻禁不住噗嗤一聲地笑了起來。因道孩子舅舅一客氣起來，也是世上少有。連我都稱呼起老人家來了。何德厚笑道：「你也快做外婆的人了，老兄老妹的，也應當彼此客氣

一點。」秀姐把臉色一沉道：「舅舅，你還是多喝了兩杯吧？怎麼把我娘快做外婆的話都說出來？我娘沒有第二個女兒，我可是敢斬頭滴血起誓，是一個黃花幼女。這話要是讓外人聽到，那不是一個笑話嗎？」何德厚抬起右手來，連連地在頭上戳著爆栗。然後向秀姐抱了拳頭，連拱了幾下手，笑道：「姑娘，你不要介意。我這不是人話，我簡直是放屁。今天晚上，大概是我黃湯灌得多了，所以說話這樣顛三倒四，我的話一概取消。」說著，頭還連連點了兩下，表示他這話說得肯定。可是他把話說完了，自己大吃一驚，呵喲一聲。秀姐娘兒兩個，倒有些莫名其妙，睜了兩眼向他望著。何德厚連連作了揖道：「我的話又錯了，先答應秀姐那兩個條件的話，還是算數。絕不取消。我的外甥姑娘，你明白了嗎？」秀姐嘆了一口氣，又笑道：「舅舅，你這樣子，也很可憐呢！」何德厚點頭道：「姑娘，你這話是說到我心坎上來了。我也是沒法子呀！哪個願意過得這樣顛三倒四呢？」秀姐手扶了房門框，對他注視了很久。見他那兩個顴骨高挺，眼眶子凹下去很多，臉色黃中帶青，這表示他用心過度。抬昂著頭嘆口氣，回房睡覺去了。

第八章　朋友們起來了

第八章　朋友們起來了

　　世上被人算計著的，自然是可憐蟲。而算計人的，存著一種不純潔的腦子，精神上就有些不大受用。加之對方若是有點知識的人，多少有些反抗，這反抗臨到頭上，無論什麼角兒，也不會受用的。何德厚存著一具發財的心理，算計自己骨肉，實在不怎麼痛快。遇到秀姐這個外甥女，在不反抗的情形下，常是冷言冷語地回說兩句，卻也對之哭笑不得。一晚的交涉辦完了，秀姐是帶著笑容嘆了氣進房去的。何德厚沒得說了，只是坐在矮凳子上吸紙菸。頭是微偏著，右手撐住大腿，托了半邊臉。左手兩指夾了紙菸，無精打采的沉思量著，那菸縷縷上升，由面孔旁邊飛過去。不知不覺之間，眼睛受到燻炙，流出了一行被刺激下來的眼淚。何氏道：「舅舅，你還盡想些什麼呢？好在我娘兒兩個，苦也好，樂也好，這八個字[1]都全握在你手掌心裡。你還有什麼發愁的呢？」何德厚丟了菸頭，拿起腰帶頭子擦著自己的眼睛角，嘆了一口氣道：「你娘兒兩個當了我的面，儘管說這些軟話，可是背了我的時候，就要咬著牙罵我千刀萬剮了。」何氏道：「你也說得太過分一點。我們也沒有什麼天海冤仇，何至於這樣。」何德厚道：「這也不去管他了。好在你們已經說出條件來了，我總當盡力，照著你們的話去辦。將來有一天你做了外老太太了，你開了笑容，我再和你們算帳。」說著，他嗤嗤地一笑。何氏還沒有答言呢，院子外忽然有人叫了一聲何老闆。何德厚道：「呵！是田老闆，十來點鐘了，快收灶了吧？」田佗子悄悄走了進來，老遠的張了口，就有一種說話的樣子，看到何氏坐在這裡就把話頓住了。何德厚笑道：「我外甥姑娘和我泡了一壺好茶，我還沒有喝完呢！」田佗子道：「我灶上兩個罐子裡水都開著，我和你去加一點

1　「八個字──即生辰八字，意為「命運」。

水。」說著他拿了桌上的茶壺出去，何德厚就在後面跟了出來。田佗子在院子裡站住等了一等，見何德厚上前來，便低聲道：「你們的盤子[1]，談得怎樣了？剛才童老五在這門口，來回走了好幾回。他那幾個把兄弟在後面跟著，好像有心搗亂，你提防一二。」何德厚冷笑道：「這些小混蛋，向來就有些和我搗亂。他們儘管跑來跑去，不要理他。我嫁我的外甥女，干他們什麼事？要他們鬼鬼祟祟在一旁搗什麼亂？我何德厚在這丹鳳街賣了三十多年的菜，從來不肯受人家的氣，看人家的顏色。他們真要……」田佗子一手拉扯住他的衣襟，低聲笑道：「你和我乾叫些什麼？又不是我要和你為難。」何德厚道：「你想，我為了這事，已經憋了一肚子的氣。若是再讓這些混蛋氣我一下，我這條老命不會有了。」說著，兩人走上了大街，果見童老五又在這門口，晃了膀子走過去。他後面跟了兩個小夥子，都環抱了手臂在懷裡，走路有點兒歪斜。一個是賣酒釀子的王狗子，一個是賣菜的楊大個子。這兩人和童老五上下年紀。楊大個子更有一把蠻力，無事練把式玩的時候，他拿得動二百四十斤重的石鎖。何德厚一腳踏出了門，情不自禁地，立刻向後一縮，楊大個子正是走在最後一個人，他兩手緊緊抱了在胸前，偏了頭向著這邊，故意放緩了步子，口裡自言自語道：「發財？哪個不想發財！一個人總也要有點良心，割了人家的肉來賣錢，這種便宜，哪個不會撿？但是這種人，也應當到尿缸邊去照照那尊相，配不配割人家的肉來賣錢呢？道路不平旁人鏟……」

　　說到這裡，人已走遠了，下面說的是些什麼，就沒有聽到。何德厚站在門後邊，等了一會，等人去遠了，這才伸出頭來，向街兩頭張望了一

1　盤子——行會語言，意即條件。

第八章　朋友們起來了

下。田佗子本已搶先走回老虎灶去了，這也就伸出頭來，同樣的探望著。看到何德厚悄悄地溜過來，伸了頭在他肩膀邊，低聲道：「你看怎麼樣？童老五這傢伙，不是有心和你搗亂嗎？」何德厚道：「怕，我是不怕的。不過他三個小夥子，又有楊大個子那個蠢牛在內，我打不過他。」田佗子笑道：「就是打不過他，那才怕他。打得過他，他就該怕你了。你還怕他做什麼呢？」何德厚道：「其實我也不怕他。青天白日，朗朗乾坤，他還能夠殺人不成？若說打架，他一天打不死我，我就可以帶了傷到法院裡去告狀。田老闆還坐一會子嗎？」他一面說著，一面將兩手扶了門，作個要關閉的樣子。田佗子看了，自然不再和他談話。這裡何德厚把門關閉好，又用木柱把門閂頂上了，接著又把手按了一按，方才去睡覺。其實童老五雖十分氣憤，他也不會跑到何家來打他一頓。這時候，丹鳳街上的行人，和街燈一樣零落，淡淡的光，照著空蕩蕩的街道。店鋪都關上了板門，街好像一條木板夾的巷。遠處白鐵壺店，打鐵板的聲嗆嗆嗆，打破了沉寂。三個人悄悄地走著，找了一片小麵館吃麵。這是半條街上唯一的亮著燈敞了門的店鋪。三人在屋簷下一張桌上坐了。童老五坐在正中，手敲了桌沿道：「找壺酒來喝喝吧！」楊大個子道：「你明天還要特別起早，為什麼今天還要喝酒？」童老五皺了眉道：「不知什麼道理，我今天心裡煩悶得很，要喝上兩杯酒，才能夠痛快一下。」王狗子坐在他下手，就拍拍他肩膀道：「老弟臺，凡事總要沉得住氣，像你這個樣子，那還能做出什麼事來嗎？事情我們正在商量，未見得我們就走不通。說到對手，他也是剛才在商量，也未見得就走得通。就算我們走不通，他倒走得通那也不要緊。你這樣年紀輕輕一個漂亮小夥子，還怕找不到老婆嗎？」童老五把臉色一正，因道：「狗子，你這是什麼話？我請你幫忙，絕不是為了討老婆。要是你那個說法，

我全是點私心。何德厚這老傢伙聽了，更有話可說了。」楊大個子向王狗子瞪了一眼，然後向童老五道：「他是向來隨便說話的，你又何必介意？這又說到我和他自己了。我們出面來和何老頭子對壘，為了什麼呢？不就是為了朋友分上這點義氣嗎？我們是這樣，當然你也是這樣。玩笑是玩笑，正事是正事，酒倒不必喝了，你早些回去休息休息要緊。跑這麼一下午，到現在還沒有吃飯，肚子裡一肚子饞火，再喝幾杯酒下去，那不是火上加油嗎？」童老五道：「火上加油也好，醉死了也落個痛快。」說著，麵店裡夥計，正端上三碗麵到桌上來。楊大個子將麵碗移到他面前，又扶起桌上的筷子，交到他手上笑道：「吃麵吧。吃了麵，我們送你回去。」童老五道：「你送我回去做什麼？難道我會在半路上尋了死？」王狗子笑道：「這可是你自說的，人到了……」楊大個子不等他說完，攔著道：「吃麵！吃麵！」

　　王狗子看看他兩人，自也不再說什麼了。三人吃完了麵，看看街上來往的人，已經是越發稀少。童老五卻將筷子碗擺在面前，將手撐住桌子，托了自己的頭，只管對街上望著，很久嘆了一口氣。王狗子道：「你還要吃一碗嗎？為什麼這樣坐了發呆？」那個麵館裡的夥計，站在一邊，卻向他們望了笑道：「我看你們商量了大半天，好像有什麼大為難的事。我李二好歹算是一個朋友，怎麼不和我說一聲？有道是添一隻拳頭四兩力，讓我好歹幫一個忙。」楊大個子向他望望點點頭。李二道：「什麼意思？我夠不上幫忙嗎？」楊大個子道：「不是那樣說。這事不大好找許多人幫忙。」李二走過來，收著桌上的麵碗，向童老五笑道：「我多少聽到一點話因，好像是說到酒鬼何德厚，你不是和他……」說著，把語氣拖長又笑了一笑。王狗子道：「不要開玩笑，我簡單告訴你一句吧。童老五要

第八章　朋友們起來了

一筆錢用，打算邀一個會。這會邀成了，我們要辦的一件事，就好著手去辦。」李二把碗端了去，復拿了抹布來擦抹桌面，這就問道：「多少錢一會呢？我勉強也可湊一會。你兩人雖然是老五的把子[1]，我和老五的交情也不錯。去年夏天我害病，老五在醫生那裡擔保和我墊脈禮，我到於今也沒有謝謝他。」楊大個子昂頭向屋梁看了一會，站起來抓住李二的手道：「你是個好朋友，我曉得。有你這兩句話，你就很對得住朋友了。」李二道：「錢是不要出了，力我總可以出四兩。你們兄弟有什麼跑腿韻事，派我一分也好。」王狗子忽然將桌沿一拍道：「你看，眼前一著好棋，就是李二能辦，我們倒忘記了。」

　　他說得這樣有精神，大家都睜了眼向他望著。王狗子道：「這件事，只有我知道。那姓許的小氣不過，又喜歡在家裡請客。他常常請客在家裡吃素麵。辦上四個碟子，無非是花生米、蘿蔔乾、豆腐乾、拌芹菜。其實哪裡是素麵，就是在這裡叫去的豬頭肉湯麵，到家換上他們自己的碗，才端了出去。他告訴人是他太太用豆芽湯下的。人家吃了他的麵，覺得素麵有肉湯味道，那真了不得。他花錢不多，對人家又吹了牛。這麵總是李二送了去。李二很認得他家，讓他去打聽……」李二正操手站在一邊，聽他們報告。聽到這裡，不覺兩手一拍，笑了起來道：「這樣一說，這事我就完全明白了。這幾天，他們家常有一位趙次長來做客。來了之後，就在我這裡叫麵。他們說來說去，就是女人怎樣，小公館怎樣，那女人的姓也說出來了。這麼一說……」他說到這裡，也不便向下說，把話頓住了。楊大個子道：「這麼一說，你對於這件事，大概可以明白八九分了。事到這步

1　把子——即把兄弟，舊社會時一般通行於中下層人民間。

田地，你想我們怎不恨何德厚？老五雖然缺少兩個錢，年輕力壯，還比我們多認得幾個字，要說賺錢養活家口，他是足有這個力量的。」童老五皺了眉道：「你談這些個做什麼？我們也不⋯⋯」說著，手拍桌子，嘆了一口氣，又搖了兩搖頭。李二道：「這事我完全明白了，我和你們打聽打聽消息，你們也好有個應付。」楊大個子道：「我想這件事讓李二辦辦也好。老五，你這就不必太拘執。有道是知己知彼，百戰百勝，我們能夠知道對方一些消息，那就有力使力，無力使智，凡事搶姓趙的一個先。」童老五道：「和姓趙的我們無冤無仇，他有錢，他花他的錢，我們不能怪他。只是何德厚這東西，饒他不得，賣人家骨肉，他自圖快活。」李二走到店前一步，向左右張望了一番，然後回頭向大家道：「你們也太冒失了，在這大街邊上，這樣道論人家的是非。」王狗子把頭一昂，翻了眼睛道：「道論人家的是非又怎麼樣？大概也沒有那樣大的膽子，敢把我王狗子在大街上怎麼樣？」剛剛是說完了這一句，卻聽到街上很厲害的拍一聲響。王狗子覺得要跑是已經來不及，身子向桌子下一縮，卻把桌面遮了臉。楊大個子伸腳在桌子下面，接連踢了他兩腳道：「這是做什麼？街上的黃包車，拖破了橡皮輪子，也值得嚇成這個樣子嗎？」王狗子由桌下伸了起來，笑道：「我怕什麼？我和你們鬧著玩的。」童老五道：「好了好了，吃人家三碗肉絲麵，儘管在這裡鬧，也好意思嗎？」說著，將麵錢交給李二，先向外走。李二跟在後面，追到大街上來，扯著童老五的衣襟道：「老五，你說要幹什麼，我沒有不盡力的。」童老五道：「也沒有什麼，你只聽聽他們說些什麼，那就夠了。假使有緊急的消息，請你立刻來告訴我。」李二將手一拍胸道：「你儘管放心，有重要的消息，決漏不了。我到哪裡找你呢？」

第八章　朋友們起來了

　　童老五道：「你在三義和茶館裡找我。你若是沒有看到我，你和跑堂的洪麻皮說一聲就行了。我們的交情也不壞。」李二聽了他的話，記在心裡。當麵店裡收堂之後，他就躺在床上，想了大半夜的心事。到了次日，他生意人照著他生意人想的計畫進行。到了下午兩點鐘，跑到三義和茶館裡去，這正是丹鳳衡和這茶館子比較閒散的時候，卻見洪麻皮搭了一條抹布在肩上，在胸前環抱了兩手，斜了一隻腳，向大街上來往的人看著。可以看到每個行人，在那石子磷磷的路面上，拖著一個斜長的影子。偶然一回頭看到了李二，他就迎著跑向前來，笑道：「童老五像落了魂一樣的，坐立不安。十一點多鐘的時候，在這裡泡了一碗茶喝，他也只摻了兩三同開水，就跑走了。你那意思，他已經對我說過了，這就很對。在這個時候，我們不交交朋友，什麼時候我們才可交朋友呢？來！喝碗茶。」說著，把李二引到茶堂角落裡，找了一個向裡倒坐的座位，泡了一碗茶，自己抱了桌子角和他坐下，因問道：「你送了消息來了嗎？」李二道：「今天十二點鐘的時候，恰好是許家又來叫麵，我就借了這個原故把麵送了去。到了他家，正好那姓趙的在那裡，他們在外面那間小客廳裡，正說得熱鬧。我說出這消息來，倒要叫童老五憂心。」

　　洪麻皮在藍短褂小袋子裡掏出只半空的紙菸盒，兩個指頭由盒子裡夾出一支紙菸來，放在李二面前，笑道：「老五傷什麼心？人家挑好了娶姨太太的喜期嗎？」李二道：「若是為了人家選擇了喜期，就要為老五傷心，那也太值不得傷心。我所聽到的，是那個姓趙的所說，只要女孩子願意了，多花幾個錢，倒是不在乎。既是女孩子有這話了，他就花五千塊錢。要些什麼農服，請女孩子自己到綢緞莊裡去做，請姓許的太太陪了去，花多少錢，就給多少錢，他決沒有什麼捨不得。隨後，他又說了，既

是女孩子願意了，也不妨先做一做朋友。他要求許太太先去邀女孩子出來，一路去玩玩。這也並沒有別的意思，無非是請吃個館子，同去看看電影。」洪麻皮也就銜了一支菸在嘴角，在褲子布袋縫裡，尋出幾根零碎火柴來在桌面底下擦著，然後將菸點了，向李二道：「那麼，許家人怎麼答覆他的呢？」李二道：「那許先生倒認為有點困難，怕女孩子害羞。可是那許太太就拍了胸，說是辦得到。她說她和姑娘在一處談了幾個鐘頭的話，又出了許多主意。那姑娘倒很感激她是一位搖鵝毛扇子的軍師，若果然如此，就說一路出去玩，也是她出的主意，姑娘沒有不去的。我聽了這話，倒不怪這位許太太瞧不起人，我只是說這位姑娘有點讓人看不過去，為什麼親自跑到作媒的許家去？這樣，不是送上門的買賣嗎？」洪麻皮聽說，臉上幾個白麻子，倒是跟著漲紅了，因道：「這倒是奇怪了。秀姐這個人，平常是很有骨子的，不像是那種風流女人。但是你所聽到的，也絕不是假話。」李二道：「那是笑話了。我們和老五是好朋友，總望他成其美事，哪有拆散人家婚姻的道理？不過朋友為朋友，教老五去上人家的當，那我也犯不著。」洪麻皮去提了開水壺，和李二摻著茶，點了兩點頭道：「這話也誠然是有理。老五的意思，說是邀一個五十塊錢的會，先把梁胖子三十塊錢還了，免得受人家的挾制。然後剩下個一二十塊錢，讓她娘兒兩個找房搬家。這樣辦，那自然是她娘兒兩個，還特別地要跟著吃苦下去。要說男女兩方，彼此有一番情義，這自然也有人做得到。不過就平常情形來說，哪個人不願穿綢著緞？哪個人不願住洋房坐汽車？哪個人不願手上整大把的花鈔票？至於說，少不了有人叫聲姨太太，那是沒有關係的。她走出去的時候，臉上也不貼著姨太太三個字。就是臉上貼三個字，做次長的姨太太，比做菜販子的老婆，那總要香得多。他們在我這裡計議

第八章　朋友們起來了

和秀姐設法的時候，他們只說一個五十塊錢的會。這五十塊錢在我們當然是一筆本錢，可是在人家做次長的人看來，只是賞賞聽差老媽子的一筆小費。我就發愁辦不了大事。現在據你這樣一說，這事越發得不行了。若把這話告訴秀姐，她不笑掉牙來才怪呢！」李二道：「不過老五這個人的脾氣十分古怪，他相信了那個人，到底相信那個人。他相信五十塊錢辦得了一切事情，所以他就只邀五十塊錢的會。你說這五十塊錢不行，不是說他沒有計劃到，是你說秀姐無情無義，那比打了他兩個耳巴還要難過。我聽到的這些話，要不告訴他，他老是睡在鼓裡。我要告訴了他，他不但不相信，反會說我們做朋友的毀壞人家的名譽。所以我也來和你商量商量，這事怎麼處理？」洪麻皮道：「楊大個子是和他割了頭的弟兄，等他來了，再做商量吧！」兩人又坐談了一會，喫茶的人慢慢又加多，洪麻皮自要去照應生意。李二一個在這裡坐了一會子，很覺得沒有意思。剛起身要走，卻見王狗子通紅的臉，腋下夾了一個小布包袱，一溜歪斜走了進來，迎頭遇到李二，一把將他抓住，問道：「你來了，正好，有話問你，你要到哪裡去？」李二覺他有一股酒氣噴人，便不願和他執拗，一同走回茶館來。王狗子將包袱放在茶桌上，又在上面連連拍了兩下，因道：「當不值錢，賣又一時找不到受主，拿去哪裡押幾天吧！」洪麻皮走過來，問道：「狗子，泡一碗茶嗎？滿臉的酒氣，好像不高興。」王狗子道：「童老五的會，今天晚上要繳錢，買賣不好，借又借不到，我還差三塊錢呢，我想把一件老羊皮的背心，拿去押三塊錢，你路上有人沒有？」洪麻皮笑道：「我一份還不曉得怎麼樣呢？哪裡能替別人想法子？」王狗子道：「你和梁胖子很熟……」洪麻皮道：「再也不要提梁胖子。他已經知道我們相童老五在一處弄什麼玩意，早上在這裡喫茶，只管向我打聽。這兩天我們

要和他借錢，一個許他還十個，他也不高興。」王狗子伸手起來，只管搔著耳後根。李二看了他那樣子，不免插嘴道：「若不是我覺得你們這事是多餘的，我就湊三塊錢借給你。」王狗子一伸手，將李二領口扭住，另一手伸了個食指，指點了他的鼻子尖道：「我倒要問問，朋友幫忙，這也是做人應盡的道理，你怎麼說是多餘的？虧你昨晚上說得嘴響，也要認一股會呢！」李二見他酒醉得可以，這又是茶館裡，不能和他吵鬧，就只管向他笑。洪麻皮立刻搶了過來，按住王狗子的手道：「你一吃了兩杯酒，就不認得自己。我告訴你一句話，李二的哥哥是身上帶手槍的，你應該記得。」王狗子道：「身上帶手槍的怎麼樣？嚇得倒我嗎？就是他哥哥自己來了，我也要談談這是非。」他口裡雖是這樣說著，抓住李二領口的那隻手，可緩緩地放了下來。李二知道他的脾氣，倒向他笑道：「等你酒醒了，我們再算帳。」說著，一笑去了。

第九章　他們的義舉

第九章　他們的義舉

「禮失而求諸野」，這是中國古聖賢哲承認的一句話。但仁又失而求諸下層社會，倒是一般人所未曾理會到的。李二是為了老五事情來的，雖經王狗子侮辱了一番，倒並不介意。王狗子在茶館裡喝了約莫一小時的茶，卻清醒過來了，等洪麻皮來加開水的時候，笑道：「今天這碗茶喝得可以，早成了白水了。」洪麻皮道：「你現在酒醒了吧？我可以問問你了，你為什麼和李二為難？」王狗子瞪了眼望著人，將手搔著頭髮笑道：「我是和他吵過的嗎？不過他的話也實在可惱，他說我們替老五幫忙，那是多餘的。朋友正要幫忙的時候，他不從中幫忙，也就罷了，為什麼還要說話來破壞？」洪麻皮道：「你一張嘴不好。要不然，我就對你說了實話，李二說的話，是為著老五。」王狗子道：「李二是為他的？哦！我明白了。」說著伸手連連在額角上拍了兩下，笑道：「我知道他為什麼這樣。」說了就向外跑。洪麻皮道：「你向哪裡跑？李二不和你一樣，要你賠什麼禮？」說著一把將他的衣襟扯住。狗子道：「我有工夫和李二賠禮嗎？我要去找童老五告訴一聲。」洪麻皮道：「你說，你告訴他什麼？我倒要聽聽。」王狗子道：「我就說李二去調查清楚了，這事不行了，另想辦法吧。昨晚上託李二去調查，老五也是在場的。」洪麻皮將他推著在空座位的凳子上坐了笑道：「你省點事。這樣你不是讓老五更加糊塗嗎？」說時，一個十四五歲的半小夥子，挽了只空籃子，站在街對面屋簷下，靜靜地看了發呆。洪麻皮左手叉了腰，右手抬起，向他連連招了幾下道：「高丙根，來來來！你倒是言而有信。」丙根挽了空籃子走過來，笑道：「今天運氣好，貨都賣完了不算，還同買主借到三塊錢。五哥的事情，我們有什麼話說？就是作賊去偷，也要幫個忙。」洪麻皮拿了一碗茶來，在他面前空桌上泡著，笑道：「兄弟，我請你喝碗茶。」王狗子在那邊桌上搶了過來，瞪了

眼道：「麻皮，你好勢利眼。」洪麻皮道：「你知道什麼？我另有一件事要託他，若是他把這事辦妥，我們就可以拿出一個主張了。」丙根道：「洪麻哥，你就不請我喝茶，有什麼事要我跑腿，我還能夠推辭嗎？」洪麻皮將手拍拍他的肩膀道：「那就很好。你認得這件事裡頭的許家嗎？」丙根道：「認得。他們家的許先生，常常買我的插瓶花。」洪麻皮伏在茶桌子角上，對他耳朵邊，低低說了一陣。王狗子也伸了頭過來，從一邊聽著洪麻皮說完了，他突然伸手將桌子一拍，道：「原來有這麼一些情形，童老五真是個冤大頭。我們這挑糞賣菜的人，出了一身臭汗，苦掙苦扒幾個錢，還不夠人家買瓜子吃的。這個會不用得邀了，老五拿了錢……」洪麻皮一伸巴掌將他的嘴掩住，因輕輕喝道：「不知道這是茶館裡嗎？」王狗子翻了眼望了他，就沒有作聲，將丙根的茶碗蓋舀了一些茶潑在桌上，然後將一個食指蘸了那茶水畫圈圈。洪麻皮知道他在想心事，因道：「狗子，說是說，笑是笑，我和你說了實話，這事今天還不能告訴老五。他的脾氣太躁，你仔細他不等今天天黑，就出了毛病。」王狗子也沒有答覆，繼續著將指頭在桌上畫圖圈。就在這時，有兩下蒼老的咳嗽聲在身後發出。狗子回頭看時，是余老頭挑了一副銅匠擔子走進來。他把擔子歇在牆角落裡，掀起一片衣襟，擦著額頭上的汗，向這裡望著道：「老五還沒有來？」他緩緩走過來，大家可以看到他那瘦削的臉腮上，長著牙刷似的兜腮鬍子，卻與嘴上的鬍子連成了一片，想到他有好些日子都沒有剃頭。洪麻皮拿著一隻茶碗過來，因道：「余老闆，就在這裡喝茶嗎？」余老頭和王狗子、丙根一桌坐下，答道：「歇下腳也可以，不喝茶也用得，我還要到城南去一趟呢！」說著，兩手翻了繫在腰上的板帶，翻出幾張捲一處的鈔票。向王狗子道：「你們的會錢都交了嗎？」王狗子搖搖頭道：「不用

第九章　他們的義舉

提。余老闆，我還不如你。我這幾天生意不好，又是借貸無門。」

　　余老頭手掀了茶碗蓋，慢慢在茶沿上推動，笑道：「小夥子，人生在世，過著一板三眼的日子，那怎麼行呢？到了挨餓的時候，就緊緊腰帶，到要出力的時候，就預備多出兩身汗，我們這一群人哪個也不會剩下三塊五塊留在枕頭下過夜，還不都是要錢用就硬拚硬湊。我說這個拚，還是拚命的拚。若是打算和朋友幫忙，連四兩白干都省不下來，自然也就很少法子可想了。」他說著，兩手捧起茶碗來，一口長氣下注地喝著茶。王狗子翻了兩眼，倒真有些發呆。高丙根坐在旁邊，將手拉著他的衣袖道：「狗子哥受不住一點氣。忙什麼？今天拿不出錢來還有明天。」王狗子將手一拍桌子道：「真是氣死人。你們老的也有辦法，小的也有辦法。我王狗子二三十歲小夥子，一天到晚在街上磨腳板，磨肩膀，就混不出三五塊錢來？那真是笑話。我既是頂了個人頭，我就不能輸這口氣，我一定要做點事情你們看看。」說著，他一晃手膀子就走了，連他帶來的那件破背心，也沒有帶走。洪麻皮叉了兩手站著望他去了很遠，搖搖頭道：「這個冒失鬼，不知道要去鬧些什麼花樣出來。」余老頭道：「這東西死不爭氣，讓他受點氣，以後也讓他成器一點。」正說著，楊大個子和童老五先後進來。楊大個子將藍布褂子胸襟敞了，將一件青布夾背心搭在肩上，額角上冒著汗珠，彷彿是走了遠路而來。洪麻皮便迎著他笑道：「你兄弟兩個人辛苦了。」楊大個子在腰帶上抽出了一條白布汗巾，由額角上擦汗起，一直擦到胸口上來，向茶鋪座上四周看過了遍，笑問道：「這只來這麼幾個人？」高丙根道：「你早來一腳，王狗子還在這裡，他發著脾氣走了。」楊大個子道：「他發什麼神經？」洪麻皮道：「他……」他順眼看到童老五站在他身後，便改口笑道：「他為人，你還有什麼不明白的。」楊童兩個

人在同桌上坐下，這時，茶鋪子來喫茶的人，慢慢加多，洪麻皮要去照應茶座，料理生意去了。童老五向余老頭一抱拳道：「我倒沒有打算余老闆加上一股。」余老頭笑道：「那是什麼話？朋友幫忙，各看各的情分，這還有什麼老少嗎？王狗子就為了我也湊了一股，他錢不湊手，一拍屁股走了。這一下子，不曉得他向哪裡鑽錢眼去了。」童老五搖了兩搖頭，嘆口氣道：「這都是我太不爭氣，為了打抱不平，拖累許多朋友，沒有這份力量，就不該出來管這份閒事。」

楊大個子道：「這也不是你好事，是大家朋友，擁你出來唱這一臺戲。我們既然把你擁出來了，就不能讓你一個人為難。」說著，洪麻皮過來篩茶。因道：「老五邀的是九子會，還是十二股會？」楊大個子道：「錢自然是越多越好，湊不上十二個人，那就是九子會了。」洪麻皮道：「錢我是預備好了，不過我要多說兩句話。我覺得這個會，再等一天也好，一天的工夫也耽誤不了多少事。」童老五左手按了桌子，右手掀了茶碗蓋，推著茶碗面上漂浮的茶葉，眼望茶碗上冒的熱氣道：「老洪的錢也沒有籌出來？」洪麻皮道：「我在櫃上活動，三五塊錢倒也現成。」童老五只管將茶碗蓋子推動碗面上的茶葉，忽然哦了一聲，問道：「那麵館裡的李二來過了嗎？」洪麻皮道：「他來得很早，等你們回來，有些來不及，只好先走了。」楊大個子望了他道：「託他打聽的事，他怎樣回說的？」洪麻皮放下手上提的壺，將手搔著頭髮，向他們望了微笑。楊大個子道：「你笑些什麼？李二一點消息都沒有探聽得到嗎？」洪麻皮道：「他去過的，在晚上你們可以會面，那時候問他就是了。」童老五道：「他一個字沒有告訴你嗎？不能夠吧？我和他約好了，讓他和你接頭的，難道他就孤孤單單悶坐在這裡幾個鐘頭嗎？」洪麻皮道：「他去過的。他對我說了兩句

第九章　他們的義舉

話，我也摸不著頭腦，他說晚上會面再提。你也不必問我，免得我說的牛頭不對馬嘴。」說完了這話，他提起地上的開水壺，就匆匆地走開了。童老五望了楊大個子道：「這大概不會有什麼好消息。你看我們這個會，還是⋯⋯」說著，搖搖頭道：「這還差著人呢，大概是這個會今天邀不成了。」楊大個子道：「你忙什麼？你當會首的人，還不是剛剛到嗎？老賢弟，向人談到錢，這不是平常的事，你以為這是請人吃館子，人家都來白領你一分人情，這可是要你領人家人情的事。」童老五聽說，也覺得自己有點過分著急。便在身上取出紙菸來，低著頭點了紙菸抽。約莫有半小時，茶鋪門口，歇了三副挑菜的空籮擔，同業趙得發、張三、吳小胖子先後進來，在隔壁茶桌上坐下，都是來和童老五湊會款的。楊大個子點點人數，因道：「若是王狗子和李二都來，連會首共是十個人，九子會的人就夠了。狗子這東西真是顛頭顛腦。」老五站起來，看看對面米舖子裡牆上掛的鐘，已經到了三點半，因道：「我知道狗子的地方，我去找找他看。順路我告訴李二一聲。」洪麻皮聽了，老遠地趕了過來，叫他不要去。可是他走得很快，已在街上了。童老五轉過兩三條小巷，到了冷巷子口上，一座小三義祠前。這裡隔壁是個馬車行，把草料塞滿在這個小神殿上。靠牆有一堆稻草，疊得平平的，上面鼾聲大作，正有一個人架了腿放頭大睡。童老五叫道：「王狗子，你在這裡作發財的夢吧？有了多少錢了？」王狗子一個翻身爬了起來，眼睛還沒有睜開，這就問道：「有了錢了？是多少？」他跳下了草堆，才看清楚了是童老五，手揉了眼睛笑道：「你怎麼會找到這種地方來了？」童老五眼睛橫起來道：「大家都在茶鋪裡商量辦法，你倒舒服，躲在這裡睡覺。這是你一個老巢，我一猜就猜著了。」王狗子笑道：「我因為沒有了法子，打算躺在草堆上想想法子。不想一躺

下去，人就迷糊起來。」童老五道：「想到了法子沒有呢？」王狗子搔搔頭道：「沒有睡以前，我倒想得了一個法子，我就是不能先告訴你。」童老五一道：「你這叫扯淡的話。人家上會的人都拿了錢在茶鋪裡等著你，你一個人還要慢慢想法子。」王狗子頭一伸，鼻子裡呼出一陣氣，笑道：「我扯淡？你才是扯淡呢！人家女孩子都親自到媒人家裡去商量大事，不要金子，就要寶石。你把這些賣苦力的兄弟找了來，拼了命湊了五六十塊錢，這拿給人家去打副牙籤子剔牙齒都不夠。你就能買回她的心來嗎？依著我的話，你收起了你這一份痴心是正經，不要讓人家笑話。」

　　童老五聽他的話倒是呆了許久說不出話來，因望著他一道：「你是信口胡謅，還是得著了什麼消息？」王狗子道：「我信口胡謅？你去問問李二。」童老五聽著這話，又對他望了五七分鐘。王狗子笑道：「洪麻皮可叫我不要對你說，我們是好朋友，不能眼望著你上人家這樣的大當。你就是不逼我，今天晚上我也打算告訴你。」童老五聽了這話，轉身就要走。王狗子一把將他的手臂抓住道：「這個時候，你回到茶鋪裡去一喊，冷了大家朋友的心。知道的以為我嘴快，不知道的還以為我拿不出來這一份會錢，就來從中搗亂。」童老五站著出了一會神，兩手互相抱了拳頭來搓著，望了他道：「依你說怎麼樣？」王狗子道：「怎麼問依我說怎麼樣，我是著名的橫球。我還能夠和你出個什麼主意嗎？」童老五道：「你湊不出錢來也好，這個會改到明天再邀。你就不必到茶鋪子裡去了，我好有話推諉。」王狗子笑道：「我也並不是一點法子想不到。我覺著拿熱臉去貼人家冷屁股，太沒有意思，我也就不上勁去找錢了。」童老五道：「你修行了幾世？就是修得了這張嘴，無論如何，你都有嘴說得響。你不會在說嘴外，再找些事情出出風頭嗎？」說著他一晃手膀子就走了。王狗子跟著走

第九章　他們的義舉

到廟門口，望了他的後影道：「咦！他倒是有一段說法。我王狗子無用是無用，可是真要做事，我也是一樣可以賣命的。」說著這話時慢慢走出了這條小巷子。轉了一個彎，這裡是片廣場，抬頭看去，便是雞鳴寺那座小山峰，這就連想到和秀姐作媒的那個許家，就在這附近。李二能到這人家去看看，自己為什麼就不能去？他並沒有很多的計畫，這樣想著，就向許家門口走來，遠遠看到許樵隱住的那座雅廬，半掩的敞了大門。在大門外階沿石上，歇著一副鮮魚擔子。魚販子叉了手向門裡望著。這時出來一個中年人，穿了一件大袖深藍色舊湖縐夾袍，手裡捧了一支水菸袋。嘴唇上面，微微地有些短鬍子，倒像是個官僚。王狗子老遠的看著，心想這個人家我是認得的，姓許一點不會錯。不過這個小鬍子是不是那個作媒的許先生？還難說。那鬍子正和魚販子在講價錢，倒沒有理會有人打量他。他彎下腰去，蹲在階沿石上，向魚籃裡張望了道：「這條鯶魚拿來煮豆腐吃，那是非常的好。但不知新不新鮮？」他說時，拔出菸袋紙煤筒裡的菸簽子，撥開了魚腮看看。魚販子嚷道：「先生，你不要拿菸簽子亂戳，我還要賣給別人呢！」那小鬍子捧著水菸袋站起來道：「你叫什麼？我有錢買東西，當然要看個好壞。你接連在我家賣了三四天魚了。每天都要銷你五六角錢的魚，這樣的好主顧，你不願拉住嗎？過兩天我們這裡，還要大辦酒席，和你要做好幾十塊錢的生意呢！」正說時，那人後面出來一個中年婦人，立刻接了嘴道：「你不要這樣瞎說，人家不知道，倒以為我們家裡真有什麼喜事。」那小鬍子道：「趙次長說了，要在我們家裡請一回客。」王狗子老遠的看了去，已知道這傢伙就是許樵隱。緩緩的踱著步子由他家門口踱了過去。遠處有幾棵路樹，簇擁了一堆半黃的樹葉子，斜對了這大門。他就走到那裡，背靠了樹幹，兩手環抱在懷裡，對這裡出神。

他也不知道是經過了多少時候，卻見何德厚一溜歪斜地由那門裡走出來，正向著這裡走。王狗子要閃開時，他已先看見了，老遠的抬起手來招了幾招，叫道：「狗子，你怎麼也到這裡來了？你和童老五那傢伙是好朋友，你遇到了他，你不要告訴他看見了我。」王狗子等他到了前面，見他兩臉腮通紅，眼睛成了硃砂染的，老遠的便有一股酒氣送了過來。就忍不住笑道：「我睡了一覺，酒也不過是剛剛才醒，又遇到你這個醉蟲。不要信口胡說了，回家睡覺去吧。」何德厚站住了腳，身子像風擺柳一樣，歪了幾歪，抓了王狗子一隻手道：「喝醉了？沒有那回事。不信，我們再到街上去喝兩盅。今晚上八點鐘我還要來。這裡許先生帶我一路到趙次長那裡去。是的，要去睡一覺，這個樣子去和人家見面，就是我說不醉，人家也不相信。」

王狗子道：「你的灑真喝得可以了。到了那個時候，你來得了嗎？」何德厚把身子又搖撼了幾下，因道：「呵！那怎樣可以不來？我們有大事商量。」說著，張開嘴來打了一個哈哈，將手拍了王狗子肩膀道：「你們這班傢伙，專門和我為難，我不能告訴你。再見了。」說畢，他大跨著步子走著，向對面牆上撞去。雖然哄通一聲響過，他倒不覺得痛，手扶了牆，他又慢慢地走了。王狗子看到他轉過了彎，不由得兩手一拍，自言自語地笑道：「這是你蒼蠅碰巴掌了。」他笑嘻嘻的就向茶鋪裡走來。離著還有一馬路遠，高丙根頂頭碰到，叫道：「都散了，狗子，你還向哪裡去？」王狗子笑道：「你來得正好。有你作伴，這事就辦成了。找別個，別個還不見得肯幹。」說著，抓住他的籃子，把他拖到小巷子裡去，對他耳朵邊，嘰咕了一陣。丙根笑道：「幹，幹，幹！我們就去預備。」王狗子抬頭看了一看天色，因道：「現在還早。你回去吃過晚飯，我們七點

第九章　他們的義舉

鐘前後，還在這裡相會。」丙根道：「我一定來，我不來像你一樣是一條狗。」王狗子笑道：「小傢伙，你占我的便宜，不要緊。你若不來，明天遇到你，我打斷你的狗腿。」丙根道：「對了，打斷狗腿，不知道是哪個身上的腿。」他笑著跑了。王狗子聽了他這話，卻怕他晚上不來，六點鐘一過，便到丙根家裡去邀他。卻見他用繩索拴著兩個瓦罐子，一手提了一個走過來。兩手輕輕掂了兩下，笑道：「你看，這是什麼玩意？」王狗子笑道：「我還沒有預備呢，你倒是先弄好了。」丙根笑道：「夠不夠？」王狗子道：「自然是越多越好，不過我懶得拿，便宜了他們吧。」兩個人帶說帶笑，走到許家門口，遠遠望著，雙門緊閉，沒有一些燈火外露。丙根站住了腳，望了門沉吟著道：「他們都睡覺了，我們來晚了。」王狗子道：「剛才天黑哪裡就睡了？我們到那樹底下等著他。」丙根先奔那樹下，手提了一隻瓦罐子，掩藏在樹身後面，作個要拋出去的姿勢。王狗子走過來，扯了他的衣服笑道：「你忙什麼的？等他們開了門出來，再動手也不遲。」丙根卻還不相信，依然做個要拋出去的姿勢。王狗子見說他不信，也就只好由他去。自靠了牆站著，把一隻罐子放在腳下。可是丙根做了十來分鐘的姿勢，口裡罵了一句，也就放下罐子，在地下坐著。王狗子道：「你忍耐不下去，你就走開，等我一個人來。你不要弄穿了，倒誤了大事。」丙根笑道：「我忍耐著就是。」說著，彎了腰要咳嗽，立刻兩手抬起來，掩住自己的口。王狗子看看好笑，也沒有攔他。兩人在黑樹影下，一站一坐，一聲不響熬煉了有半小時以上。在巷子轉角的街燈下，淡淡的光斜照過來，看見何德厚快步搶了過來，就向許家去敲門。王狗子倒怕丙根妄動，搶著在樹蔭下兩手將他肩膀按住。等到何德厚進去了，才笑道：「現在可以預備了。不管他出來多少人，我打那個姓許的，你打老何。我

咳嗽了你才動手。」丙根手捧一隻瓦罐，進一步，就靠了樹乾站著。又有一刻鐘上下，門轟隆兩下響，接著一陣哈哈大笑，許家門開了，放出來兩個人影。仔細看去，許樵隱在前，何德厚在後，緩緩地迎面走來。王狗子看得真切，口裡咳嗽著，手裡舉起瓦罐子，向許樵隱身上砸去。拍拍兩聲瓦罐子破碎響，早是臭氣四溢，隨著呵喲了一聲。於是王狗子拔腿向東跑，丙根向西跑，分著兩頭走了。丙根究竟是一個小孩子，他奏凱之下，得意忘形，一路哈哈大笑了跑去。

第十章　開始衝突

第十章　開始衝突

　　武器是要看人用的。像王狗子玩的這種武器，打在何德厚身上，那是無所謂的，往日在鄉下種菜的時候，還不是大擔的糞尿挑著。可是打在許樵隱身上那便不得了。他正為了手頭緊縮，羨慕著人家有抽水馬桶的房間。這時突然由黑暗裡飛來一身汁水，口裡吭喲了一聲，在臭味極其濃烈之下，他立刻感到這必是糞尿。他兩隻手垂了，不敢去摸衣服，呆站了，只管叫「怎好？怎好？」何德厚頓腳罵了一陣，向許樵隱道：「還好離家不遠，你先生回去把衣服換了吧。」許樵隱兩手張開，抖了袖子，緩緩移近路燈的光，低頭看看衣襟，只見長袍大襟，半邊溼跡。便頓腳道：「這，這，這太可惡了，怎麼辦？連我的帽子都弄髒了。帽沿上向下淋著水呢。這，這怎樣回去？這路邊上有一口塘，先到塘邊上去洗了吧。」何德厚道：「那口塘裡的水，也是很骯髒的，平常就有人在裡面洗刷馬子夜壺，許先生要到塘裡去洗一洗，那不是越洗越髒嗎？」許樵隱道：「用水洗洗那總比帶了這一身臭氣回去要好些。」正說著，有一輛人力車子經過。車上的女人，將手絹捏了鼻子道：「好臭，好臭！這是哪家打翻了毛坑？」許樵隱再也忍受不住，一口氣跑到自己大門口，連連地喊著道：「快來快來，大家快來，不得了！」他們家裡的大門還不曾關閉，他家人聽到了這種驚呼聲，便一窩蜂地擁了出來。他夫人首先一個站在門口。問道：「怎麼了？啊喲！什麼東西這樣的臭？」許樵隱道：「不用問了，快用腳盆打水來向我身上澆澆。不知道什麼人暗下裡害人，將大糞來潑了我。」許太太聽了這話，才督率老媽子七手八腳，張著燈亮，舀水拿衣服，替他張羅了一陣。何德厚站在身後看著，料著沒有自己插嘴的機會，只得跑到路外那口髒水塘裡去，脫下衣服沖洗了一陣。依舊溼淋淋的穿著趕回到家裡去。一面找衣裳換，一面烏七八糟亂罵。何氏和秀姐終日的不

痛快，本已是睡覺了，聽了他的話音，是受了人的害，何氏便走到外面屋子來問道：「舅舅怎麼把衣服弄髒了？」何德厚坐在凳頭上，兩手環抱在胸，生著悶氣抽菸。聽了這話，將身邊桌子一拍道：「這件事沒有別人，絕對是童老五做的。有冤報冤，有仇報仇。」何氏望了他這情形，倒不敢怎樣衝撞，因問道：「衣服弄髒了嗎？脫下來，明天我和你漿洗漿洗吧。」何德厚僵直了頸脖子叫道：「潑了我一身的屎！放到哪裡，奧到哪裡，送到哪裡去洗？童老五這小傢伙，真還有他的一手！和我來個明槍容易躲，暗箭最難防。他躲在小巷子裡，用屎包來砸我，我恨極了。」說著，伸手又拍了一下桌子。何氏道：「你見他了嗎？」何德厚道：「我雖沒有看到他，但是我斷定了這事，會是他幹的。今天下午的時候，我在許公館門口遇到過王狗子，王狗子是童老五一路的東西，顯而易見的，他是替童老五看看路線的。」

何氏笑道：「許公館門口那條路，哪個不認得？還要看什麼路線？倒不見得王狗子在這裡，就是……」何德厚瞪了雙眼道：「怎麼不是？他們砸了屎包，就躲在暗處哈哈大笑，那笑聲我聽得出來，就是王狗子。王狗子與我無仇無冤，他甩我的屎包做什麼？把屎罐子甩我，那猶自可說，許先生更是妨礙不到他們的人。他們費盡了心機，為什麼也要砸許先生一下屎罐子呢？」何氏道：「王狗子倒是有些瘋瘋癲癲。」何德厚道：「什麼瘋瘋癲癲，他要這樣做，就是為了童老五唆使，童老五唆使，就是為了……這我不用說，我想你也會明白這是什麼道理吧？我沒有工夫和你們談這些了，我去看許先生去，今天真把人害苦了。」他說著話，已是早出了門。何氏站著呆立了一會，秀姐在門裡問道：「舅舅走了嗎？你還不去關大門？」何氏道：「關什麼大門，哪個不開一眼的賊，會到我們家裡來

117

第十章　開始衝突

偷東西？他時風時雨的，一會兒出去，一會兒回來，哪個有許多工夫給他開門。」秀姐道：「我寧可多費一點工夫，和他多開兩次門。如其不然，他半夜三更的回來，大聲小叫地罵人，自己睡不著是小，倒驚動了街坊四鄰。」她說著話，自己可走出房來，到前面關門去。關了門回來，何氏道：「這幾天以來，你只管和他抬槓，他倒將就著你，為什麼你今天又怕起來了。」秀姐走近一步，低聲道：「他說有人砸了他屎罐子，我一猜就是童老五這班人，剛才他又說在許家門口看到王狗子，那還用得著仔細去猜中嗎？」何氏道：「就是童老五做的，也犯不上你害怕，難道他還能將你打上一頓嗎？」秀姐道：「打？哼！他是不敢。不過姓許的認得一些半大不小的官，倒不是好惹的，他打一個電話，就可以把童老五抓了去。這時候他到許先生那裡去，還不定他會出什麼主意？我怎能夠不敷衍敷衍他？他回來的時候，我還可以和他講個情。」何氏道：「你替童老五講個情嗎？你……」何氏在燈下望了女兒，見紅了她臉，把頭低著。便沒有把話說下去。秀姐道：「到現在我也用不著說什麼害羞的話。童老五常在我們家裡來來往往，我是一點什麼邪念沒有的。不過他為人很有義氣，很熱心，我總把他當自己的親哥哥這樣看待。他看到舅舅把我出賣，他是不服氣的，可是他就沒有知道，我們自有我們這番不得已。他管不了這閒事，他找著許先生出這口氣，那是一定會做的。倘若我舅舅去找他，我相信，他不但不輸這口氣，還會和舅舅鬥上一口氣。那個時候，你老人家想想那會有什麼結果？所以我想著，今天晚上，舅舅不會發動的，發動必然是明天早上，不如趁著今天晚上，先把舅舅的氣平上一平，我們做我們的事，何必讓人家受什麼連累？我這樣揣摸著，你老人家不疑心我有什麼不好嗎？」

何氏道：「你長了這麼大，一天也沒有離開我，我有什麼話說？不過

你舅舅的毛病，是不好惹的，你和他說話，你要小心一二才好。」秀姐道：
「我們睡吧，等他回來再說。」何氏聽秀姐有這番意思，自是心裡不安，
睡在床上，只是不得安穩，約在一兩點鐘的時候，何德厚叮叮咚咚地捶了
門響。秀姐口裡答應著，便趕來開大門。當何德厚進門來了，便沒有撲人
不能受的酒氣，料著他沒有吃酒回來，便代關了門，隨著他後面進來，
因用著和緩的聲音問道：「舅舅還要喝茶嗎？我給你留了一壺開水。」何
德厚到了外面屋子裡，人向床上一倒，先長長地舒了一口氣。然後答道：
「我在許公館喝了一夜的好龍井茶，不喝茶了。」秀姐將桌上的煤油燈，
扭得光明了，便在桌子邊一把竹椅子上坐了，向何德厚道：「舅舅怎麼到
了這時候才回來？許先生又有什麼事要你辦一辦吧？」何德厚這才一個翻
身坐起來，向秀姐道：「上次回來，你大概聽見我說了，童老五這東西，
太無法無天，他勾結了王狗子躲在冷巷子裡砸我的屎罐子，他那番意思，
你明白不明白？」秀姐微笑道：「我怎麼會明白呢？我好久沒有看到他
了。我若是明白，豈不成了和他一氣？」何德厚冷笑了一聲，然後站起來
四圍張望著，在腰包裡掏出一包紙菸來。秀姐知道他要找火柴，立刻在桌
子抽屜裡找出一盒火柴來，她見何德厚嘴角上銜了香菸，立刻擦了一根火
柴，來和他點著。他先把頭俯下來，把菸吸著了，臉上那一股子彆扭的勁
兒，就慢慢地挫了下去，向她望了道：「你怎麼這時候還沒有睡？」秀姐
帶了笑容，退回去兩步，坐在椅子上望了望他道：「舅舅回來得晚，在這
裡等著門呢！想不到舅舅和許先生談的得意，談到這時候才回來。」何德
厚兩手指夾了香菸，扣在嘴唇縫裡，極力呼了一口，微笑道：「我實話告
訴你吧，許先生也知道了童老五為什麼砸他的屎罐子，他氣得不得了，決
定明天早上找警察抓他。」秀姐道：「真的嗎？」說著也站起來，睜了兩

第十章　開始衝突

眼望著他。何德厚突然站起來道：「難道你還說這件事不應該？」秀姐道：「當然是不應該。可是你犯不上去追究。」他道：「這樣說，你簡直是他同黨，你難道教他這樣砸我的嗎？那也好，我們一塊兒算帳。」

他昂頭將嘴抿住了菸捲，兩手環抱在胸前。秀姐道：「你不要急，聽我說，一個人沒有抓破面皮，講著人情，凡事總有個商量。你若把童老五、王狗子抓到牢裡去，問起案子來，要為什麼砸你的屎罐子，那時舌頭長在他口裡，話可由他說。萬一扯上了我，我是個窮人家女孩子，丟臉就丟臉，無所謂。只是你們想靠他發一筆小財的趙次長，他可有些不願意。論到舅舅你為人，不是我做晚輩的嘴直，這丹鳳街做小生意買賣，挑擔賣菜的，你得罪了恐怕也不止一個，這屎罐子不一定就是童老五砸的，就算是他砸的，你知道他為什麼事要報仇？在你的現在想法，可硬要把這緣故出在我身上。人家不跟著你這樣說，倒也罷了。人家要跟著你這樣說，那才是毛坑越掏越臭呢。你想，這些做小生意的小夥子，肩膀上就是他的家產，他有什麼做不出來，你不要為了出氣，弄得透不出氣來。」何德厚先是站著，後來索性坐著，口裡銜了菸，慢慢的聽她說。她說完了，何德厚點點頭道：「你這話也有理。我倒不怕他們和我搗亂，可是把這件事鬧得無人不知，倒真不好辦。」於是他抱住的兩隻手也放下了。秀姐道：「我本來不願對你說這些。說了之後，你倒來疑心我是他們一黨。但是我要不說，把我弄了一身腥臭，知道人家還幹不幹？那時弄得我上不上，下不下，那不是一條死路嗎？許先生是一個明白人，他不該這一點算盤都沒有打出來。」何德厚將桌子輕輕一拍道：「你這話對的，你這話對的，我去找著許先生說上一說。」他竟不多考慮，起身就向外走。秀姐倒不攔著他，只遙遙地說了一聲：「我還等著開門。」何德厚也沒有答應什

麼，人已走到很遠去了。何氏在屋子裡躺著，先輕輕哼了一聲，然後問道：「你舅舅走了嗎？這樣半夜三更，還跑來跑去幹什麼？」秀姐走進裡屋子道：「我說的話怎麼樣？他想發這一筆財，他就不敢把事情弄壞了。你睡你的，我索性坐在這裡等他一會子，看他弄成一個什麼結果。」何氏無法干涉她的，也只好默然地躺在屋裡。約莫有一小時，伺德厚回來了。秀姐又倒了一杯茶放在桌上，然後手扶了裡屋門站定，望了他一望。他大聲笑道：「外甥姑娘，你總算有見識的。我和許先生一談，他也說這件事千萬不能鬧大了，暫時倒足好吃個啞巴虧。不過他猜著，這件事他一天不辦妥，童老五這班人，就一天要生是非。你沒有睡那就很好，許先生叫我和你商量一下，可不可以把喜期提前一個禮拜？只要你說一聲可以，你要的三千塊錢，明天一大早就拿來。只是你要的衣服，趕做不起來。這是沒有關係的，你到了新房子裡去了，你就是一家之主了，你愛做什麼衣服，就做什麼衣服，還有什麼人可以攔阻著你嗎？」他坐著一手扶了桌沿，一手去摸幾根老鼠鬍子。秀姐低頭想了一想，笑道：「舅舅只說了許先生的半截話，還有半截，你沒有說出來。」何德厚道：「外甥姑娘，你還不相信我嗎？自從你說過我為人不忠實以後，我無論做什麼事都實實在在的對你說話的。」秀姐望了他一眼，淡笑道：「真的嗎？這次許先生說，等我到趙家去了，再來收拾童老五這班人，這幾句話，怎麼你就沒有說出來呢？」他隔著桌上的燈光，向她臉上看了一看，因道：「你跟著我到了許家去的嗎？你怎麼知道我們說的這些話？」秀姐走出來了兩步，坐在他對面小凳子上，很從容地道：「你們要存的那一種心事，我早就知道，還用得著跟了去聽嗎？你們那樣辦倒是稱心如意。不過你也跟我想想，我出了自己的門，並不是離開了這人世界，把這些人得罪之後，他們會放過

第十章　開始衝突

我嗎？就算我可以藏躲起來，我的老娘可藏躲不起來。我為了老娘享福，才出嫁的，出嫁害我的老娘，我那就不幹。再說，舅舅你自己，你拿到了我們的身價錢，你是遠走高飛呢，還是依然在這裡享福呢？你要是在這裡享福的話，你要把這些人得罪了，恐怕還不止讓人家砸屎罐子呢！我說這話，大概你不能說是我嚇你的。」

何德厚又拿出了紙菸來吸，斜靠了牆坐著，閉著眼睛出了一會神，因道：「依著你的話，我們讓他砸了一屎罐子，倒只有就此放手。」秀姐微笑道：「放手不放手，那在於舅舅。可是我的話我也要說明，讓我太難為情了，我還是不幹的。」說著，她不再多言，起身進房睡覺去了。何德厚道：「你看，我們軟下去了，她就強硬起來，那倒好，吃裡扒外，我算個什麼人。」這話何氏聽在耳裡，秀姐並沒有理會。到了次日早上，何氏母女還沒有起來，何德厚就悄悄地溜出去了。何氏起來之後，見前面大門是半掩著的，因道：「我看他這樣起三更歇半夜，忙些什麼東西，又能夠發多大的財？」秀姐這時由裡屋出來，自去做她的事，母親所說，好像沒有聽到。午飯的時候，何德厚笑嘻嘻的回來了，站在院子裡，就向秀姐拱拱手道：「佩服佩服！你兩次說的話，我兩次告訴許先生，他都鼓掌贊成。他說，對這些亡命之徒，值不得計較，雖然弄了一身髒，不過弄骯髒一身衣服。一大早，他就到澡堂子洗澡去了，剃頭修腳，大大地破費了一番，也不過是兩三塊錢，此外並沒有傷他一根毫毛，過了，哈哈一笑也就完了。他讓我回來和你商量，可不可以把……」秀姐搶著道：「我早就說過了，趙次長什麼時候把條件照辦了，我五分鐘也不耽誤，立刻就走。日期是你們定的，提前也好，放後也好，問我做什麼？」何德厚走進屋來，站在屋中間，伸手搔了頭髮笑道：「雖然這樣說，到底要和你商量一下。也

是我昨天說的話，那衣服一時趕不上來，別的都好辦。」秀姐的頸脖子一歪道：「那是什麼話？我這麼大姑娘，嫁一個次長的人，總算不錯了。既不能擺音樂隊，坐花馬車，正式結婚，又不能大請一場客，熱鬧一陣子。難道穿一套好衣服做新娘子都不行嗎？」何德厚笑道：「你不要性急，這原是和你商量的事，你不贊成，那我們就一切都照原議。忙了這一大早上，我們弄飯吃吧。不過我有一件事拜託。」說著，掉轉身來望了何氏，因微笑道：「童老五、王狗子那班人，未必就這樣死了心，必定還要有個什麼做法。他不來這裡，還罷了。若是我不在家，他們來了，千萬不要理他。叫他們趕快滾蛋。要不然，我遇著了一定和他算上這筆總帳。」說著，捏了拳頭舉上一舉。秀姐聽說，冷笑了一聲。他道：「外甥姑娘，你倒不要笑我做不出來。人怕傷心，樹怕剝皮，他們要欺侮到我頭上來的時候，我就和他拚了這條老命。」何氏站在桌子邊，桌上堆了一堆豆芽，她摘著豆芽根，臉向了桌上，很自然的道：「他們也不會來，來了我勸他們走就是了。」何德厚道：「你說他不會來嗎？他們忘不了和我搗亂。若遇著，我在家裡，我先挖他一對眼珠。」只這一聲，卻聽到有人在外面院子裡接嘴道：「呵喲！為什麼這樣兇？何老闆！」說了這話，前面是楊大個子，後面是童老五，全把手臂反背在身後，搖撼著身體走了進來，齊齊在屋門口一站，樹了兩根短柱子，楊大個子道：「我們在這條街上的人，多少有點交情，人情來往，是免不了的，為什麼我們到了你家裡，你就要挖我們的眼珠，我們還有什麼見不得你的事情嗎？」何德厚突然紅著臉皮，望了他們，張口結舌地道：「你們到這裡來，要……要……要怎麼樣？」楊大個子擺了兩擺頭道：「不怎麼樣！我們到府上拜訪來了，你何老闆要怎麼樣呢？」何德厚氣得鼻孔裡呼呼出氣有聲，兩手捏了拳頭，站著不會

第十章　開始衝突

動。何氏丟了豆芽便向他二人迎上一步，因道：「兩位大哥請坐吧！秀姐她舅舅也是吃了兩杯早酒，說話有些前後不相顧，不要見怪。」

　　說著，先拖過一條凳子來，放在楊大個子腳邊。童老五瞪了眼道：「我不知道我自己有什麼不對之處，惹得何老闆這樣恨我？今天無事，我特意找何老闆談談。」何德厚舉著拳頭搖撼了兩下，抬起來，平比了自己的鼻尖，因道：「我告訴你，不是我外甥姑娘說好話，這個時候，你在警察局裡了。」秀姐攔著道：「舅舅，你儘管說這些話做什麼？」童老五橫了眼冷笑道：「我倒要聽聽，為什麼我這個時候會在警察局裡呢？你說出來，你說出來！」他站在楊大個子身後，卻由楊大個子旁邊伸了手過來，向何德厚亂指點著。何德厚看到他那個樣子，也越發地生氣，因喝道：「你犯了法，你自己知道，你昨天晚上砸我的尿罐子，你以為我不知道嗎？」童老五道：「你是醉糊塗了。想發財想昏了。你在什麼地方看見了我？你信口胡謅！」他道：「你這東西，豈有此理，怎麼跑到我家裡來罵我？」說著，也就一跳上前。幸是何氏從中隔斷，才沒有打起來。隔壁的田佗子看到童老五、楊大個子來了，早就留意這事了。於是跑了過來兩手伸張，也在中間一攔。接著向童楊二人一抱拳笑道：「天天見面的人，紅著臉吵起來，那好意思嗎？」口裡說著，兩手帶推帶送，把楊童二人，就推出了院子。何德厚兩手扯著帶子頭，將腰上的板帶緊了一緊，跳到院子裡，指著隔壁老虎灶叫起來道：「好哇！我長了這麼大年紀，還沒有什麼人欺侮著，敢打上我的門？你兩人奉了玉皇大帝的聖旨，打到我家裡來了。好！這是你找我，並非我找你，我們就比一比本領，看是誰勝誰敗？」他說著話，人就走出大門來。秀姐站在一邊，本來不願多這些事，現在看到事情越發地鬧大了，只得也搶出大門來，預備勸解。所幸何德厚

出了大門，並不向老虎灶這邊去，口裡嘰嘰咕咕地卻向街那邊走去。看那方向，大概是到許樵隱家去了。秀姐站在大門口，倒有點發呆，萬一他真的把警察叫了來，這可是一齣熱鬧戲。眼光向老虎灶上看去，見童老五橫板臉不住的冷笑，一腳踏在矮凳子上站著，氣洶洶的不像往日那樣臉上帶了殷勤的顏色。楊大個子卻坐在灶後一張桌子上，大聲叫道：「翻了臉，我們就親爹也不認識。那些只認得洋錢，不認得交情的比狗不如。狗不論貧富，見了熟人，還搖搖尾呢！老五，不要生氣。這世界三年河東，三年河西，就知道你我沒有一天發財嗎？你發了財，我和你作媒，至少介紹你討三位姨太太。哈哈！」說著仰起頭來，放聲大笑。秀姐聽他這話，彷彿句句都刺扎在自己的心上。再也忍耐不住，扭轉身來，搶步地向裡走。到了屋裡向床上一倒，就放聲大哭起來。楊大個子的大笑，和她的大哭，正好是遙遙相對，於是這就逼著演出一幕情節錯綜的悲喜劇來。

第十一章　新型晚會

第十一章　新型晚會

　　這齣戲，在秀姐的母親何氏心裡，始終是不願演出的。但是她沒有權力也沒有辦法，大家一定要表演，她也只好跟著一塊上臺。這時秀姐倒在床上大哭，她也由外面屋子走了進來，因道：「楊大個子罷了，向來和我們沒有什麼關係。論到童老五，我們對他不錯。我們的事，他也知道得很清楚，無論怎麼樣，他不該在大街上對了我們罵。」秀姐也不答覆她這些話，只是將臉伏在枕頭上哭。何氏站在床面前出了一會神，見她無言可說，便在床面前一把椅子上坐了，又過了一會，因道：「你心裡頭難受，我是知道的，事到於今，活著呢，我們只好認命。不活著呢，我不能讓你活受罪，買一包毒藥來，我們一塊兒吃。」秀姐這才坐起來，掀起衣襟擦著眼淚道：「我是為了要活下去，才肯這樣丟臉吃苦。若是我們可以吃一包毒藥了事，那不早把這事情辦妥了！何必還要扯這些閒是非？這也算不了什麼。我心裡難過，讓我哭一陣子，這就痛快了。舅舅現在走了，不知道他要弄出什麼是非來？依著我的意思……」她說到這裡時慢慢地將手理著鬢髮，似乎有點躊躇。何氏道：「事到於今，你還有什麼怕說的？你那舅舅想發橫財，已成了財迷，若要把這件事弄糟了，他一定要在我們母女兩個頭上出氣的。」秀姐點點頭道：「這個我自然知道。舅舅為了想發一筆橫財，大概連他百年之後，要用什麼棺材，他都有了一番算盤了，我們要不讓他發上這筆財，那他不但會發狂，簡直會尋死。我本來心裡，也不為了那個尋死尋活，我又何必逼得他尋死尋活。舅舅要死，那是舅舅自作孽，可是連累你受苦，我於心不忍。這樣一想，所以我一遷就百遷就。現在什麼也不談，把你和舅舅安頓得不凍不餓，我自己無論吃盡什麼虧，我都不在乎。」何氏皺了眉道：「你這話也和我說過多次了，又提到這話做什麼？」秀姐道：「我自然有我的想法。我現在願意犧牲個人，但願和我

128

有關係的人，不只是我認識的人，都願他好。我想舅舅出門去，沒有別條路，一定是到許先生家裡去了。我好容易說得舅舅相信，不去找軍警來和童老五、楊大個子搗亂了。這一下子，他們和舅舅反臉了，舅舅氣來了，他忍耐不下去，一定再去補下這著棋。萬一許先生聽了他的話，那不是糟糕嗎？」何氏道：「依著你的意思，那要怎麼樣辦呢？」秀姐道：「我自己到許先生那裡去一趟，對許先生把話說開了，也許他就不把這件事看大了。」何氏道：「哼！你聽聽那楊大個子，王婆罵雞一樣吧，什麼也沒有看到，在田佗子水灶上，就那樣拍桌子大一喊，你果然這樣明明白白地到許家去，我相信他們在大路上就要追著你打。孩子，你不要管他們的事吧。他們這些人，不會見你的好處的。」秀姐也沒有理會她母親的攔阻，自走到外面屋子來，將臉盆打了一盆熱水，正預備放到桌上來洗臉，這就看到兩名制服整齊的武裝朋友，在門對過站了一站，先向這裡面看看，又向田佗子水灶上看看，然後順著那邊走了過去。秀姐心裡一動，趕快找來手巾，蘸著盆裡水，胡亂地把淚眼洗擦了一把。然後在窗戶臺上把雪花膏瓶子取下來，拓了一團雪花膏在手心裡，兩手掌揉搓了一下，就向臉上敷著。這樣一面敷著雪花膏，一面向外走。何氏也看出來她是很急，恐怕不是隨便一句話所能阻止，因之隨在後面，走到大門口，望了她走去。隔壁水灶上的田佗子，原在那裡做買賣，卻向這裡連連看了幾眼。秀姐卻大著步子向前走，頭也不回一下。好在田佗子那屋裡，並沒有童老五一黨，她走了也就坦然的走了吧。何氏總是那樣鬱結了很深的心事的，行坐都有些不能自主，走到了大門口，她就靠了門框站著。不多一會，只見賣花的小孩子高丙根，挽了一隻花籃子，含了笑容，帶著一副鬼臉，向這屋子裡偷覷了幾眼。何氏道：「丙根，你要進來就進來嗎，鬼頭鬼腦做些什麼？」

第十一章　新型晚會

丙根聽了這話，才迎上前來，微笑道：「姑媽，何老闆沒在家嗎？」何氏道：「你有什麼事找他？」丙根將舌頭一伸道：「喲！我們有幾顆人頭，敢來找他？不過由這裡過，順便向他請個安問個好。」

何氏周圍看看，又向田佗子水灶上看看，然後低聲向他道：「小孩子家要走就快些走，不要滑嘴滑舌了。」丙根走近一步也低聲道：「不快走又怎麼樣？」何氏道：「你去告訴童老五他們，暫時避開一下，不要在這丹鳳街前前後後轉，已經有了帶手槍的在這裡找他們了。」丙根翻眼望了她道：「真的？我們也沒有什麼犯法的事，帶槍跟了做什麼。」何氏道：「我是這樣的說了，信不信在乎你。」丙根也站著前後看了一會，低聲笑道：「果然有這件事？你們家大姑娘呢？」何氏道：「她還不是想替大家了結這一段事，現時也出去了。」丙根一言不說，掉轉身就跑了。這時，到了正午十二點鐘後，茶鋪裡吃早堂茶的人，都已經分散了。菜市的大巷子口上的一爿茶館，還有一兩副座頭上，坐著幾個茶客。楊大個子架了一隻腳在凳子上，右手撐住桌子，托了自己的頭，左手盤弄著茶碗蓋。只是向著街上走路的人呆望。旁邊坐著童老五，兩手抱了膝蓋，前仰後合地出神，口裡銜著一支菸捲，要吸不吸的。高丙根由街上跑了來，老遠地舉了一隻手叫道：「嚇！老五，你還在這裡大模大樣地喝茶呢！人家都打算來抓你們了。」他走到桌子邊，放下籃子，擠了凳子角坐下。楊大個子道：「你看到了秀姐娘嗎？」丙根走到桌子面前，低聲道：「我一點也不騙你。她說，看到兩個帶手槍的在丹鳳街前前後後找你。勸你們暫避一下了。」童老五將頭一偏道：「國法也不是他何德厚一個人的，他說怎麼樣就怎麼樣嗎？我不避開，看他把我怎麼樣？至多我不過和他口角一次，這有什麼了不得。」

楊大個子道：「這話倒不是那樣說，你聽過洪國興說《水滸傳》沒有？

他說高俅害林沖的那段故事，聽得哪個不火高三千丈？林沖對他高俅有什麼罪過？那個姓許的，他就有法子把你當林沖。」童老五道：「那倒奇怪了，他做他的媒，姓趙的自娶他的姨太太，我也一攔不住哪個不這樣幹，為什麼把我當林沖？」楊大個子道：「照說是彼此不相干。可是這傢伙和王狗子幹的事不好。」說著指了高丙根道：「你們開心，何醉鬼就把這筆帳記在童老五身上。」丙根先笑了一笑，看著童老五繃住了臉子，捏了大拳頭，輕輕捶著膝蓋，便把胸脯一挺，直了脖子道：「那算得了什麼，好漢做事好漢當，軍警來捉人，我可以挺了身子去受罪。拿屎罐子砸人，總也犯不了槍斃的罪吧？」童老五道：「你好漢做事好漢當，我們事到臨頭就躲到一邊去。不用說我們不算是好漢了。我姓童的怎麼不爭氣，也不能在你高丙根面前丟人。」高丙根向楊大個子伸了一伸舌頭，笑道：「五哥好大脾氣。不過我還要報告一段消息，不知二位仁兄願不願意聽？我看到秀姐臉上粉擦得雪白，又向許家的那條路上去了。我要到她家門口去看看，來不及盯梢。」楊大個子向童老五看時，見他臉上白裡泛青，很久很久，卻冷笑了一聲。高丙根道：「你以為我扯謊？好！從今以後，我不多管你們的事，要打聽什麼消息，你們自己去打聽吧，不要來找我。」童老五也沒有理他，在身上掏出一把角子和銅板來，拍的一聲，打了桌子響，這就向遠處的茶房招了兩招手道：「把茶錢拿了去。」茶房來時，他拍了桌子說：「錢在這裡，拿了去。」說畢，起身就走。楊大個子瞪了眼道：「發什麼神經，兩碗清茶，給這多錢？」說著他給清了茶錢，將所餘的錢一把抓了，就追出茶館來。見童老五挺了身子就徑直地向前走。楊大個子走上去，一把抓了他的衣袖，因低聲喝道：「小兄弟，你不要糊塗，你打算到哪裡去？」童老五笑道：「我糊塗？你才糊塗呢！你以為我到許

第十一章　新型晚會

家去打抱不平嗎？人家真會大耳光把我量出來呢！我想著這個地方住得沒有什麼意思了，無非是有錢有勢，不要良心不要臉的人的世界。我回去和老娘商量商量，收拾鋪蓋捲，另去找碼頭。」楊大個子道：「我早已勸過你不必生氣了，我們弟兄爭口氣，在何德厚沒有醉死以前，我們幾個人立一番事業，給他看看。」童老五道：「那是自然，但是這一座死城，我決計不住下去了。這回蒙許多好朋友幫忙，要湊的那個會，雖是沒有拿出錢來，倒是難為了人家費了一番力氣。我打算買兩斤牛肉，殺一隻雞，請這幾位好朋友在我家裡吃餐晚飯。菜不多，盡我一點心。我現在就回家去預備，請你替我邀一邀他們。」楊大個子道：「你有錢嗎？」童老五道：「家裡有兩隻雞，我回去找兩件棉衣服當一當，打酒買牛肉的錢，大概可以拿得出來。這回不許你借錢給我，非吃我自己的不可。是好朋友，你把這些人給我都請到了，就很對得起我。」楊大個子站著想了一想，見他滿頭是汗，便道：「好吧，我就依你了。你也就只要辦那兩樣就夠了，我可以買些豆腐乾子花生米來湊湊數。」童老五道。「這倒可以，不過你不要花錢太多了，弄得我做主人的沒有面子。」楊大個子答應著去了。童老五的家住在一條冷巷裡。一字門牆的矮屋子，共是前後五開間，圍了中間一眼小天井。四五家人家各占了一間屋子。童老五和他老娘，住在正屋的左邊，爐灶桌椅是和對房相處的王寡婦共堆在這堂屋裡的。堂屋開扇後門，正對了一片菜園。園裡有口兩三丈見方的小野塘，塘邊長了老柳樹，合抱的樹幹，斜倒在水面上，那上頭除了兩三根粗枝而外，卻整叢的出了小枝，像個矮胖子披了一頭散髮，樣子是很醜的。那口小水塘裡，也浮了幾隻鵝鴨。這裡並沒有什麼詩意，那鴨子不時地張了扁嘴呱呱亂叫。可是童老五很愛它，回家來的時候，總是端了一把破椅子坐在這後門外。夏天在牆蔭

裡乘涼，冬天在坦地上晒太陽。

　　這天回來，他在天井裡叫道：「老娘，今天晚上，我要請朋友在家裡吃頓飯，你把那兩隻雞殺了吧！」童老娘坐在窗櫺下打布鞋底，望了他道：「你這幾天，忙得腳板不沾灰，也不曉得忙些什麼，無緣無故的又在家裡請什麼客？」老人家說著話，手上扯了打鞋底的麻索，還是唏唆作響。鼻子上架了一副大框老花眼鏡，樣子還是老式的，兩隻腿夾住太陽穴。她捲起藍布袂襖的袖子，捏了拳頭，只管去拉扯麻索，頭也不抬起來。童老五走向前兩步，站到他母親身前低聲笑道：「老娘，你動動身吧！我已經約好了人，回頭人來了，一點吃的沒有，那不是一場笑話嗎？」童老娘這才放下了鞋底，兩手捧了眼鏡放到膝上，望了他道：「你說這是什麼意思？好好的要請人在家裡吃飯。我就是養了這幾隻雞罷了，你還有什麼要打算的？」童老五笑道：「也就為了只有這兩隻雞可以打算盤，所以回來打算這兩隻雞。」老娘道：「你那三兄四弟來了，就是一大群，光靠兩隻雞就能塞飽人家的肚子嗎？」老五笑道：「我想把我那件大襖子拿去當，盡那錢買兩斤牛肉，買一條大魚。你老人家不要埋怨，有道是人情大似債，頭頂鍋兒賣，我也是領了人家的大人情，不得不如此。」童老娘道：「你今天吃得痛快，吃到肚子裡去了。轉眼冬天到了，沒有襖子穿，看你怎樣辦？」老五笑道：「到穿襖子的時候，還有兩個月。這兩個月裡，做不起一件新棉襖罷了，難道贖取一件襖子的錢都沒有？」老娘站起來一甩手，板著臉道：「你太胡鬧，我不管。」她一面說著，一面走向後門口點。老五站在窗櫺前倒發了呆，半天沒有想出一個轉彎的法子。就在這時，卻聽到後面有人捉著雞，咯咯地叫。老五笑了一笑，開箱子拿了棉襖，提了籃子自上街去。去是空籃子，回來的時候，棉襖不見了，卻帶了一籃子魚肉吃食。他到了屋

第十一章　新型晚會

子時，已看到水溝邊，堆上一堆雞毛了。老五自覺得母親能十分體諒，將魚肉交給了母親，也幫著料理起來。到了太陽落山，各位朋友，也慢慢來到。童老五借了一張方桌子，合併了自己家裡一張桌子，在堂屋中間合併擺著，似乎像張大餐桌[1]，長板凳矮椅子，圍了桌子，擺著一周。客人是挑銅匠擔子的余老頭，茶館裡跑堂的洪麻皮，賣花的小夥子高丙根，麵館裡夥計李二，加上楊大個子，王狗子，趙得發，張三，吳小胖子，五位菜販同業。楊大個子真帶了一大包花生米，二十多塊五香豆腐乾子來，放在桌子中間。王狗子也帶了一個荷葉包來，透開來，是一包切了的豬頭肉，他也放在桌心。朋友們圍了桌子坐著，童老五在下方點了兩盞煤油燈，又在桌子角上倒放下兩個香菸聽子，在聽子底上各黏上半支點殘了的洋燭，倒也照著桌子雪亮。他拿了兩瓶酒來，向各人面前斟著，雖是酒杯子大小不一，有茶杯有小飯碗，卻也照著各人的酒量分配。童老五篩過了酒，坐在下方先笑道：「蒙各位朋友關照，沒有什麼感謝，請大家來喝口雞湯。一來我也覺得這個城裡頭，鬼混不出什麼好事來。十天半月裡，我也打算另去跑一個碼頭。交朋友一場彼此要分手了，我們自當快活一下子。」正說時，童老娘兩手捧了一隻大瓦鉢子來，裡面正放著蘿蔔燒牛肉。蘿蔔塊子的顏色，都煮著成了橘紅，熱氣騰騰的，把一陣香味送進人的鼻子來。大家異口同聲說：「累了老伯母了。」童老娘掀起胸前的破圍巾，擦著兩手，站在兒子身後笑道：「多喝一盅！各位。老五脾氣不好，在外面做生意總承各位關照。」王狗子笑道：「這話是倒說著呢！我就不行，常常要老五來關照我。你老人家也坐下來喝一口好嗎？」

1　大餐桌──吃西餐用的長方形桌子。

老娘笑道。「還要把兩樣菜弄好了，給你們端來呢！只要你們多喝兩盅就很賞臉了。」楊大個子端了一碗酒，送到她面前來，笑道：「你老人家喝一盅，算我們盡了一點孝心。」老娘笑著，真個接過碗來喝了一口酒。才待轉身要走，高丙根卻抓了一把花生米，迎上前去，笑道：「菜是你老人家弄的，我們沒有法子，請吃兩粒花生米吧。」老娘接著花生米，笑著去了。余老頭端了酒杯呷著酒，笑道：「老五有這樣一位賢德的老娘，真也是前世修的。應該要好好的讓老伯母享兩年福才好。」童老五道：「我也就是這樣想。她老人家快六十了。托福是老人家身體康健。在兩年之內，我若不把手邊弄得順當一點，要孝養也孝養不及了。所以我猛然一想，還是另找出路為妙。灑，我們慢慢的喝，大家有什麼高見，也可以指教指教我。」說著，端起酒碗來向大家舉了一舉。在座的吳小胖子，卻是朋友之中見多識廣的一個。三杯酒下肚，他額角上有了豌豆大的汗珠。他解開了短袷襖胸前的鈕釦，敞開了胸脯子，兩個小乳峰中間長了一撮黑毛。他一手端了酒杯，一手抖了衣襟笑道：「老五這話呢，當然是有道理的。不但說是想發財，就是想把手邊混得順當一點，在這城裡也不容易。不過打算要離開這裡，似乎也很費事吧？」楊大個子道：「你是說他和市面上有些來往帳？」吳小胖子道：「可不就是這一個。我們這手餬口吃的人，最好是不要在外亂欠人家的帳，欠了人家的帳，哪怕是一文錢呢，這條身子就不能自由。我不知道老五是有了欠帳的呢，還是自由身體呢？」童老五笑嘻嘻的拍了一下胸膛，接著又向大家伸了一伸大拇指，因道：「童老五就是這一點長處，在銀錢上不苟且，絕不為了銀錢把身子作押頭。我的腿長在我的身上。我要走，我一抬腿就走。」余老頭笑道：「小夥子，你真不愧是個好的，我長了這麼大年紀，還不敢說是不欠人家的帳，不押上這個身子呢。來！我們

第十一章　新型晚會

大家來！賀這小夥子一杯！」說著舉起他面前的杯子來。就在這時，聽到屋外面有皮鞋聲，接著有人在大門外問道：「童老五是住在這裡嗎？」大家向前面看時，見幾個壯漢走進來。有的穿著西裝，有的穿著長衫，都是腳蹬皮鞋，頭上歪戴了帽子的。其中有兩個人手上還拿著手杖。吳小胖子一看這情形，覺得並非無意而來，便搶著迎上前來笑道：「各位先生哪裡來？我們這裡，可汙濁得很。」一個穿西裝的漢子，站在來的一群人最前面，瞪了眼道：「你是童老五？」楊大個子在席上，和童老五是挨了坐的，這就連連扯了他幾下衣襟，並向他丟了兩下眼色。只聽吳小胖子陪笑道：「我姓吳，先生有什麼事找童老五嗎？」那西裝漢子道：「他到哪裡去了，不在座嗎？」童老五早是站起身來，一腳撥開了坐凳，然後迎上前道：「我是童老五，這都是我的朋友。」那西裝漢子兩手都揣在褲子袋裡，似乎有一個要拿出什麼來的樣子，向童老五周身上下看了一遍，冷笑一聲道：「你是童老五？好！都跟我們一塊兒走。」童老五道：「到哪裡去？」有一個身穿淺灰嗶嘰袍子，手拿藤杖的人，大聲喝道：「要把你們這群東西關起來！」童老五也偏了頭向他望著道：「先生，我們在家裡吃兩杯花生酒，沒有什麼罪呀。好好的把我們……」他一言未了，那人早是舉起藤手杖，向他身上劈來。童老五身子一閃，那藤杖已在左肩上刷了一下。童老五還待回手，早有幾支手槍高高向這邊同夥臉上比著。穿西裝的喝道：「誰要動一動，他卻休想活命。」這麼一來，坐著的也好，站著的也好，都不敢動上一動。同時，門外又進來三個人，有兩個人手上，拿了長而且粗的麻索。那吳小胖子肚裡，有不少鼓兒詞的，他看到之後，已料到這是所謂一網打盡的毒計，暗地裡只是連連叫著「完了完了！」

第十二章　新人進了房

第十二章　新人進了房

　　下層階級的人，他們的道德觀念，沒有中庸性。有的見利忘義，在為了數十文的出入上，可以辱沒祖宗的打罵著。有的卻捨生取義，不惜為了一句話，拿性命和對方相搏鬥。這就由於他們是情感的發展而少有理智的控制。楊大個子這班弟兄們，這時在童老五家裡聚會，便是一種情感催動的行為。現在突然有了個大包圍，這絕不能說是哪一個人的事。大家就都沉著臉色，站了不動。童老五是站在最前面的一個人，臉上由紅變成了紫色，他道：「各位不必動怒，我們一個也跑不了，要到哪裡去，我們跟著去就是了。」說到這裡，就有兩個來人，拿出了繩索，要向前捆縛。就在這個當兒，後面有人叫了起來道：「各位千萬不要動手，千萬不要動手！」隨了這話，何德厚由大門搶了進來。大家看到，這已覺得夠奇怪了。隨在何德厚後面，還有一個女子，那正是問題中心的秀姐。童老五竟忘了人站在槍口前，情不自禁地咦了一聲。秀姐氣吁吁地站在眾人後面，額角上只管流了汗珠子，鬢汗黏貼在臉上，睜了眼望人。何德厚向那個歪戴帽子，穿了嗶嘰夾袍的人，一抱拳頭笑道：「王先生，沒事了，事情我們已經說開了。」那些來執行任務的人，聽了何德厚的話，都不免向他臉上看看，怕他又是喝醉了，在說酒話。及至見秀姐也來了，這個明白內幕的首領，便放下了舉著的手槍，因道：「我們對你們私人的交涉，那是不過問的。我們就為了有上司的命令，我們才跑了這麼一趟遠路。若沒有上司的命令，我們又回去了，他們這裡一夥子人，倒疑心我們和他開玩笑呢！」說著各人都透著有一分躊躇的樣子。但拿槍拿杖拿繩子的都垂下了手。秀姐道：「各位只管請散吧！你們還有人在巷口子上等著呢！你去一問就明白了。有什麼責任都歸我來擔負。」她說時，紅紅的臉上帶了三分笑意，向大家望著微微地點頭。那歪戴帽子的人似乎也知道她是一種什麼身分了，

便摘下帽子來，向她一點頭笑道：「只要大家無事，我們也就樂得省事。」秀姐笑道：「有勞各位了。過幾天再招待各位。」那些人哄然一聲笑著道：「過幾天再喝喜酒。」說著，還有兩個和童老五點了頭道：「打攪，打攪。」然後擁著出大門去了。吳小胖子走向前，和秀姐奉了兩個揖，笑道：「大姑娘，多謝多謝！不是你親自來一趟，我們還不知道要讓人家帶到什麼地方去呢？這總算我們幸運，剛剛他們掏出索子來捆我們，你就來了。」秀姐看到童老五許多朋友站在當面，回頭又看到自己舅舅紅了一張酒糟臉向大家望著，大家都在一種尷尬情形之中，無論說兩句什麼話，也總是個僵局。可是不說什麼呢，又不便抽身就走。只好借了吳小胖子向前說話的機會答覆了他道：「無論怎麼樣，我們總是一群窮同行，雖不能面面顧到，我總也願意大家無事。非是萬不得已，我自己不會趕了來。這事既是解決了，那就很好。我就不多說了，有道是日久見人心，將來總可以看出我的心事來的。各位受驚了。再見吧！她說著，繃住了臉子，又向大家一一點著頭，然後退了出去。何德厚跟在後面也走了。童老五兩手叉了腰半橫了身子站定，向秀姐看著，嘴角上梢，頗有幾分冷笑的意味。在座的兄弟們，在半個小時內，經過兩個不可測的變化，已是神經有些受著震動，不知道怎樣才好。或站或坐，都是呆呆的。現在見到童老五這番怒不可遏的神氣，大家也就覺得無話可說，眼睜睜望了她走去。這樣成群的靜默著，總有十分鐘之久，還是楊大個子道：「這是什麼邪氣？要說是嚇嚇我們，我們也不是三歲兩歲的小孩子，還會受人家這一套？要說是真要把我們怎麼樣，那把我們帶走就是了，我們還有什麼力量對付手槍？怎麼起了個老虎勢子來了，不到威風發盡又夾著尾子走了？」童老五取了一支紙菸在手，斜靠了桌子坐著，昂了頭，口裡只管噴了菸出來。聽了楊大個子的

第十二章　新人進了房

話，他鼻子裡哼著，冷笑了一聲。

　　吳小胖子道：「我看這事，並不是嚇嚇我們的做作。只看秀姐跑來氣吁吁的，好像很著急的樣子，就知道她也嚇了一下子的。不過他們真把我們帶走了，也不會有什麼三年五年的監禁，至多是辦我們十天半月的拘留，再重一點，將我們驅逐出境也就是了。」童老五道：「你最後一句話說的是對的。其實我並無這意思，要留戀在這座狗眼看人低的城圈子裡。那些人說，過兩天要吃秀姐的喜酒，我倒不忙走了，還要過兩天，看看這場喜事是怎樣的做法？喜酒喝不著，花馬車我們也看不到嗎？」童老娘走到大家前面站著，揚了兩手道：「小夥子們，還圍攏在這裡做什麼？這都是你們聽黃天霸白玉堂的故事聽出來的。什麼英雄好漢了，什麼打抱不平了，茶館裡把兩碗濃茶，喝成白開水了，你們也就沒有了主意。其實人家有錢娶姨太太，人家有運氣嫁大人老爺，一個願打，一個願挨，和你們什麼相干？不是秀姐來了，真的把老五帶去關幾天，就算不怎樣為難他，不要把我在家裡急死？一說一了，就從此為止，不要再談這件事。明日起早，我和老五下鄉去住幾天，躲開這場是非。我們若是再回來了，請你們也千萬不要再提。」大家看到老人家沉了臉色說話，這也不好意思再說什麼。繼續地把一餐酒菜，吃喝完畢之後，只得向著童老娘苦笑笑，說聲「打攪」，大家像破簍子裡泥鰍，一些響聲沒有，就陸續地溜走了。這其中只有王狗子是另外一種思想，他覺著秀姐會跟何德厚跑來作調人，這是很新奇的一件事，她不但不害臊，而且還有權說服那班歪戴著帽子的人，這裡面一定有很大的緣故。心裡一發生了這點疑問，就有點兒放擱不下。這且不管童老五母子所取的態度如何，自己徑直地奔向丹鳳街，卻到何德厚家來。老遠地看到那大門半掩著，顯然沒睡。走到門邊，伸頭向裡看

去，見裡面屋子裡燈火通明，有幾個人說話聲。心想何德厚也是剛離開童家，不見得就回來了。便是回來了，剛才那種大難關也闖過來了，現在見了面，也不見得他就會動起拳腳來。於是將門輕輕一推，喊了一聲「何老闆」。

　　何氏在裡面答道：「是哪一位？他半下午就出去了。」王狗子走到院子裡答道：「我是王狗子呀！」何氏說了一句「是你」已迎到院子裡來。攔住了他的去路，站在當面，低了聲道：「王大哥你來做什麼？她正在……」王狗子笑道：「沒關係，我們的事情完了。剛才我們在童老五家裡吃晚飯，去了七八個便衣要抓我們，倒是何老闆和你們大姑娘去了，和我們解的圍。我特意來謝謝他。」何氏道：「哦！秀姐已經趕到了，那也罷，這事已經完了，就大家一笑了事，你也不必謝她了。」王狗子道：「大姑娘沒回來嗎？」何氏頓了一頓，沒有答覆他這一句話。王狗子一面說著，一面就向屋子裡走去，竟不問何氏是否同意，就徑直地向裡面走去。這倒出乎意料，屋子中間搭上案板，點了幾支蠟燭，四五個女工圍了案板在做衣服。只看那兩三件料子，都是水紅或大紅的，便可知道這是嫁妝衣。站著望了一望，回轉頭來向何氏道：「姑媽，大喜呀！」何氏看他露著兩排黃板牙，要笑不笑的，兩只肩膀，微微地向上扛著，似乎帶了幾分譏誚的意味在內。何氏便道：「王大哥，你也不是外人，我可以把心事告訴你，請你到裡面屋子裡來坐。」王狗子跟著她進去時，見裡面也亮了一支燭，便挨著床沿坐了。何氏斟了一杯茶過來，他接著，也還是熱氣騰騰的。因笑道：「看這樣子，姑媽要整晚的忙著。」何氏低聲道：「大哥，你們不要把秀姐那一番苦心給埋沒了才好。原來那個姓趙的讓人家一挑唆，他是要和你們為難一下的。你們沒有什麼，牽連在內，也不過是在牢裡關

第十二章　新人進了房

上兩天。可是老五呢，他那脾氣犟，審問他的時候，他頂上問官兩句，這事情就可輕可重。總算秀姐見機，她親對許先生說，只要許先生把這事馬糊過去，她立刻就出嫁。那許先生聽了這話，也就還了一個價，說是趙次長明後天就要到上海去，至多可以遲走一兩天。姑娘要是願意的話，最好明天就完婚。完婚三天之內，趙次長就要帶秀姐到上海去，而且說是要帶她到杭州去玩一趟，說不定要一兩個月才回來。我聽到這話，就有些不放心。秀姐是一步也沒有離開過我的人，陡然就到這遠去，知道有沒有岔子？我還不能一口答應。可是秀姐她怕你們吃虧，絲毫沒有駁回，就定了明天出嫁。今天晚上也不回來了，預備理理髮，洗個澡，明天換上衣服，就出門去了。」王狗子低頭想了一想，因道：「怪不得她親自到童家去了一趟，那意思就是要親眼看到把我們放了。」何氏道：「這算你明白了。」王狗子道：「大姑娘這番俠義心腸，真是難得！不過她今天晚上住在哪裡？為什麼不回來呢？」

何氏笑道：「她還能亂七八糟的地方都去住嗎？無非是許太太陪伴了她。至於為什麼不回來？我想這一層，倒也用不著我來說，總無非是想減少一點麻煩。」王狗子喝著茶，默然想了一會，也不再說什麼了，就拱拱手道：「恭喜你了，明天就是外老太太，又跳進另一個世界了。」何氏本坐在他對面，這就站起來，走近一步，抓住他的袖子低聲道：「王大哥，我們的醜處，也不能瞞著你。養著一二十歲的大姑娘，送給人家做姨太太，有什麼面子？這樣一來，這丹鳳街我也不好意思再住下去了，我也要離開的。我活著幾十歲，守住這個姑娘，落了這麼一個下場，還有什麼意思？這件事也難怪親戚朋友說閒話，其實這果然也是見不了人的事情。你叫我外老太太，你比打我兩下，還要重些。」王狗子紅著臉笑道：「你老

人家錯了，我真不敢笑你，你老人家不願人家道喜，我們不再道喜就是了。」何氏道：「那就很好。明天看到同行，請你代我說一聲，說我不是那種寡廉鮮恥的人，我也就感激不盡了。」

　　說著這話時，她兩隻眼角上，含了兩顆眼淚水，幾乎要滴了出來。王狗子反是向她安慰著道：「那實在沒有什麼關係。這年月在外面混差事的人，哪個不討兩三房家眷。這不過是個先來後到，實在沒有什麼大小可說。你老人家是自己想左了。」正要跟著向下說什麼，那外面的女工，只是叫喚著何氏問長問短。王狗子便起身道：「這樣子，恐怕姑媽還要熬一個通宵，我也不再在這裡打擾了。」說著走出屋子來，何氏倒有些依依不捨的樣子，一直送到大門口。王狗子這就站住了腳，向身後看看，因道：「姑媽，我也有一句話告訴你：就是童老五母子，他們不願意在這裡住著，明天一大早就要下鄉去了。」何氏道：「那為什麼？」王狗子道：「老五的說法，他說是這城裡人心可怕。童老娘說呢，窮人也圖個平安日子，要下鄉去躲開這場是非。」何氏聽著，是默然地站著，手扶了門，很久說不出一個字來。王狗子對立了一會子，也不知道她是什麼用意，找不出來一句話來安慰。後來還是何氏嘆了一口氣道：「也好，我們再會吧！」說畢，她掩門進去了。王狗子先覺得秀姐母女完全不對。自從和何氏這席談話，看了她可憐得有冤無處申的樣子，又對她們同情起來。一路走著想了回家去，倒鬧了半夜睡不著。做菜販子的人，向來是起早的。趁著天上還有三五個星點就起來，他倒沒有挑了擔子去販菜，立刻跑向童老五家來，遠遠望見後面窗戶放出燈光來，窮人是熄燈睡覺的，這就知道他娘兒兩個起來了。王狗子繞到他屋後，隔牆叫了一聲老五，童老五在裡面答道：「狗子嗎？不去販菜，跑了這裡來幹什麼？和我送行來了？」說

第十二章　新人進了房

著，開了堂屋後門，放了他進去。狗子見桌上擺了飯菜碗，旁邊凳子上放了一捆鋪蓋捲，又是一隻竹箱子，兩樣上面，橫架了一根扁擔。王狗子笑道：「說一不二，你們倒是真要走。」童老五道：「這是買瓜子豆子，隨嘴說一句做不做沒關係嗎？難道你還不是為了送行來的？」王狗子笑嘻嘻地把昨晚上見了何氏的話，述說一遍，童老五皺了眉好像是很忍耐地把這段話聽下去。王狗子不說了，他牽了王狗子兩隻手，向門外推了出去，口裡道：「多謝多謝，還要你來送上這麼一段消息。你什麼意思呢？讓我還去向何德厚送一分喜禮？天還早，去做生意，不要吃了自己的飯，給別人操心了。」王狗子碰了這樣一個釘子，雖是心裡不服，眼見他娘兒兩個就要下鄉了，也不好強辯什麼。站在門外出了一會神，自是默然地走去。可是他心裡橫攔著一件什麼事似的，再也無心去做生意。天大亮了，到茶館子去泡上一碗茶，想了一兩小時的心事，他最後想出了一個主意：學著那鼓兒詞上的英雄，等著秀姐上馬車的時候，硬跳了上前，一手把她挾了過來，然後使出飛簷走壁的本領，一跳就上了房頂，使展夜行功夫，就在房頂上，見一家跳一家，直跳出城外，見了童老五，把人交給他，若是有人追來，我就是這一鏢打去。想到這裡，身子隨了一作姿態，腰歪了過去，右手一拍腰包，向外伸著，把鏢放了出去。噹的一聲，面前一隻茶碗，中鏢落地，打個粉碎。茶水流了滿桌，把共桌子喝茶的人，倒嚇了一跳。大家同聲驚呼起來，他才笑道：「不相干，我追了一隻蒼蠅打，把茶潑了。」跑堂的過來，一陣忙亂，將桌子擦抹乾淨。所幸無非是附近菜市場上老主顧，打了碗也沒有叫賠。

　　王狗子搭訕著向四周望了道：「天氣快冷了，還有蒼蠅。」掏出錢來，會了茶帳，又是無意思地走出來。他不知不覺地走入了一條冷靜的巷子，

一面走著，一面想著，當然，現在要像古來俠客那樣飛出一道白光，老遠地就把奸人斬首，那已是不可能。若不能飛出白光，僅僅是可以飛簷走壁，那也做不了什麼大事，人的能力，還趕得上手槍步槍嗎？我王狗子練不出口裡吐白光的本領，也就休想和人家打什麼抱不平。不過看看秀姐是怎麼樣出嫁的，倒也不妨。心裡轉著這念頭時，兩隻腳正也是向許樵隱家這條路上走去。只走向他的巷口，便見何氏手提了一隻包袱，由對面走了來。這就迎著她笑道：「姑媽你起來得早哇！」何氏猛然見了他，像是吃了一驚的樣子，身子向後退了兩步。王狗子笑道：「我沒有什麼事，不過順便走這裡過。你老人家大概是一晚沒有睡，把衣服做好，趕著就送了來。」何氏道：「秀姐也不住在這裡，我這包衣服，不過是託許先生轉交一下子罷了。」她口裡說著話，腳步可不移動，那意思是要等著他走了，她才肯走。王狗子想她也怪可憐的，又何必和她為難？於是向她點了個頭道：「姑媽，回頭再見了，你忙著吧！」說畢拱了兩拱手，竟自走了開去。走出了巷子回頭來看時，見何氏站在巷子中間，只管向這裡張望，那意思是等著自己走了，她才肯到許家去。王狗子一想，她們真也防備我們這班人到了所以然。但是有了這情形，倒實在要看看他們是怎麼回事。拐過了這巷子，在冷街口上，有個賣烤蕃薯的攤子，那老闆金老頭，倒是自己的前輩，他正站在太陽地裡料理爐子內外的貨物。王狗子慢慢走攏去，說聲金老伯忙呀，於是談起話來。年老的人總是喜歡說話的，由王狗子今天沒有做生意談到了何德厚所幹的事，也就是混了一兩小時。金老頭攤上有瓦壺盛的熱茶，請王狗子喝了一碗茶，又讓了他兩只烤蕃薯，肚子也就不餓。他守住了這爐子邊就沒有走開，他居然熬出了一點結果。這條街上竟開來了一輛汽車。這汽車雖沒有什麼特徵，可是和那司機同座的，有一

第十二章　新人進了房

位穿了乾淨短衣服的女人。她梳著髮髻，髻縫裡插了一朵通草製的紅喜花。王狗子心裡想著，接秀姐的汽車來了，過一會子就可以看到了這齣戲是怎麼演。於是索性在這攤子邊耐坐下去。坐了一會，又怕汽車會走了別條路，不住地到那巷子口去張望著。最後一回，竟是碰著那汽車迎面開來。當汽車開到面前的時候，那個戴花的女人卻不見了。後面正廂裡，見秀姐低頭坐在裡面。坐了汽車，自然就不是她原來的裝束了。燙著頭髮，成了滿頭的螺旋堆，身上穿了一件粉紅色的衣服。但只也看到這一點點，車子已過去了。雖然汽車是在冷街上走，可是它走起來，還是比人快得多。

王狗子拚命的在後跟，追到了大街上，汽車一掉頭，鑽入汽車群裡，就不見了。王狗子站在巷子口，呆望了一陣，然後抬起手來，在頭上鑽了個爆栗，罵道：「笨蛋，現時你才明白，你能盯著汽車，找出她到哪裡去嗎？」說畢，無精打采地掉轉身向同路上走。但只走了這條巷子，卻看到原來壓汽車來的女人，坐了一輛人力車，飛快地走來。狗子忽然腦筋一轉，就隨了這人力車子跑。這一回是絕不肯放鬆的，無論人力車子跑得如何快，總在後面盯著。車子在一家大旅館門口停住，那女人跳下車，就向裡面走。王狗子怕是再失了這個機會，老遠的看著了那女人的影子，就緊緊地跟隨在後面。好在這旅館，既是最大的一家，加之又兼營中西餐館，進出的人，卻是相當的多，王狗子雖然是個無所謂的來賓，卻也沒有什麼人來注意。一直上了三層樓，卻見一群衣服闊綽的男女，簇擁了秀姐，嘻嘻哈哈走來。她在衣彩閃耀的當中，順了甬道走。她的臉上雖是胭脂抹得通紅的，卻也不見什麼笑容，只是低了頭。在她後面的兩位女賓，微微靠近了她來推動著走。她的衣服好像有一千斤重，走著走著，衣紋都沒有什

麼擺動。和她並排走著一位四十開外的漢子，長袍馬褂，笑得嘴角合不攏來，向大家拱了手道：「請到新房裡坐，請到新房裡坐。」他在前引路，將秀姐和一群客人，引進了一間屋子裡去。那房間雖不關上門，卻是放下了門簾子的，將內外還隔得一點不露。但聽到哈哈一片笑聲，接著拍拍拍一陣掌聲，王狗子站在樓梯呆看了許久，昂頭長嘆一聲，便低頭走下樓去。

第十三章　一小販之妻

第十三章　一小販之妻

　　是接近黃昏的時候，街上電線杆上，已是亮著黃色的電燈泡。一條流水溝上，並排有大小七八棵楊柳樹，風吹柳條搖動著綠浪，電燈泡常是在樹枝空檔裡閃動出來。看著三四隻烏鴉，工作了一日，也回巢休息了，站在最高一棵柳樹的最高枝上，撲撲地扇著翅膀，呱呱地叫。樹底下有個人捧了粗瓷飯碗將筷子在扒飯。這便抬了頭道：「還叫些什麼？人差不點子坐了牢，今天……」老遠有人叫道：「楊大個子吃飯了，喝碗老酒去好不好？」楊大個子回頭看時，王狗子背了兩手在短袱褲後身，昂頭看了柳樹外天空裡的紅雲，跌擅著走了來。楊大個子笑道：「說你是忠厚人，你又是調皮的人，你看到我在吃飯，你約我去喝酒。」王狗子走近身來，向楊大個子碗裡看看，見黃米飯大半碗，裡面有幾塊青扁豆，兩塊油炸豆腐。笑道：「你看，菜都是這樣乾巴巴的。吃到口裡也未見得有味。我說請你去吃酒，不見得是空頭人情吧？」一言未了，卻聽到後面有婦人聲音叫道：「王狗子，你又來找老楊了。吃自己飯管人家閒事做什麼？」王狗子回頭看時，楊大個子女人，背靠了門框，懷裡抱著碗筷，站在那矮屋子門口。她一張長方臉，配上兩隻大眼，平後腦勺，剪齊了一把頭髮，闊肩膀披上一件藍布袱褲，胸前挺起兩個大包袱似的乳峰，透著一分壯健的神氣。王狗子向她笑道：「大嫂是心直口快的人，怎麼也說這樣的話？我們和童老五，都是割頭換頸的朋友，他要和人家談三角戀愛，搶他的愛人到手，我們做朋友的，怎能夠坐視不救？」楊大嫂伸著頸脖子把大闊嘴向他呸了一聲笑道：「你老實點吧！一個挑糞賣菜的人，說這些文明詞，又是三角戀愛，又是愛人，又是坐視不救，也不怕臉上流綠水？」王狗子笑道：「你不也懂得這些話？不懂你就知道這是文明詞了？喂！嫂子，家裡有香菸沒有？給我們一支抽抽。實不相瞞，說出來，你又要笑我流綠水。

我跟著秀姐的汽車，一路到旅館裡去，偷著看了和姓趙的一路入了洞房。也不知道什麼緣故，我心裡過分的難受，也就只比死了娘老子差些。這幾天，我悶死了，滿街亂鑽。今天悶不過，我想找老楊去喝兩碗酒，解個悶，你怎樣不贊成？」楊大嫂放下了飯碗筷子，在屋子裡拿出一支紙菸，三根紅頭火柴，一齊交給了王狗子，笑道：「這是老楊飯後的一支救命菸，請了客吧！屋子裡漆黑，請外面坐。」說著，從屋子裡搬出一張矮凳子放在門外空地裡。王狗子坐在矮凳子上，將紙菸銜在嘴角裡，然後把火柴在土牆的碎磚上擦著了，點了菸抽著。楊大個子走過來笑道：「你來請我吃酒，倒先報銷了我一支菸。想買一個鹹鴨蛋吃飯也沒有，我嘴裡正淡出水來，上街去切上四兩豬頭肉，喝兩杯倒也不壞。」

他說話時，將碗筷遞給了他女人。楊大嫂道：「聽說有酒吃，碗都不肯送到屋裡去了。難道你進去了，我會把你關在屋裡？我要是那樣厲害，楊大個子早就發了財了。」楊大個子將頭歪在肩膀上，向她笑道：「有朋友請我吃酒，又不花你的錢！你不高興我去？」楊大嫂道：「自己的錢是錢，朋友的錢更是錢，放了飯碗去占人家便宜，你這個心腸就最壞。」王狗子笑道：「我和老楊還分彼此嗎？若是那樣，這回童老五的事，我們也不瞎忙了。」楊大嫂把碗筷送回去了，在門裡扔出一個溼手巾把來，楊大個子接住了。她拿了個洗衣服用的草蒲團丟在門框下階沿石上，自己便坐下去，兩手抱了腿。楊大個子接著那溼手巾擦抹了嘴臉。笑道：「你看，我們這洗臉手巾，上面一點油腥也沒有。」說著，將手巾掛在門框釘子上。楊大嫂道：「不是我不要你去喝酒。你看你們在童老五家吃酒，幾乎弄出禍事來。今天你們弟兄團隊，火氣正在頭上，三朋四友會到一處，再把黃湯一灌，說不定又出什麼亂子？童老五為人，我也覺得不錯，窮雖

第十三章　一小販之妻

窮，有什麼事找他，他沒有縮過手。我倒有頭親事放在心裡，因為他痴心妄想在想秀姐，我沒有和他提過。現在他沒有了想頭了，我可以和他提一提。」楊大個子點點頭道：「我曉得你說是你姨表妹。她家裡很好過，肯嫁童老五這樣窮光蛋？」楊大嫂道：「就因為她家裡很好過，就不在乎找有錢的了。我二姨媽守了二十多年的寡，腳下沒有個兒子。住在鄉下吃祖穀，又過不慣鄉下日子。住在城裡，鄉下搬祖穀來吃，又不夠用。若是城裡招得一個出力的女婿，把她鄉下出的東西，挑來城裡賣，那就是錢。她母女兩個，這樣有了活錢，也可以在城裡住。」王狗子搖搖頭道：「這個媒人，你做不成功了。」楊大嫂道：「難道童老五還在想秀姐？」王狗子道：「童老五人雖窮，死也不肯輸這口窮氣。比他好一點子的人，他都不肯和他交朋友。他說，本來無心想沾人家的光，不要讓人家疑心是有意去沾光。於今教他去討個有錢的老婆，靠老婆吃飯，那簡直是挖苦他了，你想他會幹這樣的事嗎？」楊大嫂笑道：「喲！憑你這樣說，童老五倒是一塊唐僧肉，人家非弄到嘴來吃不可。我那姨表妹不好看，也不疤不麻，她還怕找不到你們這樣拿扁擔磨宿膀的人嗎？我去作這個媒，說不定還要挨上人家幾句言語呢！」楊大個子指了她的臉道：「你看，你那嘴就像敲了破鑼一樣的響。王狗子一來，就只聽著你說話。」楊大嫂將手指了鼻子尖，腰桿子挺起了笑道：「我嘴像破鑼？老實說，連你老楊在內，都得聽我的話。王狗子，你信不信？比如你們都是挑桶賣菜的，只有老楊他還撐得起這個破家，那就為了有我管住了他。你們無人管的，錢到手就花個精光了。」

　　楊大個子口裡罵著，眼瞪了她，伸手扯了王狗子道：「走！喝酒去。這是個瘋子，越睬她，她還越來勁。」王狗子起身和楊大個子走著，楊大

嫂喊道：「楊大個子，你說走就走，居然不怕我老姐姐發脾氣。呔！聽到沒有？剛才老鴉在樹上對你叫，你也應當小心一點。」楊大個子道：「管它呢！那棵樹上，根本就有個老鴉窠，哪一天它們不叫上三五回。」他口裡說著，人是儘管地向前走。踱過了水溝邊一帶空地，立刻轉彎要進到一個巷子裡去了，楊大嫂追出來幾步，抬起一隻手來，在半空裡招著叫了過來。楊大個子見她這樣上勁地追了來，自然有點奇怪，便站住了腳等著，因問道：「什麼事，這樣大驚小怪地追了來？」楊大嫂笑道：「你是聽到有酒喝，什麼都忘記了。就算酒帳有人家會東，難道買包香菸的錢你也不用帶著嗎？」說話時，她跑了近來，右手上握著一把銅板和銀角子，左手牽起楊大個子的衣襟，卻將手心裡這把錢，都塞在他口袋裡，然後叮囑了他道：「少喝兩杯，早點回來。」楊大個子答應著，她才轉身回去。王狗子倒站定看著了很久，因笑道：「怪不得人家說你們楊大嫂子打是痛罵是愛。儘管不許你出來吃酒，到了你真走了，她又和你送了錢來。」楊大個子笑道：「你倒莫笑她誇嘴，我要不是她管著，倒真不容易成上一個家。」王狗子笑道：「你兩個人也算一個半斤，一個八兩，性情斯文些的人，就對付不了我這位大嫂子。」楊大個子點了頭道：「這倒讓我想起秀姐來。相貌呢，不用說是十分去得。若不是相貌好，人家做次長的人，都會看中了她？做事呢，也是粗細一把抓。雖說有點小姑娘的脾氣，那倒算不了什麼。卻不想錢這個東西，害盡了人！她和老五彼此心裡有數，是好幾年的事了。於今是一個月工夫，就跑到姓趙的人家去做姨太太。」王狗子道：「我看了這件事，非常之難過，今天做完了生意，我一頭跑出來，就要去找童老五吃酒。直走到他家門口，我才想起了人家是恨透了這個城市，陪著他老娘下鄉了。我找不到他，我就想起了你。總之，我要喝上一頓酒，

第十三章　一小販之妻

才可以解除胸中這點子不痛快。」楊大個子道：「真的，老五走了，我也是一天就沒有了精神。你若不來，我一個人也會鑽到澡堂子裡去洗澡。」兩個說著話，走出了巷口，到了丹鳳街上。這是這條街上夜市最熱鬧的一段，三五家店敞著門，已是燈火通明，穿短衣服的人，正也開始著在這裡活躍。幾座浮攤，賣炒花生的，賣醬牛肉的，賣水果的，擁在路燈光下。這巷街成了丁字形，正對著是爿小茶館子，白天生意清淡。到了晚上，那板壁竹頂棚之間，兩根黑粗線懸了的電燈泡，不怎麼調和的形狀之下，放著了光明。靠裡兩三張桌子，搭起一座小臺，有個黃瘦的人，禿著頭，穿了灰布夾袍，手拿扇子，在那上面講《七俠五義》。臺子下面各茶座，擠滿了人，除了人頭上冒著燒的捲菸氣，對演講者沒一點反應。這邊一家大茶館，正賣晚堂，攔門韻鍋灶上，油鍋燒得油氣騰騰的，正煎炸著點心。那裡面哄哄然。人的談話聲，燈光下晃著一群人影子，正與那油鍋燒紅了的情調相同。緊隔壁是一家老酒店，也是王狗子的目的地。小小的鋪面，兩行陳列了六張桌子，在牆的一角，彎了一曲木櫃臺，櫃臺上擺著二三十把小酒壺。櫃臺外撐起一個小小鐵紗架格，裡面放著茶黃色的滷豬頭肉，滷蛋，還有油炸的酥色。只這兩樣固定的廣告，便把不少的老主顧，吸引了進去。這些座位上多半是有人占坐了。只有最裡面的一張桌子，一面靠牆，三方空著，桌上擺了幾個藍花瓷碟子，裡面放著鹽水煮花生，油炸麻花，鹹蛋之類。王狗子早是饞涎欲滴，搶著向前，右手移開凳子坐下去。左手抬起來，高過額頂，伸了四個指道：「拿四兩白干來。」楊大個子在對面坐下，笑道：「我們今天都有心事，不必太喝多了，就是這四兩。」

　　說時，夥計將酒壺杯筷拿了來。王狗子道：「賣豬頭肉的老張，我還欠他兩角錢沒有給呢！要他給我切盤豬頭肉來，回頭一總結帳。」那夥

計向王狗子上下打量了一番，笑道：「王老闆多日不見，在哪裡跑外碼頭賺錢回來了。」王狗子將斟著酒的杯子，先端起來喝了一口，點著頭道：「跑外碼頭？將來也許有那麼一天吧。這個死人城裡，讓人住不下去，受得了這股子窮，也受不了這股子氣。」楊大個子伸著腳，在桌子下面，輕輕地踢了他一下。又向他看了一眼。王狗子抓了兩粒煮花生剝著，就沒有向下說了。夥計端了一碟子豬頭肉放在桌上，笑道：「王老闆不說，這事我也摸得很清，不就是為老五這件事情嗎？」他說著，在牆縫裡取出半支菸捲，又在那裡摸出兩根火柴，在木壁上擦著，點了菸捲放在嘴角裡斜抽著。他兩手叉了腰，望著王楊兩人，倒是很有一股子神氣。楊大個子笑道：「看你這樣子還有話說，你和老五有交情嗎？」夥計道：「老五我們不過是點頭之交，倒是同何德厚很熟，他比你幾位來得多，來一趟，醉一趟。這一陣子，晚上他不來了，中午的時候這裡不上座，他倒是摸著這裡來喝幾杯。」說著，他回頭看了看，低聲道：「那趙次長有個聽差，在這裡和他談過兩回盤子。你猜怎麼樣？那個聽差，是我本家，我不問他，他倒只管向我問長道短。現在何德厚發了財了，永遠不會到我們這小酒店來吃酒了。不過……」只說得這裡，老遠的座上有人叫道：「夥計，再打一壺來。」那夥計轉身應酬買賣去了，楊大個子問王狗子道：「這傢伙很有幾分喜歡說話，你知道他姓什麼嗎？」

王狗子道：「聽到有人叫他李牛兒，大概是個小名，我們怎好喊人家小名呢？」楊大個子笑道：「我倒不管他大名小名，我聽了他說姓趙的聽差，是他本家。據你這樣說，我們可以知道這人姓李了。有個機會要找找秀姐的路子，這也是一條線索。」王狗子搖了兩搖頭道：「我們還去找她的線索呢？真也見得我們沒骨頭。假如有這麼一天，我有權審問她，我要

第十三章　一小販之妻

掏出她的心……」王狗子說到這裡，覺得自己聲音重一點，回頭一看，各座位相接，便吐長了舌頭，笑了一笑，把話忍回去了。楊大個子拿著酒壺，杯子裡斟著酒，笑道：「今天要我看著你喝，不然的話，你會喝出毛病的。」王狗子笑道：「今天我們是解悶，悶酒容易醉人，倒是自己管著自己一點的好。」兩個人說笑著，喝酒便有了限制。倒是桌上擺的兩碟煮花生米，先吃了個乾淨，桌子角上，剝了兩堆花生殼。唯其如此，倒是所切的那碟豬頭肉，還不曾吃多少。王狗子扶起筷子，隨便夾了兩片肉在嘴裡咀嚼著，恰好是滷豬耳朵，倒越咀嚼越有滋味，端起杯子來，把一點酒底也喝了，喝得杯子唧唧有聲。楊大個子笑道：「下酒的菜還有，我們每人喝二兩酒，倒是不怎麼夠過癮的。」王狗子笑道：「我們再來四兩。」楊大個子向他臉上望望，笑道：「二兩也差不多吧？」只這句話，就聽到身後有人接嘴道：「我就知道你們扶著酒壺，只有人倒下去，沒有壺倒下去。」楊大個子回頭看時，是他老婆來了，臉色倒有些紅紅的。楊大個子道：「咦！你怎麼追著來了？你不是……」楊大嫂笑道：「我不攔著你喝酒。我剛才塞一把錢到你衣袋裡，把開箱子的鑰匙，也塞在你袋裡了。」楊大個子在衣袋裡摸索了一陣，掏出鑰匙來交給她。因問道：「有甚麼要緊的事，追著來要鑰匙開箱子？」楊大嫂看了一看四座上的人，然後彎下腰來，在楊大個子肩膀上，低聲道：「隔壁吳大嫂子發動了，恐怕今晚上要生出來。我要去幫忙，你早點回去，看著大毛二毛睡覺吧！」說著，扭身就要走，楊大個子伸手一把將她抓住，因道：「就是要你去幫忙，也用不著你開箱子。」她道：「你的酒也沒有喝醉吧？我也得拿我的傢伙去呀！」擺脫了楊大個子的手就走了。王狗子笑道：「大嫂子到隔壁幫忙去了，也許熬過通宵，我不勸你多喝，你要回去看家了。」正說著，李牛兒

在人叢中溜了過來，手裡提了小酒壺，和楊大個子斟上一杯。楊大個子笑道：「賣酒人不斟酒，你倒是肯破這個例。」李牛兒笑道：「我有點事求求楊老闆。」楊大個子道：「你知道我姓楊？」李牛兒道：「我在這裡，也做了半年多買賣了，來來往往兒個主顧，我都認得，姓名不十分鬧得清楚。剛才這位楊大嫂子是不是？」楊大個子端起酒杯來喝了，又笑著嘆了一口氣道：「女男人！唉！就是我那一口子。」李牛兒道：「這就是了，她是楊大嫂，你還不是楊老闆？」

　　楊大個子道：「你有什麼事賜教？」李牛兒把頭偏到肩膀上，皺了眉道：「我女人也快臨盆了，就是請不起好接生婆。她是初生子，太不相干的，又不敢請。聽到人說，這位楊大嫂子會收生，還是熱心快腸，不要錢。楊老闆和我說一說，行不行？」楊大個子笑道：「這個事，那我一說，她就來？有你這熱心快腸一句話，比送她一千塊錢，她也高興些。她這個女男人，什麼都不怕，就怕戴高帽子。你想，我還能出點力氣，哪就靠她賺錢？以先她是和人幫幫忙，後來許多人找她，弄得真成了一個接生婆。去年衛生局下了命令，當產婆非受訓不可。我勸她，可以休手了。無奈左鄰右舍一說，楊大嫂子不接生了，大家少個救星。這句話把她送上了西天，背了幾十塊錢的債，她去受訓了三個月。到於今索性是領了憑照的收生婆了。」李牛兒笑道：「幾十塊錢算什麼？一個半個月的就可以弄回來。」楊大個子道：「弄回來？像今天晚上這回事，我家裡起碼要貼兩塊錢本。」王狗子笑道：「真的，我聽說大嫂子和一個叫花婆收一回生，除了白忙一天之外，還倒貼了那女人三塊錢。」楊大個子搖搖頭道：「唉！你不要提起這回事。那幾日正趕上家裡沒錢，她會偷著把一床被拿去當了。天下有這樣的傻貨！」王狗子笑道：「我們弟兄，都是這樣的脾氣，

第十三章　一小販之妻

這就叫一床被蓋不了兩樣的人。」楊大個子笑道：「咍！你這叫什麼話？」王狗子被他喊破，才覺得自己的話有語病，身子向後一仰笑道：「呵喲，我不是那意思。我要是有心占你的便宜，我是你兒子。」楊大個子和李牛兒都笑了。這一打岔，李牛兒沒有再提收生的事，自走了一會子工夫，他在街上餛飩挑子上叫了兩碗麵，送到桌上來，笑道：「不成意思，請二位消個夜。」楊大個子道：「這可不敢當！」李牛兒笑道：「這酒帳我也告訴櫃上，代會了。」王狗子站起來，抓住他的手道：「這就不好意思。原來是我約了楊大哥來吃兩杯，怎好讓你會東？」

李牛兒彎彎腰兒，笑道：「我不過想借了這個機會，多交朋友，你二位若是不賞臉，就是不願和我交朋友了。」王狗子握了他的手，回轉臉來，向楊大個子望了道：「你看怎麼樣？」楊大個子道：「這真是想不到的事，跑到這裡來，要李大哥會東。」李牛兒笑道：「在這條丹鳳街上的人，少不了晝夜見面，今天我會了東，明天你再會我的東，那不是一樣嗎？不要客氣，請把麵吃了，冷了，麵就成泥團了。」說了這話，他自走開去，並沒有什麼話交代。王狗子把麵吃了，又和楊大個子喝著後來的一壺酒。因道：「這李大哥是口糊手吃的人，當然是境況很困難，大嫂子好事做多了，哪在乎再做一回？你回去對大嫂子說一聲兒，就和這李大哥收一回生吧！」楊大個子喝著酒點點頭。到了這壺酒喝完以後，是人家會東，二人也不便再喝。站起身來，向老遠張羅著買賣的李牛兒，拱了兩拱手。他迎過來笑道：「二位回去了？再來一壺吧？」楊大個子拱拱手道：「多謝多謝。你那託的事，讓我回去對她說著試試看。說句文明詞兒，那總不成問題吧？」李牛兒聽了，覺得半斤白干，沒有白花，隨了後面，直送到店門口，還點點頭。於是王狗子這群人裡面，又多了一個角色了。

第十四章　重相見

第十四章　重相見

　　這晚上，楊大個子帶了三分酒意，撞撞跌跌走回家去。楊大嫂子在鄰居家裡收生，正不曾理會得，門依然反鎖著。便站在屋簷下大叫道：「喂！怎麼把門反鎖了？依著我的性子，我一腳把這大門給它踢倒了。」他口裡說著，當真伸出腳來將門咚咚踢了兩下。隔壁劉家外婆，搶了出來，叫道：「呔！楊大個子你又喝醉了？大毛二毛睡在我這裡，鑰匙也在我這裡，你拿去開了門，悄悄地睡覺，不要發酒瘋。」楊大個子走過去在門外接了鑰匙，便回家來開門。這晚沒有月亮，暗中摸索了鎖眼，將鑰匙向裡面亂攪。鎖簧開得吱嘎作響，只是通不開。自己發了急，兩手用力將門一推，身子更向前一栽，那門哄咚一聲響著，人和門板，同時倒向屋裡來。這一跌腦子發暈，半晌爬不起來。屋子裡沒有點燈，便閉著眼養一養神。這一養神之後，人益發昏沉了過去，就不知道醒了。等到自己覺悟過來時，屁股上已讓人踢了兩腳。睜眼看時，見桌上點著煤油燈，自己女人將手指著道：「你看，你還像個人嗎？生幾養女幾十歲的人，直挺挺地醉死在地上。」楊大個子覺得脊梁上冰涼，兩隻手臂膀還涼得有些發痠。坐在門板上，揉著眼睛，笑道：「你以為我喝醉了，就睡在地上嗎？我恨極了你了，孩子放在人家家裡，大門又是反鎖了。為了和人家去收生，自己家裡人，全不要了。」楊大嫂道：「你不要瞎扯臊了。我不要家裡人，你就該直挺挺躺在地上嗎？這門壞了，今天晚上敞著門睡覺，連被窩兒都要給人捲了去。你得好好地給我看門。」說著，掉轉身去，自走到裡面屋子裡去。楊大個子緩緩地站了起來，低頭看看身上的衣褲，黑泥沾染了大半邊。不覺搖了兩搖頭，自言自語地道：「我也只喝了四五兩酒，怎麼就這樣糊塗？那個李牛兒把不要本錢的酒請客，也不知道打了多少酒我喝，總有半把斤吧？要不然，我不會醉。」楊大嫂低了聲音在裡面屋子喝道：

「你看，你不打自招。我不管，要是不看門，你進了房，我將馬桶刷子打你。」楊大個子呆站在外面屋子裡。見兩扇門平倒在地上，木轉紐都跌斷了，已是無法安上。走出門來，向天上張望了一下，見東邊天腳，在沒有月亮的情形下，卻是一抹清光，頭頂上三四粒星點，都有酒杯口那般大，遠遠的聽到兩三聲雞叫，糊裡糊塗的，竟是在這地面上度過一個長夜了。口裡也正渴得很，便在缸灶裡塞上兩把火，燒了大半鍋水，洗著臉，喝了兩碗開水，已經看得見門外的柳樹枝，在半空裡十分清楚，天色是大致明亮，在屋簷下清理著菜夾筐子，將扁擔挑在肩上，然後回轉頭來向屋子裡叫道：「我可上市去了，大門交給你，丟了東西，再不能怪我，我和你守了一夜的大門了。」他說著，挑了擔子自去。這天販得幾樣新鮮菜，生意還算不壞，一點鐘左右籮擔空了。

　　正要回家，頂頭遇到洪麻皮，肩膀上扛了一捆鋪蓋捲，手裡提了一隻小網籃，便咦了一聲，攔著他道：「哪裡去？」洪麻皮嘆了一口氣道：「還不是為了自己弟兄的事。我東家說，早一陣子，你們都在他茶館子裡開會，我丟下了生意，和你們一處混著。誤了他的生意事小，得罪了那些帽子歪戴的人事大，唧哩咕嚕，很是說了我兩頓。我想，他開的是茶館，哪裡會怕人在他茶館子裡議事講盤子？茶館一天三堂賣茶，哪一堂又少得了人家議事講盤子？他擔心的是我這個跑堂的跟了你們一處，連累了他老闆。外面混事的朋友，大家知趣些，不要去讓人家為難。我今天一早，就向老闆辭了生意。因為新來的夥計，早上忙不開。有道是山不轉路轉，我還和老闆賣了一個早堂。現在早堂完了，我扛了被窩兒下鄉去。」楊大個子皺了眉道：「這是哪裡說起？真沒想到會連累了你。你這樣說走就走，身上未必有什麼錢吧？」洪麻皮道：「有十來塊錢帳在外面，一時收不起

第十四章　重相見

來。好在借債的人，都是要好朋友，遲早也少不了我這筆帳，不收起來也沒關係。現在身上還有三五塊錢，盤纏足夠了。」楊大個子道：「那怎麼行？你整年不回家，回家倒是空著兩手，也怪難為情的。和我一路走，大家朋友湊兩個錢讓你走。」洪麻皮道：「那不必。我也正是怕朋友下市了，會在茶館裡遇到我，現在又走回茶館裡去，老闆倒還疑心我是一個丟不開的回頭貨。」楊大個子道：「也不一定就到你那茶館裡去呀！我還沒有吃飯，我們到街頭上小飯鋪子裡去坐一會，也許可以在那裡遇到兩個朋友。」

洪麻皮道：「下鄉也就只有兩個叔叔嬸娘，我的境遇，他們也知道，不帶什麼去，也沒有關係。」楊大個子道：「人人是臉，樹樹是皮，弄到赤手空拳回家，什麼意思？我們是好朋友，就不能看著你丟這個面子。何況你這回的事，分明為了朋友呢！」說著這話，就把他肩上的鋪蓋捲兒扯下來，塞在夾籃裡。把網籃也接過來，放在另一頭。他挑著擔子在前面去，因道：「你今天回家不早，明年這時候回家也不遲，隨時可以回家的人，你忙著些什麼？」洪麻皮雖是不願意，覺得也不必故意去執拗，跟著楊大個子走了一程。因笑道：「你放著家裡現成的飯不吃，要花錢到小飯店裡去吃。」楊大個子笑道：「昨晚上喝醉了，鬧了一晚上的笑話。我家那口子，在半夜裡就指著我臉罵，我嚇得只好躲開她。現在我不忙回去，等她來找我才回去，可以省了許多麻煩。」洪麻皮笑道：「呵喲！你們那位楊大嫂子！」楊大個子回轉頭來向他笑道：「大街上，你不要叫。你不要看她那股子男人脾氣，其實她對我在外面交朋友，無論費多大力，花多少錢，她向來不過問，或者還要幫幫忙。」說著，已到了小飯店門口。楊大個子把夾籃放在屋簷下，走進店裡去，看到櫃臺上鐵紗罩子裡，一併擺

放了四只菜盤子，裡面都滿滿地堆了葷素菜餚。其中一盤子是紅燒鯽魚，一盤子是豆腐乾丁子炒肉。那油炸著焦黃的魚上面，分布了一些青的蒜葉，紅的辣椒絲，便可以想到美味不壞。那豆腐乾丁子，也是配著這兩項紅綠的，於是走進去坐在桌子邊，兩手互相搓了一下，笑道：「麻皮，我們弄四兩酒喝喝好嗎？」洪麻皮坐在旁邊，笑道：「我已經吃過了飯，可以陪你坐坐。不過吃酒這一層，我倒是勸你不必。除非是你今天下午不打算回家。」楊大個子將手搔搔頭髮，笑道：「其實我就喝二兩酒，只要不醉，她也不干涉我。你不喝我也就不喝了。我得在這裡等著人來，和你想點法子。」說著話，飯店裡夥計和他送著菜飯來，笑道：「楊老闆向來少在我們這飯攤子上吃飯。倒是童老五常上我們這裡來。」楊大個子道：「他那個老娘常常三災兩病的，他回去趕不上飯，就不再累他老娘重做，就在外面吃了回去。我呢，兩餐趕不上，我就要我女人補做兩餐。三餐趕不上，就要我女人補做三餐。雖然在外面少花錢，究竟是要比在家裡另花一筆錢，所以，我少上這裡來。」夥計給他送了兩盤冷菜，盛了大堆碗飯放到桌上，因笑問道：「今天怎麼又光顧到我們這裡來了呢？」

楊大個子道：「你們這裡是三關口，下市的人，少不了都要打從你這門口經過，我要知會兩個人說句話，所以就順便在你這裡吃飯。難為你和我留一點神，你看到我同夥的人，把他叫了進來。」那夥計對於在這附近菜市上賣菜的小販子，倒也十認六七，楊大個子這樣說了。他果然不住地向門外張望著，不到五分鐘，他高聲叫道：「何老闆，請進來，有人在這裡等著你呢！」隨了這話，是何德厚來了。他今天不是往常那種情形了，首先是沒有打赤腳，穿了黑線襪子和禮服呢鞋子。其次是他身上已經換了一件線呢布夾袍子。頭髮也不是蓬栗蓬一樣的了，修理得短短的，露著一

第十四章　重相見

顆圓和尚頭。為了臉上已經把毫毛和鬍捲子修理得乾淨，嘴唇上那兩撇小八字鬍，也就特別順溜清楚。不過這兩隻手，突然換了改穿長衣，好像是有些不得勁，卻是手指頭相挽放在背後。他在路上經過，聽到這小飯鋪子裡有人叫喚，未曾加以考慮，就走了進來。猛可地看到楊大個子和洪麻皮在這裡，正是兩位冤家。待要扭轉身子走去，那是不同調的樣子放在面子上，特別與人難堪，便忍下了胸頭那腔怒火，抱著拳頭向楊大個子拱了兩拱手，笑道：「原來是楊老闆在這裡叫我。好極好極，我來會東。」楊大個子看到了他，就透著眼角裡要向外冒火。不過他是笑笑嘻嘻的走進來為禮的，倒不好意思給他一個冷臉子，便站起來向他勾了一勾頭笑道：「何老闆現在發了財了，還認得我們？」何德厚走近前來，笑道：「那什麼話呢？多年多月的老朋友，會生疏了？呵！這位是洪夥計。你背著臉，我還沒有看出來是誰呢！」他說著話坐在桌子下方，掉轉身來，望了洪麻皮只管笑。洪麻皮道：「何老闆為什麼望了我們笑嘻嘻的，覺得我們這倒楣蛋的樣子，很是可笑吧？」何德厚笑道：「老弟臺，你何必挖苦我？雖說我現在弄了兩個活錢用，我還不是我何德厚。我剛才笑是因為我想起來了，在你那櫃上，還差著幾碗茶錢。我終日胡忙一陣，把這事總是忘了，今天遇到你我才想起來。這錢請你帶去，過了身，我又忘記了。」說著，就伸手到袋裡去掏錢。洪麻皮笑道：「這不干我的事了。你不看到那夾籃裡放了我的鋪蓋捲？我已經歇了生意了。何老闆現在是有辦法的人了，提拔提拔我們窮光蛋好嗎？」何德厚道：「我倒問你一句正經話。你在三義和茶鋪子裡，人眼很熟，老闆為什麼歇了你的生意？」楊大個子怕洪麻皮隨口說出原因來，便接嘴道：「端人家的飯碗，哪有什麼標準呢？人什麼時候不願意，什麼時候就給你歇工。」說著，也笑嘻嘻地道：「何老闆現在有

了閣人的路子了，給他找個吃飯的地方吧？」何德厚在身上取出一盒紙菸與火柴來，敬洪麻皮一根，自吸一根。他噴了一口菸，大二兩個指頭夾了菸捲，伸到桌子沿邊，將中指頭彈著菸灰，作出一番頗有所謂的沉吟樣子，向洪麻皮問道：「你這話是真，還是隨意說著玩的？」

楊大個子將筷子撥了碗裡的飯粒，把碗口朝了他，因道：「這個玩意，今天他就要鬧點兒饑荒，怎麼會是鬧著玩呢？」何德厚道：「那末，請洪夥計不要見外，認我老何還是個朋友，我今天準去想法子。什麼事情，我現在不敢說定，反正比在茶館子裡跑堂好些，明天在哪裡等我的回信？」洪麻皮和他開開玩笑，不想他倒真個幫起忙來。憑著他為人，朋友裡面，哪個也不正眼看上他一下，豈能真要他找飯碗。可是話又是自己說出來的，倒不好全盤推翻，對了他只是微微的笑著。何德厚手摸了新修理的八字鬚，正色道：「我今天滴酒未嚐，絕不是說笑話。」楊大個子道：「那更好了。何老闆若是肯勞步的話，明天給我一個回信。」何德厚伸起手來搔著頭皮苦笑了一笑，因道：「據說呢，我們好朋友，過去有點兒小疙疸，一說一了，過去也就過去了。不過你們年紀輕的人，火氣總是旺的，我不敢說你們能把過去的事丟得乾乾淨淨。我們隨便約個茶館子裡會面，好不好？」楊大個子聽他那話倒很有幾分誠意，便笑道：「何老闆是福至心靈，於今發了財，也肯和窮朋友幫忙了。若是你肯喝我們一碗茶的話，我們在四海軒見面吧！」他伸手搔了幾搔頭髮，微笑道：「呵！那裡熟人多得很吧？」洪麻皮笑道：「熟人多得很要什麼緊？大家見見面。」何德厚臉上現了躊躇的樣子，人已站了起來，他笑道：「這沒有什麼難辦，我明天到菜市上來找你們。反正在菜市上總可以會到這些朋友的。」說著，在身上掏出一張五元鈔票，交給小飯館子裡夥計，笑道：「算我會東了。」楊大個子待

165

第十四章　重相見

要起身來攔阻時，夥計已是把錢接過去了。洪麻皮笑道：「我不知道何老闆會搶了來會東。我若早知如此，我也夾在裡面吃兩碗好白米飯。」

何德厚笑道：「這點兒東，我還擔得起。你再用就是。」說了，又向夥計道：「錢存在櫃上，下午我再來結帳。」於是又向洪楊兩人拱了兩拱手，笑道：「我還有點兒事，失陪失陪。」說完，他仰起下巴頦子走了出去。洪麻皮笑道：「你看這酒鬼這一股子風頭，那還了得？」楊大個子笑道：「你不要看他那番做作，對我們說的話，並不會假，他定會和你找一個飯碗的。」洪麻皮道：「你何以見得？」楊大個子笑道：「那有什麼不明白？他為了運動別人在童老五家裡捉我們，知道是和我們種下了血海冤仇。現在秀姐嫁出去了，他做了次長的親戚，又發了大財，並不怕我們壞他的事，和我們就衝突不起來。有了錢的人膽子就要小得多，和我們既不發生衝突，樂得做個好人，拉攏拉攏我們。」洪麻皮還沒有答得這句話，王狗子已站在店鋪門口，因大聲喝道：「老楊，你怎麼這樣混蛋？」楊大個子瞪了眼道：「我誤了你什麼事嗎？你怎麼張口就罵人？」王狗子道：「罵你混蛋，還是講點老朋友的面子。何德厚是什麼東西，你們託他找事？」洪麻皮笑道：「呵喲！看這老狗子不出，還有兩個錢身分。你站在門口也聽清楚了，我們並沒求他，是他自己願意和我找事。我說是說了，請他幫忙那完全是和他開玩笑的。說厲害一點，可以說是挖苦他。可是他並不難為情，當了真事幹。你在街上看了好半天了嗎？」王狗子道：「可不是嗎？我看到那老賊，搖而擺之的，由這裡出去，我若在他當面，我一定在他面前打他兩個耳巴子。」楊大個子笑道：「你說我們不該讓他陪坐，我還告訴你一件新鮮事，他掏出五塊錢來，搶著會了我的飯帳。鈔票存在櫃上，讓我們足吃，回頭他再來結帳。」王狗子走進來將手輕輕拍

了桌面道：「唉！你們真是不爭氣。你說你說，你們吃了多少錢？我這裡會。」說著，在身上掏出錢來放在桌上。楊大個子紅了臉道：「我並不是沒有錢吃飯。你看，他客客氣氣地走了進來，抱著拳頭，不住地拱手。有道是伸手不打笑臉人，他老遠地一路作揖走了進來，你還能好意思把他怎麼樣嗎？他坐在桌子外面，手伸得長，立刻就付了這裡一張鈔票，我不叨擾他的就是了，我也不能硬在夥計手上，把五塊錢搶了轉來。」王狗子道：「哼！不肯叨擾他？也是我來了，你才這樣說罷了。我若是不來，你還不是叨擾了他的嗎？也許覺得他放下的錢不少，要多擾他幾文哩！」楊大個子聽了這話，不覺把臉憋紅了，圓睜了兩眼，向王狗子望著。洪麻皮搖搖兩手，向兩個人笑道：「王狗子是好意，楊大個子也沒有要交何德厚這麼個朋友。我們這一夥人是好朋友，到底還是好朋友。這話一說一了，不要提了。」楊大個子笑道：「狗子，你要交好朋友的機會來了。老洪現在受了我們在三義和開會的累，他老闆怕會出什麼事，把他事情辭掉了。他現在要下鄉，沒有進門笑的錢，希望朋友幫個忙，大家湊兩文，你……」王狗子把放在桌子上的錢，向洪麻皮面前推了過去，這裡面有銅板，有銀角子，有角票，大概兩塊多錢。洪麻皮笑道：「今天你做生意的錢，大概都讓我拿了吧？」王狗子將手拍了腰包道：「夠我今天喝茶吃飯的了。我一個寡人，掙一天錢用一天，用光了，有什麼關係？」洪麻皮道：「明天的本錢呢？」王狗子將手摸了兩面臉腮，笑道：「十幾歲做小孩子的時候就販菜賣，憑了這點面子，賒一天的帳，大概總辦得到。你這鋪蓋捲放在大個子夾籃裡，今天打算到哪裡去過夜？」洪麻皮笑道：「現在還沒有打算。好在總也不會用掛鉤把我掛起來。」

王狗子道：「到我那裡去吧！何德厚這酒鬼若找到我那裡去，我把扁

第十四章　重相見

擔打斷他的腿。」正說到這裡，兩個制服整齊的警士皮鞋走得地面的路作響，走進了這小飯鋪子，老遠的叫了一聲老闆。王狗子嚇得臉上紅裡轉青，呆呆地站著，只是睜了眼看人。他一步一步向後退著，退到桌子角落裡去，將背緊緊靠了牆。那兩個警士各夾了一個橫紙簿子，向夥計道：「我們是複查戶口的。」王狗子轉過了心窩裡這口氣，笑道：「他們不管我們的事，我們還談我們的天。你們還吃飯不吃，不吃就走吧！」說著，他先出了這小飯館子的門。隨後楊大個子走了出來了，瞪眼向他望了半天，嘆口氣笑道：「你就是這點志氣。」王狗子並不理會他的話，他自揚揚不睬的，兩手操在腰帶裡，昂著頭走向馬路那一邊去。楊大個子挑著夾籃跟著他走了一截路，便大聲叫道：「狗子，你說了話不算話嗎？你約了老洪到你那裡去的，你……」王狗子回轉身跑過來，迎著他道：「你叫些什麼？」說話走近了，又伸著頭過來，低聲道：「我看那兩個警察，也不知道是哪一路貨。說不定又是何德厚串通了的。我們遠遠地躲開他為是。」楊大個子搖搖頭，洪麻皮也哈哈笑了。不過王狗子說的話，也許有些說得對，只見何德厚在街那頭跨著大步走了來。那少穿長衣的人，顯著全不怎麼合調，兩腿踢了衣擺前後晃蕩著，反是扛了兩只肩膀，老遠地就看到了他。他也看到了這裡來的人。笑嘻嘻地只管哈著腰，分明是對了這裡來的。楊洪兩人站著，王狗子也只好退後一步，站在兩人身後。何德厚笑道：「很好很好，洪夥計還在這裡。你的運氣好，所託的事，我一說就成，我帶你去見見那主人家好不好？」於是三人在街角邊站著，把話談下去。洪麻皮回頭看看王狗子笑了一笑。楊大個子道：「你何必這樣忙？」何德厚道：「我們那親戚扛槍桿的，凡事都講個痛快。」他這麼一交代，三人倒是一怔，他哪裡又有一個扛槍桿的親戚呢？

第十五章　不願做奴才的人

第十五章　不願做奴才的人

　　俗言道：窮人乍富，如同受罪。怎麼有了錢，倒如同受罪呢？蓋因平時所見所聞，什麼都想要，什麼都要不到。現在有了錢，什麼都要得到了，可是他也只有兩耳兩眼一張嘴，他並不見得可以比別人多享受一點。樣樣可求得，擺著滿眼能拿的東西，卻不知道拿哪一項是好，鬧得神魂顛倒，就等於受罪了。何德厚便是這麼一個人，身上揣了幾十塊餞，整日在街上跑，有時經過估衣店，想進去買一件衣服穿，又怕猛可地穿得漂亮起來，會引起人家笑話。有時經過皮鞋店，也想買雙皮鞋穿。可是衣服也不過比往日整齊一點子，單單地穿一雙皮鞋，也不相稱。有時經過酒館，頗也想進去醉飽一頓，可是平常沒有進去過這像樣的酒館，一人進去大吃大喝，豈不讓人家疑心有瘋病。若是邀請兩個人進去，平白地請人吃館子也和瘋了差不多。倒是經過戲園子門口，買了一張票進去看戲，但包廂花樓頭二等正廳，向來沒有踏進去過，不知坐在那裡，是要守些什麼規矩？還是買了一張三等票，跑到三層樓上去站著看。可是這地方，窮人很多的，身上揣著幾十元鈔票，有被剪絡弄手偷去的可能，站著看了半齣戲，身上倒出了兩身汗，又只好溜出來。出得戲館子來，見那滷肉店櫃臺上，大盤小盤的，盛著醬肉燻雞之類，這也是往常看到嘴裡要滴出口水來的。現在買點這東西吃倒不愁沒錢，只是拿回去吃，已過了吃飯時間，拿了在路上走著吃，這又是一種新發明，對這滷肉店站著躊躇了一番，也只有走開。還是買了一包五香瓜子，揣在袖籠子裡慢慢地走著吃。這是他一種有失常態的情形，還有一種，便是他有了個做次長的親戚，覺得自己這身分，立刻要抬高許多。可是這件是不能登報宣布的，也不能在身上貼起一張字條，說是有了闊親戚。無已，只是在談話的時間，多多繞上兩個彎子，談到這事上去。譬如提到某種東西，便說我們親戚趙次長家裡還有更好的。

提到什麼人，便說我們的親戚趙次長認識他。這樣一來，就無事不可以扯上趙次長，也就無事不可以拿趙次長來抬高身價。他和楊大個子說話，談起他有個扛槍桿的親戚，那也正是做好了這個啞謎，等人家來發問。洪麻皮先笑道：「你們令親，不是做次長的嗎？怎麼說是扛槍桿的？難道把他衛兵扛著的槍都計算在內？」何德厚道：「我們窮人出身，親戚朋友，無非都是窮人。但是人家有錢的人，那就親戚朋友，也無一不是有錢的人。我說的這扛槍桿的親戚，是趙次長的表親。是他的親戚，自然也就是我的親戚。」洪麻皮笑道：「何老闆，承你的好意，這事倒是應該謝謝你。不過你也應當想想。我到這種闊人家去能做什麼事？」

何德厚倒沒有留意到他話裡另有什麼用意。嘻嘻的笑道：「伺候人的，無非還是伺候人。你在茶館子裡提茶送菸，到人家公館裡去，當然還是提茶送菸。我是介紹你去當一名聽差。」洪麻皮把臉漲成了個紅麻皮，很久沒有說出話來。何德厚望了他道：「這沒有什麼難做的事，為難什麼？」洪麻皮突然倒笑起來了。因道：「據你這話，就有些不妥當。趙次長和你是新親戚，我們和你是老朋友。你讓老朋友到你親戚家去當聽差，我麻皮不打緊，在茶館裡跑堂是伺候人，到令親公館裡去當聽差，也無非是伺候人。不過你現在是闊人了，總要顧些身分。若是讓我去令親家裡當聽差，也差不多和你自己去當了聽差一樣，那豈不大大地掃了你的面子嗎？」何德厚聽他的嗓音特別提高，顯係他這言語不懷著善意，也跟著把臉皮漲紅了，隻手摸了老鼠鬍子微笑。王狗子聽了洪麻皮這番挖苦話，覺得句句都很帶勁，昂著頭微笑著。楊大個子便向何德厚點個頭道：「我想，麻皮還是讓他下鄉去，不必去找什麼事做了。你和麻皮都不錯，你以為伺候人的還是去伺候人，有什麼來不得。麻皮想呢，跑堂雖是伺候人，

第十五章　不願做奴才的人

那是生意買賣，泡一碗茶的人，都是主顧，不分什麼富貴貧賤，那和別人家公館裡去，分個奴才主子，就相差天隔地遠。」何德厚雖是瞪了兩隻酒意未醒的眼睛，可是楊大個子說得入情入理，卻也沒有什麼話好駁他，便強笑道：「這倒是我老糊塗了，也沒有仔細想想就和麻皮找事情。都是多年熟人，請原諒我這一次糊塗。」王狗子雖是站得稍遠一點，聽了何德厚服軟的話，膽子也就隨著壯了起來，因低了聲音道：「原諒這次糊塗？活了這大年紀，你哪一次也沒有清醒過！」他那聲音雖是越說越低小，何德厚老早就看到他那臉上帶了一番不屑於見面的神情，這時他一張嘴就注意他了。十個字聽出了三五個字，也知道他是什麼用意。便淡笑了一笑道：「狗子，我姓何的還有什麼對不起你的事情嗎？上次你淋了我一身大糞，我沒有對你老弟臺哼過一個不字。你那意思，還想潑我一罐子？」王狗子道：「喲！那我們怎敢啦！你的親戚有文的，也有武的。」他偏了肩膀，本昂著頭說話，一面說，一面揚了開去。他話說完，人已是走出去好幾丈遠。洪麻皮見何德厚臉也漲得通紅，這事不能再弄僵下去，便抱了拳頭向何德厚拱了兩拱手道：「何老闆，對不起，對不起，這都是我的累贅。改日再來道謝。」那楊大個子挑了擔空菜夾籃，徑直地在前面走。洪麻皮說了一聲：「這傢伙把我的鋪蓋捲挑到哪裡去？」

立刻就隨著在後面追。在何德厚站定了腳，稍稍注意的兩分鐘內，他們已走過半截街了。他將兩隻粗糙的巴掌，互相拍了幾下，便向地面吐了兩口痰沫，撅了那老鼠鬍子，罵道：「混帳王八蛋！」他把這混帳兩字加重，蛋字拖長，他覺得學他親戚趙次長的口氣，倒是有幾分相像。說著，又橫了眼珠看看街上走路的人。心裡忖著：我不是像這些挑糞賣菜的人信口胡說，我是學了做官的人罵人的。然而這些走路的人，卻並沒有哪個對

這事略略加以注意。至於洪麻皮更是跑得遠了。他料著楊大個子是成心閃開這老傢伙，隨他挑了鋪蓋捲，轉過一個巷子，就慢慢地在後跟去，不想兩三個彎一轉，倒真是不見了。想了一想，他大概是回家了，便向他家裡走去。老遠看到楊大嫂子在門前空地上洗衣服，兩只袖子直捲到脅窩裡，人蹲在地上，兩手在盆裡搓洗得水浪嘩啦嘩啦作響。洪麻皮以為楊大個子總到家了，便緩緩地走了過來。直到她身邊，才叫了一聲「嫂嫂」。無如楊大嫂洗衣服正在出力，卻不曾聽到。他倒站著呆了一呆，什麼事得罪了她？叫著也不答應。楊大嫂猛然抬起頭來見洪麻皮站著，斜伸了一隻腳出來，兩手反背在身後，對了盆裡望著。楊大嫂立刻把袖子扯了下來，蓋住她那兩支肥藕，瞪了眼向麻皮道：「青天白日，你站著看你老娘做什麼？你仔細大耳巴子量你。」說時兩隻手甩了水點。洪麻皮呵喲了一聲，不由倒退兩步，因陪笑道：「大嫂子，你不認識我嗎？我是三義和跑堂的洪夥計。我剛才叫了你兩聲，你沒有聽見。」楊大嫂子向他臉上看看，見他臉上有十幾個白麻子，這時都漲紅了，便點點頭道：「哦？是你，我倒失認了。對不起，我脾氣不大好。說明白了，什麼事我也不會介意的。有什麼事見教？」洪麻皮見她掀起一片衣襟，揩抹了手上的水漬，衣襟越掀越上來，簡直露出了裡面白肚皮了，只好裝了咳嗽偏過頭去。楊大嫂道：「你是來找楊大個子的嗎？這東西像掉了魂一樣，天不亮就挑了夾籃出去，到現在還沒有回來。」洪麻皮到了這時，才知道楊大個子依然在逃，哦了一聲道：「他沒有回來。」說完了扭身就走。楊大嫂搶上前一步，抓了他的衣後襟，把他拖回來。因道：「洪夥計，我看你這活裡頭有毛病。你在哪裡看見了他？其實他也沒有闖多大的禍事。就是昨晚上喝醉了回來，把門打壞了，就在地上睡了一夜。醒過來之後，大概是他自己不好意思，不等

173

第十五章　不願做奴才的人

我醒過來就跑走了。」洪麻皮抱了一抱拳頭，笑道：「你老嫂子的脾氣，我知道，我絕不敢說假話。」因把過去兩個鐘點的事，和他說了。楊大嫂伸手掌一拍大腿，向麻皮伸出了大拇指一道：「好的，人窮要窮得硬。我們就是打算當奴才，低下身分，哪裡找不到一個奴才去當，也不至於去做何德厚親戚家裡的奴才。你下鄉要幾個錢用，何必找我那無用的人，你來找我楊大嫂子，這個時候，你早就出城了。」

洪麻皮笑道：「我和嫂子又不大認識，剛才還凡乎鬧出錯事來。」楊大嫂子笑道：「對不起，對不起。我這個脾氣，以後是也要改改，總是不問青紅皂白三言兩語就把人得罪了。」洪麻皮笑道：「這倒沒什麼關係。我和楊大哥是至好朋友，就是你老嫂子指教我兩下，我也當領受。」楊大嫂在衣服袋裡掏摸了一陣，摸出一盒紙菸來。那紙盒殼子，都折疊得成了龜板紋了。因笑道：「這是我們那無用人留下來的紙菸，我收起來了沒有給他。坐一會，先吸支菸，我去把他找了回來。」說著把菸盒子交給了洪麻皮，又伸手到懷裡摸索了一陣，掏出兩根火柴給他。因笑道：「你就在門檻上坐一下，我也忘記了和你端把椅子來。」她說著，人就向外走。洪麻皮是個客，自不能反過來不要人家主角走，只好依了她的話，就在門檻上坐著等。倒是她真能手到擒來，約有二十分鐘的工夫，只見楊大嫂子在後面彈壓著，楊大個子挑了兩只夾籃，帶了笑容走回來。楊大嫂子老遠地就笑道：「他就是個孫猴子，也逃不了我觀音娘娘的手掌心，他藏在哪裡我就知道。」楊大個子把夾籃放在屋子門口，點了兩點頭，低聲笑道：「你有本事，找到我們大老闆這裡來了。她經濟的活動力，比我強得多。」洪麻皮笑道：「你還能抖兩句文。」楊大個子笑道：「平常我們也找份報看看，什麼天下事都曉得。」楊大嫂子把頸脖子伸長了，直望到他臉上來，

因道：「我的錢放在哪裡？」楊大個子笑道：「你的錢放在什麼地方，我哪裡會曉得？」楊大嫂笑道：「你不說是什麼天下事你都曉得嗎？我屋子裡的事，你都不曉得。這話可又說回來了，我收的東西，哪裡會讓你曉得？你曉得了我藏著有錢，醉都醉死過去好幾回了。你在外面陪著洪夥計坐一會子，不許進來。」說著，她走進屋子去了。不到五分鐘時間，她手掌心裡，托了白晃晃的六塊銀幣，她顛動著叮哨作響。走到洪麻皮面前，托著給他看了看，不住顛著，笑道：「洪夥計，你看，這點小意思夠是不夠？」洪麻皮站起來道：「呵！這不敢當。」楊大嫂道：「洪夥計，我告訴你，我這人願意幫人家的忙，不用得人家來求我。我不願意幫哪個人的忙，你來求我也是枉然。我先聽到你說的那番話，你的確是個好漢。對這種人不幫忙，對什麼樣人幫忙？」說著，她左手托起了洪麻皮的右手，把六塊銀幣，塞到他手心裡。笑道：「在城裡混一場，空了兩隻手回去。慢說是男子漢大丈夫，就是我們女人也不好意思。你不要客氣，你只管帶著，將來你還我就是了。」洪麻皮接著那錢，倒向楊大個子看了一眼。

楊大個子笑道：「麻皮，老老實實你就收下了吧！冬季我們要添棉衣服，到了那個時候，你在鄉下賣了穀子，把錢還給我們就是了。」洪麻皮道：「既是蒙你夫婦這樣好意，我就收下。」說著，抬起頭來，看看天上的太陽影子，因道：「天色還早，我馬上就出城，隨便走個十里八里，明天大半下午可以到家，也免得在城裡多住一晚，又要花費一兩元。」說著，把夾籃裡鋪蓋捲提了起來，扛在肩上。楊大個子拍了兩拍他的肩膀，笑道：「看到童老五，和我們帶個信，說我們都還好。還有一層，假如他有那娶親意思的話，現在還有個機會，他大嫂子願意和他做個媒。」洪麻皮道：「我到他那村莊上，不過七八里路，我一定去探望他。不過我也勸

第十五章　不願做奴才的人

你們在城裡的兄弟也要小心一點，不必再和何德厚那老酒鬼一般見識。我不放心的還是王狗子，他又怕事，又惹事，總有一天，會吃大虧。」他一面說著，一面提起夾籃裡一隻小籃子。楊大個子笑道：「這個東西沒出息，倒是不必介意他。他欠了一屁股帶兩胯的債，我這裡不也是欠有好幾缺錢嗎？混不過來的時候，說不定他也要下鄉去的。」一面說著，一面送了洪麻皮走。楊大嫂卻站在門外空地裡望著。洪麻皮老遠地回轉頭來叫道：「蒙你借的錢，冬天一定奉還。」楊大嫂自也大聲回答了：「不必放在心上。」卻不想他們這幾句言語，倒惹下了一番禍事。楊大個子轉身回來的時候，卻見那柳樹蔭下，閃出一個腋下夾著黑皮包，身穿杭線春薄棉袍的人。他那馬臉上，斜戴了一頂盆式氈帽，透著是個不好惹的人。楊大嫂更認得他正是房東家裡收房租的陶先生。他將氈帽向後移了一移，微笑著向人露出了長牙，這倒教楊大嫂心裡一動，心想著，這傢伙今天來了，不會懷好意。便笑道：「陶先生請坐。」說著搶著由屋裡搬出一隻方凳子來，放在空地裡。楊大個子料著是個麻煩事情到了。老早是把身子向後一縮，越退越遠，也就到柳樹蔭下站著。這位陶先生倒不在椅子上坐下，把一隻右腳架在方凳子上。將皮包放在大腿上攤開來。

　　一面向楊大嫂道：「今天你是再不應推諉了。上個月和這個月的房租，一齊交出來。」楊大嫂笑道：「陶先生一來，就帶些生氣的樣子做什麼？大毛呢，去買包香菸來。買好的，買愛國牌。」楊大個子答應道：「我去我去。」說畢，他真走了。陶先生在皮包裡翻出帳簿來，掀了兩頁，向楊大嫂道：「你是三號起租，今天二十五號，就是這個月，你也住了二十多天。從上半年起，房東就改了章程了，先付後住。你現在不付本月分，再過一個禮拜，又是一個月房租，那你更要付不出來。其實，我也知道你

們這種房客，都刁頑不過，並非付不出來，只是裝了這窮樣子。譬如剛才那個人就借你的錢走，他要冬季還你，你還不在乎。又是什麼王狗子，也欠了你們的債，這果然是沒有錢嗎？」楊大嫂子笑道：「陶先生，你明白人，有道是人情大似債，頭頂鍋兒賣。剛才這人，是我們老闆把兄弟，讓東家歇了生意下鄉去，沒有了盤纏，這有什麼法子呢？只好把買米的錢都省著借給他了。」陶先生把帳簿收到皮包裡去，將皮包關好，放在方凳上，然後兩手環抱在胸前，斜站著向她望了道：「這樣子，今天你又不打算給錢。」楊大嫂陪笑道：「住人家房子，我們怎敢說不給錢的話呢？」這時，楊大個子匆匆地買了一盒紙菸回來，彎腰向陶先生敬上一支。再掏出火柴來，擦了火和他點菸。那陶先生倒也不十分拒絕，站著領受了。楊大個子陪笑道：「真是對不起，一趟一趟地要陶先生跑路。無論如何在這個月裡，我們一定湊一月房租，送到公館裡去。」陶先生兩手指夾了紙菸，指著他道：「喂！你這不是還債，你這是存心拖債呀！我說了，現在是先付後住。你們又總是這樣，上個月錢，拖到這個月底給，總是拖上兩個月。若說到你們真沒有錢還不起債，那也罷了。今天是我親眼得見，親耳所聞的事，你們還有錢借人。現在不到五分鐘的工夫，你們就變著沒有錢了。況且為數也並不多，兩個月總共才十二塊錢。嚇！楊大個子，你心裡要明白些，這樣的房子，一個月租你三塊錢一間，天公道地，便宜得不能再便宜了。把你轟走了，你再想租這樣的房子，可是沒有。」楊大嫂道：「陶先生，你也是本鄉本土的人，山不轉路轉，何必像那外來的房東，動不動就說個轟字？也不是你的房子，你落得做個好人，對我們鬆一把。」陶先生瞪了眼道：「呀！你罵起我來了。是你丈夫也說過了的，惹得我一趟一趟地跑。我拿了東家的錢，我就要和東家做事，就要替東家說話。你

第十五章　不願做奴才的人

們老欠房錢不給，當然就要轟你們。你有錢放債，欠兩三個月不給房錢，只管讓我跑路，跑破了鞋子，你和我買嗎？」他說著話的時候，楊大個子已是站在他面前不住地賠小心，抱著兩個拳頭，只管奉揖。笑道：「陶先生，她婦道人家懂得什麼？今天真是對不起，為了借錢給我把弟做盤纏，再籌不出錢來了。」陶先生見楊大嫂子兩手叉了腰，仰了臉，還在生氣。便向楊大個子道：「你說吧，我比方說了一個轟字，有什麼了不得。」楊大個子笑道：「沒關係，沒關係。」楊大嫂子接嘴道：「怎麼沒關係呀？動不動讓人家要轟了走，面子上也不好看。」陶先生冷笑道：「你們也曉得要面子？也配要面子？」楊大嫂近前一步，板了臉向他道：「陶先生，你莫看我們人窮，我們志氣是有的。欠兩個月房錢，大小不過是借了一筆債，還清就是了，這並不丟什麼身分。一不當人家奴才，二不當人家走狗，不當娼，不作賊，為什麼不配要面子？」陶先生將腳一頓，大喝一聲道：「你罵哪個是走狗奴才？」楊大嫂兩手叉了腰道：「我又不敢說你陶先生。哪個是奴才，哪個就多心。」陶先生道：「好，好！看是你厲害。」說著，提起皮包就一陣風似的跑走了。

第十六章　魚鷹的威風

第十六章　魚鷹的威風

　　你看見過在河裡捕魚的魚鷹沒有？它平常受著主人的訓練，棲息在漁船舷上，頸脖子上可緊緊的套著一個篾圈圈，什麼東西也不讓它吞吃了下去，甚至一隻小米蝦子，也是吞不下去的。可是它主人在船艄上一聲吆喝，在兩邊畏縮著的它們，就噗通通，一齊由船舷的木桿上跳下水去。或銜著兩三寸長的小魚上船來，或銜著六七寸長的中等魚上來，或者一隻魚鷹所銜不動的，卻由兩三隻魚鷹共同銜著，抬到船邊上，由它的主人撈了上去。因為它們頸脖子上有那麼一個圈圈，習慣成自然，它們是只替主角捕魚，而不曾想到把這捕到的魚，自由享受。必待捕得大魚，讓主人看著高興了，才把它頸脖子上的篾圈圈取消，給它一條寸來長的小魚解解饞。自然，這小魚也是它們在河裡捕來之物，並不曾破費了主人什麼。然而這在魚鷹已是高興得不得了。昂著頭，伸長了脖子，很得意的樣子，把那小魚吞下去。而吞下去之後，其間不會相去一分鐘，主人又把篾圈圈在它頸脖子上套下了。那位收房租的陶先生，他的環境與生活，便和這魚鷹相去不遠。楊大個子夫妻，便是那長不滿二三寸的小魚，這小魚與魚鷹無仇，魚鷹捕了去，也討不著主角的歡喜，那又何苦做這忍心害理殘殺行為呢？楊大嫂積忿之下，反唇說了一聲奴才，天理良心，那也是極低限度的一種反抗了。陶先生一氣走了之後，楊大個子便瞪了眼向她道：「你那嘴可稱得越是一位英雄好漢。」楊大嫂子伸了個大拇指，向他淡笑道：「嘴是好漢，我為人難道不算好漢？你以為恭維那姓陶的一陣，房東就可以不收房租嗎？兵來將擋，怕他什麼？他天大的本領，也不過要我們搬家。這不會像你們和童老五辦的事一樣，還要預備吃官司。」

　　楊大個子道：「搬家這件事我們就受不了。現在房租一天貴似一天，搬到別處去住，絕不會比這裡再便宜些。搬一趟家丟了許多零零碎碎不

算，挑來挑去，我也要耽誤了兩天生意。」楊大嫂道：「就明知道搬家要吃虧，我也不肯在奴才面前低下這份頭去。」楊大個子道：「你信不信？不是明日上午，便是明日下午，那姓陶的一定要帶了警察來。」楊大嫂道：「你放心，明日你還是去做你的生意，有天大的事，我在家裡扛著。」楊大個子笑道：「你不說這話，倒還罷了，你說了這話，我更不放心。他們一來了，你就要和他們頂撞，好來是一場禍事，不好來更是一場禍事。」楊大嫂子道：「依著你要怎樣才可以安心無事呢？」楊大個子道：「我們窮人總是窮人，憑自一身衣服，走在街上，也得向人家低頭。於今實實在在欠著人家錢了，那還有什麼話說，只有再向人家低頭就是。」楊大嫂笑道：「你不用發急，明天你出去了，我也出去，躲他個將軍不見面。」楊大個子搖搖頭道：「若是房租躲得了，做房客的人都躲躲了事，還有什麼為難的？」楊大嫂皺起兩眉，大聲喝道：「哪裡像你這樣無用的人說話？這也不好，那也不好，我們那只有做闊人的奴才了。我告訴你，這件事你交給我辦就是了。」楊大個子見她板了個臉子，這話也不好跟替向下說。到了次日，楊大個子也就把這事忘了，照著往日行為，不等天亮就去販菜。果然，這天也就平安無事。一直過了幾天，他夫妻把這事都忘了。楊大嫂子自也不放在心上。有一天，大半早晨的時候，那個姓陶的突然帶兩名警察來了。他先不忙著走進屋來，沿著牆在屋外面巡察了一周。楊大嫂子在屋裡聽到外面的皮鞋聲，心裡有事，也就早迎了出來。看到姓陶的後面，跟隨了兩名警察，心裡便十分明白。她且不作聲，斜靠了房門框，向外面淡笑了一笑，心想我看你怎麼樣？那姓陶的那雙眼睛，黑眼珠微向外露，正表示著他為人厲害。剛踏到門前就看到那扇門板，斜了向裡。仔細一看，下面脫了榫，門斗子也裂著縫，寸來寬。便冷笑一聲道：「好哇！

第十六章　魚鷹的威風

房東還沒有向房客討房錢，房客已經在拆房子了。我若是再遲兩天來，老實不客氣，這房子恐怕會沒有了蹤影。」楊大嫂子這才迎上前兩步微笑道：「陶先生，你不要把這樣的大帽子壓我們。這扇門是前兩天我們老闆碰壞的。也是這兩天我們窮忙得很，沒有騰出兩隻手來修理。其實……」姓陶的喝住道：「你把房子拆了，你還說嘴。其實怎麼樣？其實是房門把人碰傷了，你還打算和我們要醫藥費呢！楊大個子哪裡去了？」楊大嫂淡笑道：「陶先生，你厲害些什麼？我們沒有犯槍斃的罪吧？你以為帶了警察來了，我們就不敢說話！」姓陶的且不理她，回轉頭來向站在身後的兩名警察道：「你看看她的口齒多厲害！」一個警察走向前一步，對楊大嫂周身上下看了一看，因問道：「你丈夫到哪裡去了？」楊大嫂道：「我絕不推諉，他是個販菜上街賣的人，一大早不等天亮，就上菜市去了。總要等著一兩點鐘才能回來，生意好的話，少不了在茶館裡泡碗茶坐坐，那回來就更晚。做小生意的人，多半這樣，這絕不是我的假話。」警察道：「假話不假話，我倒不管。現在有兩件事，答應一聲。你丈夫不在家，你總也可以作主。第一是這房錢你欠下來兩月了，什麼時候給？第二是你把人家牆牆壁壁弄成這一分樣子，你打算怎樣賠人家？」

楊大嫂道：「房錢呢，那天我老闆就對這位陶先生說了，就在這幾天之內，送上一個月。他不曉得我們窮人的難處，今日又來催，我們有什麼法子？要說這房子讓我們弄壞了，我倒不敢賴。不過這土牆薄板壁的房子，前前後後我們住了三年，哪裡能保險沒有一點損壞？先生，你的眼睛是雪亮的，這地方有什麼好房子？房東哪裡又肯將好房子租給我挑桶賣菜的人住？實在原來也就不怎樣高明。這個時候要我們替房東整房子，就是整舊如新，整出一幢新房子來，我們那住在高大洋樓上的房東，也未必看

得上眼。我自己也知道，是那天沒有招待得陶先生好，言語得罪了他，所以今天要來找我們錯處。那有什麼話說，我們還扛得房東過去嗎？不過我們要拚了坐牢，那就不肯拿出房租來了。而且我們這樣手齦口吃的人，你把我關到牢裡去，家裡不積蓄個一百八十，更沒有錢出房租了。」她這一大串話，弄得兩個巡警無話可說。不過他們來了，楊大嫂一點不示弱，那縱然理由充足，也是其情可惱。這姓陶的便冷笑一聲道：「憑你這樣說，我們來收房租，倒滿盤不是。我告訴你，我就知道你的頭難剃，特意請了兩位警察來幫忙。我想你丈夫是個男人，他倒也說不出話來，住了人家房子不給錢。那些賴債的詭計，都是你弄的。我就找你算帳。」

　　他說著，把一隻腳架在屋中間凳子上，左手將帽子向後一推，罩著後腦，露出了前額。右手伸了個食指，向楊大嫂亂點。楊大嫂反了那個手背，將腰叉著，也正了臉色道：「姓陶的你不要倚勢壓人。我欠你什麼錢你說我賴債？」姓陶的道：「欠房錢不算債嗎？怪不得你不願意給。」他說時，那個手指還是向楊大嫂亂點著。楊大嫂瞪了眼喝道：「你少動手動腳，我是個婦道，你這樣不顧體面。我是個窮人，還有什麼拚你不過的。你那件線春綢夾袍子，就比我身上大布裌襖值錢。」姓陶的向警察道：「你二位聽聽，這樣子她竟是要和我打架。請你二位帶她到局子裡去說話。」楊大嫂哈哈一笑道：「我老遠看到陶先生帶了兩名警察來，就不肯空手回去，於今看起來，我倒一猜就中。這最好不過，窮人坐牢，是賺錢的事，家裡省了伙食。不用帶，我會跟了你們去的。家裡有點事，讓我安排安排。」姓陶的只說了一句話要她走，不想她竟是挺身而出。這倒不能在大風頭上收帆，正了臉色道：「要走就走，不要囉哩囉嗦。」楊大嫂走到大門口，向隔壁叫了一聲劉家婆。那老婆子就應聲出來了。楊大嫂伸手到衣

第十六章　魚鷹的威風

襟底下，在褲帶子上扯出一把鑰匙來，笑道：「為了房租交不出來，說話又得罪了人。現在要去吃官司了。我鎖了門，大毛二毛散學回來，鍋裡有冷飯，請你老人家在缸灶裡塞把火，替他炒一炒，鑰匙就交你老人家。」說著，隔了幾尺路就把鑰匙拋過去。劉家婆接了鑰匙，緩緩走過來，向來的三位來賓，笑嘻嘻地點了個頭。因道：「陶先生，你寬恕她一次吧！婦人家不會說話，你何必向心裡去？他們家欠的房租當然要給，雖是遲兩天日子，她丈夫回來了，一定有句確實的話。你把她拿去關起來，錢又不在她身上，還是沒有用的。」一個警察道：「我們是和人家調解事情的，越沒有事就越好。無奈我們一進門，這位大嫂就像放了爆竹一樣，說得我們插不下嘴去。」楊大嫂道：「巡警先生，你說我話多嗎？根本你就不該來。警察是國家的警察，不是我們房東的警察。房東收不到房錢，他和我們房客自有一場民事官司，他收到房錢，收不到房錢，你替他發什麼愁？這滿城的房東收房租，都要警察先生來幫忙，那你們連吃飯睡覺的工夫都沒有呢！你們是自己要找麻煩，那還有什麼話說？」兩個警察被她說得滿面通紅，瞪了眼向她望著。姓陶的越是老羞成怒，將腳在地面上頓著，拍了大腿道：「這實在沒有話說，我們只有打官司解決。老人家你不用攔阻，你看她這張利口，我們在私下怎麼對付得過她？」說著，還抱了拳頭，向劉家婆連拱了兩拱手。楊大嫂子更是不帶一點顧忌，將大門向外帶著。把那脫了門框斗的地方，還用塊磚頭撐上。然後反扣了門搭紐，將鎖套上去，在門外臺階上站著，牽了兩牽衣襟，向姓陶的很從容地道：「我們就走吧！」那劉家婆站在旁邊，倒有些為她發愁，只管搓了兩手。楊大嫂子向她微笑著，搖了兩搖頭道：「沒關係，反正這也沒有槍斃的罪。」說著，她先在前面走了。姓陶的緊跟在她後頭，兩名警察也就在後面，不發一言

地跟著。剛剛走過門口這個院子，踏進巷子口，只見一個人臉紅紅的，滿額頭滴著汗珠子，迎到楊大嫂子面前來，抱了拳頭笑道：「嫂子哪裡去？我正有事要求求你呢！」楊大嫂子對他臉上望著，話沒有答出來。他道：「你不認得我嗎？我和楊大哥早提過了。我是三義和跑堂的李牛兒。」

　　楊大嫂道：「呵！是的，他和我說過的。你家嫂子發動了？我現在正答應著人家打官司，要到警察局去。」李牛兒不覺伸起手來，搔著頭髮道：「那怎麼辦呢？我事先又沒有請第二個人。」劉家婆這就走過來，迎著姓陶的笑道：「還是我來講個情吧。我們這位楊大嫂，她會收生。這李大哥也是個手藝人，家境不大好，請不起產婆。事先早已約好了這位嫂子去收生的，所以並沒有去約別人。這個時候，人家正在臨盆的時候，臨時哪裡找得著人？楊大嫂子要是不去，那不讓這位李大哥為難嗎？」楊大嫂見李牛兒扛了兩只肩膀，歪了頸脖子站在一邊，透著是十分為難的樣子，自己覺得和姓陶的僵下去，倒是害了這個李牛兒，站在旁邊，就沒有作聲。姓陶的向大家臉上看看微笑道：「這事倒巧了。正當要帶人到局子裡的時候，你的女人就要生孩子。大概這一所大城裡頭，住著上一百萬的人口，都靠了這姓楊的女人一個人接生？」李牛兒掀起一片袷襖衣襟，擦了頭上的汗，笑道：「我少不了要多兩句嘴，這位楊大嫂和你先生有點交涉，是不是差幾個月房租？」姓陶的點了兩點頭。李牛兒將手在衣襟上搓著，便笑道：「那麼我有點不識高低，請求你先生一下。我是做手藝混飯吃的人，當然做不了這樣的重保。不過煩勞你先生到小店裡去一下，可以請我們老闆做個保。所欠的房錢多少，請你限個日子，由我老闆擔保歸還。」姓陶的道：「哪個去找這些麻煩？而且我找打官司也不光為的是要房租。」楊大嫂不能再忍了，不覺紅了臉，翻了眼皮道：「不為了欠房租

第十六章　魚鷹的威風

你就能叫警察到我家裡來找事情嗎？」姓陶的道：「我倒要問你，你憑什麼可以罵我奴才？」劉家婆不覺把身子向前一擠，橫站在他當面。因噯呀了一聲道：「好雞不和狗鬥，好男不和女鬥，就憑她一句不相干的話，你值得生這大氣？是塊金子不會說成黃銅，是塊黃銅，也不會說成金子。你先生是金子呢是黃銅呢？怕她說什麼。我看這位李大哥實在也是急，你看他這頭上的汗。」說著，這位老婆婆倒是真的伸手在李牛兒額角上摸了一把。將手放下來，伸著給兩位警察一看，卻是溼淋淋的，因道：「人生在世，哪裡不能積一點德。現在那李家嫂子，是等著在家裡臨盆，萬一耽誤了，大小是兩條性命，你二位不過替人了事的，不必說了，就是這位先生為了出口氣，惹出這個岔事，那又何必？」姓陶的和警察聽了這話，都挫下去一口氣。楊大嫂道：「你三位不必為難。只要你說明白了，是在哪裡打官司，我一定把孩子接下了，自己投案。若隔三天不到案，我可以具個結，加倍受罰。」警察道：「你準能來？」楊大嫂道：「跑得了和尚跑不了廟。到了日子不投案，你們可以到我家裡來找我。」姓陶的那小子，還在猶豫，楊大嫂扯著李牛兒道：「走！你府上在哪裡？我們這就去。刀擱在我頸脖子上，我也要把這件事辦了。」說著，一陣風似的，她就走開了。兩個警察不曾去追，姓陶的也不便單獨地趕了去。他只好向劉家婆叮囑兩句道：「你在這裡，大小是個見證，她接了生回來，是要去投案的。哦！是的，我還沒有說是在哪裡打官司，她就跑了。你轉告訴她，她到本區去投案就是。到了區裡，自然有人引她去打官司。」劉家婆笑道：「好的，我可以說到。不過你先生真的和她一般見識嗎？還不是說了就了。」陶先生道：「說了就了？哼！」他最後交代完了這句話，才把身轉去。劉家婆站在門外院子裡，倒是呆了很久。最後她拿巴掌，對天望著，連念了兩三

186

聲阿彌陀佛。到了下午兩點多鐘，楊大個子挑了空夾籃回來了。見大門鎖著，便到劉家婆家裡來討鑰匙。聽到她把過去的話說了，便皺了眉道：「我這個女人真不肯替我省事。給不了房錢，給人家幾句好話，也沒有關係。她不要以為這是一件風流官司，你是女人，就沒有什麼了不得，照樣他關你周年半載。」劉家婆道：「既是那樣說，你就想法子，把欠的房租給了吧！」楊大個子開著房門，坐在門口一條矮凳子上，兩手按了膝蓋，只管昂了頭向天空上望著。遠遠地聽到孩子們叫著爸爸，正是大毛二毛下學回來了。手裡提了書包，上下晃蕩著。

到了門口，大毛第一句問著：「媽媽回來了沒有？警察不捉她去打官司吧？」她是個九歲的小女孩子，穿了件半新舊的草綠色童子軍服，漆黑的童髮，像頂烏緞帽子，罩在頭上。楊大個子就常常笑說著：「破窯裡出好碗，沒想到我們挑菜的人家，生下這麼伶俐小姑娘。」那二毛是個七歲小男孩，光了大圓腦袋，穿著藍布短袷襖褲，短褲子外，光了兩條黑大腿，打了赤腳，穿著一雙破布鞋。臉上鼻子邊下，兩塊齷齪，像個小花臉。這樣越發現著大毛團團的粉臉子，透著兩個漆黑的眼珠。楊大個子左手接了她的書包，右手握了她的小手笑道：「你怎麼知道警察要拘她去打官司？」

大毛道：「這巷子裡高年級的同學對我說的。中午我回來吃飯，還是劉家外婆炒給我吃的呢！她說不是到李家去接生，那早就跟著去了。爸爸，你不要讓媽媽去打官司吧！去了，他們會把媽媽關起來的。我們沒有了媽媽怎麼辦呢？」楊大個子道：「不打官司怎麼辦呢？欠了人家的房錢呀！」大毛聽了這話，跑到屋子裡去了，不多一會，兩手捧著一個泥撲滿出來，交給楊大個子道：「爸爸，這裡面的錢，媽媽原說拿來和我做一件

第十六章　魚鷹的威風

新衣服穿的。現在我不穿衣服了，你拿去給房錢。」那二毛在短襪子口袋裡，掏出兩個小銅板來，將手托著，因道：「我也出兩個銅板，我不要媽媽去打官司。」楊大個子接著那個泥撲滿在手上，笑又不是，說又不是，只管發怔。等著二毛把兩個銅板拿出來以後，只覺有一股子酸楚滋味，由心裡直透頂門心，兩行眼淚，由臉腮上直掛下來。突然站起來，舉著拳頭道：「我滿街告幫，也要把房租弄出來，不能讓她去打官司。」說到這裡，正好劉家婆獨在門口，因向裡面望著，點了兩點頭道：「你這話是對的，我們欠了人家房租，怎麼樣也虧在我們這邊。你弄幾個錢還了這筆帳也好。若是你沒有路子移挪款項，我倒有條路子指示給你。」楊大個子聽了這話，自是十分歡喜，或者這也就是說天無絕人之路了。

第十七章　好漢做事好漢當

第十七章　好漢做事好漢當

　　有劉家婆指示了楊大個子一條路，可以借錢。借錢雖不是個為人謀生存之道，然而窮到無路可通的人，聽說有錢可借，那就是枯草沾了甘霖，這非有那窮的經驗者是理解不出來的。他坐著直跳了起來道：「哪裡有錢借？只要不是印子錢，每月出三分利我都願意借，強似噹噹。」劉家婆道：「我說的這個人一定肯借你錢用，而且也不會要你的利錢。」楊大個子抬起手來，按著頭髮，便道：「照說，現在不會有那種好人，你說是誰吧？」劉家婆走進屋子來，在挨門的小椅子上坐了，因道：「那還有什麼人呢？就是秀姐的娘。」楊大個子聽了這話，臉色一變，一擺頭道：「哦！就是她？哼！這不足笑話？」劉家婆一笑道：「小夥子！怎麼樣？這是笑話嗎？其實這位老人家是個頂忠厚的人。昨天我在街上遇到了她，她把我拉到路邊上說了好久的話。她說，為了秀姐出嫁，得罪了街坊朋友了。大家雖然也都是好意埋怨我，可是他們哪裡知道我娘兒兩個一肚子苦水呢！現在弄得無臉見人，何德厚又整日不在家，可憐只有自己影子作伴，本待來看看自己的熟人，又怕人家不睬她。我倒讓她把心說軟了，就陪了她一路回家，在她家裡很坐了一會子。她不說百十塊錢的小事，手上倒也方便，假使有什麼人邀會，她願意認一個。你若願意借她二三十塊錢了掉這件官司，我願意和你跑一趟。你平心想想，過去這多年認識，她是壞人嗎？」楊大個子聽到劉家婆說到秀姐娘的話，早是板了臉子，偏了頭不耐煩聽著，及至劉家婆慢慢的說下去，慢慢的也就臉色和平起來。劉家婆對他周身上下打量一下，因問道：「你不要看那個收房租陶先生是把話嚇你的。假如你把他送上老虎背，他走不下去了，他為什麼不和你拚一拚？」楊大個子在衣袋裡摸索了一陣，摸出一個紙菸盒子來，兩個指頭伸到裡面去摳出一支彎了腰的紙菸銜到嘴角裡。同時在紙菸盒子裡，又摳出兩根火柴

來，在牆壁上劃著起了火點上菸。其餘一根火柴，夾在小拇指縫裡不曾用的，這時依然把來放在紙菸盒子裡。劉家婆牽牽衣襟，微笑了向他望著。楊大個子把紙菸盒子向袋裡揣了，後又掏了出來笑道：「你看我忘了敬你老人家一支菸。」劉家婆笑著搖搖手道：「我倒不要吸菸。我笑你算盤打得很精，多一根洋火，還收了起來。可是我看你日子過得又很苦，香菸揣在身上，都成了紙團了。」楊大個子笑道：「平常不大吸菸，有了心事的時候，那就吸得厲害，一天也可以吸兩三盒。」劉家婆笑道：「現在你手裡拿出紙菸來吸，又是有了心事了。」楊大個子道：「我怎麼不會有心事呢？連這兩個孩子也怕他娘吃官司。」劉家婆：「那末還是依了我的話，讓我到秀姐娘那裡去和你移動幾十塊錢吧？」楊大個子坐在矮凳子上，兩手環抱在胸前，背靠了牆。口角上銜的紙菸，一縷縷的緩緩出著青煙。顯然菸在嘴唇裡，他未曾吸上一下。對於劉家婆的話，他也未曾答覆。劉家婆道：「就是這樣說吧。」楊大個子道：「不用！二三十塊錢的事，我總還可以想一點法子，真是想不到法子了回頭再說。我們和秀姐娘沒有什麼過不去的，就是何德厚這個人，大家都不願意和他來往。千不該，萬不該，他不該運動人來捉我們。這個時候我問他去想法子，一來失了朋友的義氣，二來何德厚又要去說得嘴響，他說我們這班窮鬼沒有了法子，還是要找他。」劉家婆對他臉上望望，淡笑一聲道：「你嘴算是硬的。不過你老早要能爭這口氣，少喝兩回酒，少打兩回牌，也就多少攢下兩個錢，不至於給不出房租錢了。你家楊大嫂子真要去吃官司，那還不為了你不成器的緣故。」

她嘴裡這樣嘰咕了一陣，站起身也就走開了。楊大個子靜靜的想了一陣，覺得劉家婆的話，也是事實，只好是自己燒火做飯管帶著兩個孩子。

第十七章　好漢做事好漢當

緩緩挨著到了半下午，他感覺得心裡有一種說不出來的悲苦滋味。而這兩個孩子，又不斷地問著，媽媽怎不回來？楊大個子突然站了起來道：「不要急，我和你兩個人找了媽媽回來就是。」說著把孩子牽出門來，將門倒鎖了，便引了孩子到劉家婆家裡，說是要去找楊大嫂子回來。劉家婆道：「她那個熱心腸的人，既和人家接生，不把孩子收拾好了，她是不會回來的，你白白地去打攪她幹什麼？」楊大個子也沒有怎樣答覆，徑直地就向前走。到了大街上，便直向本區的區署裡去投案。那門口守衛的警察，見他滿面通紅，呼吸吁吁地走了來，便攔著他道：「這是公安局，你這樣匆匆忙忙地跑了來，要在這裡撿米票子嗎？」楊大個子站著定了一定神，因道：「是的，我是來投案的。」因把事情經過，略微說了一說。衛警對他周身上下看了一遍，因微笑道：「你們家裡一人犯事，預備多少人吃官司？」楊大個子望了他，說不出所以然來。衛警道：「這件事，方才有個女人來投案了，怎麼又會有個事主？」楊大個子道：「大概那是我女人，我是家主，欠下人家房租，當然與她無干。請你讓我去見區長。」衛警將他引見了傳達，由傳達將他向裡帶。楊大個子到這區裡來投案的時候，本來心裡坦然，及至聽說有個女人先來投案，倒不覺心裡深深受到感動，覺得楊大嫂這分好漢做事好漢當的氣魄，比自己還來得痛快。便也挺起了腰桿子，隨著帶案的警士向訊問室裡走了去。向門裡看來第一個印象，便覺和他自己的揣度是吻合了，區長坐在公事案裡，正在訊問案情。旁邊橫坐著一個書記在記錄。兩個警士掛了手槍站立著，正是相當的具著威嚴，自己女人向上站定，正在敘述她的話。警士讓楊大個子站在門外，先進去回明了，然後引他進去。楊大嫂回頭看到了他，先咦上一聲。楊大個子鞠躬站定了。上面坐的區長，問過了他的姓名職業，手摸了嘴唇上的短鬚，微

笑道：「你是好漢，你女人犯了事，你搶著來投案？」楊大個子道：「區長，哪個不怕吃官司？無奈我良心上一想，該下房租，是我自己無用，沒有賺下錢來，自己的事，這與我女人無干。第二是我家裡兩個孩子，哭著要他們的娘，我來換她回去。」楊大嫂子掃了丈夫一眼，向公案迎近半步道：「區長，你不能信他的話，這件案子，欠房租是小題目，得罪了那收帳的陶先生是大題目。得罪陶先生是我的事，我怎好讓他來替我吃官司呢？」楊大個子望了她哭喪了臉道：「兩個孩子在家裡哭得厲害。你難道不管？」楊大嫂子一掉頭道：「你關在這裡，我們一家大小幾口，天天的進項，到哪裡去找？」區長微笑道：「你兩個人不許爭吵，這不是家裡，可以讓你胡鬧。聽你們這說話口氣，認定官司是輸了，人一定也是要受處分，所以料定了一投案就回不去了。」楊大個子道：「欠下人家的房租，我們是知道的。要完結了官司，先就要拿出錢來，可是我這急忙之間，就拿不出錢來。一個窮人和有錢有勢的人打官司，那還有打贏的希望嗎？」區長聽了這話，不由得把臉色沉下來，因道：「你這話是說官家衛護有錢的人嗎？照你這樣說，最好是人家蓋好了房子，你們搬進去白住。你是賣菜的，你的菜肯白送給人吃嗎？好了，你是好漢，欠下房租，拚了吃官司，也不肯給錢。我憑公處斷，也不難為你，你暫在這裡住下幾天。放你女人回去，她什麼時候還清了房租，我什麼時候放你回去。至於你女人開口罵人，當然是一種公然侮辱，原告不追究，我也不問。這樣，你不能說是我偏袒有錢人吧？」說著，將手揮了警士道：「把楊大個子帶下去。」楊大嫂向區長問道：「老爺，這就是你說的公平處斷嗎？」區長拍了桌子道：「你分明是一個刁婦，我不念你家裡有兩個小孩，我也把你關了起來。」

第十七章　好漢做事好漢當

　　說著，他將桌子連拍了幾下，轉身就走了。楊大嫂怔怔的站了，只管望了區長的後影。楊大個子已被帶出了門，回轉頭來道：「呔！你回去吧。難道你還能比得贏區長！」護堂警察，也輕輕推了她道：「你回去吧。回去早點想主意把房租繳清了，那比在這裡發呆強得多。」楊大嫂隨著出來，倒揮了幾點淚。遠遠望到楊大個子被兩個巡警，押進另一院子裡去了。在他進院子門的時候，回頭對楊大嫂看了一看。楊大嫂待要抬起手來向他招上兩招時，他已轉進那院門以內，不見影了。楊大嫂覺得在這裡發脾氣的話，除了自己要特別吃虧，丈夫也特別要跟下去受累，這是太吃虧的事，有些犯不上，只好低下頭，慢慢走將回去。到了家裡，大毛二毛兩個孩子，自是加倍的歡喜，一擁向前，將她抱著，有的抱了大腿，有的牽了衣襟。大毛道：「你這久不回來，爸爸都去接你去了。」楊大嫂聽了這話，心裡突然酸痛一陣，兩行眼淚，在臉腮上直流下來。劉家婆聽到小孩子叫喚，提著鑰匙過來。一面代她開門，一面向她問道：「你回來了就好，我們慢慢應當有個商量。大個子把鑰匙塞在大毛衣袋裡，也沒交代什麼話，他就這樣走了。我又不知道你什麼時候回來，帶了這兩個孩子，一步也不敢走開。」楊大嫂垂淚道：「他預備去坐拘留，他還有什麼言語可交代的呢？」劉家婆道：「那是什麼話？」楊大嫂因把在區裡被審的經過，略說了一說。在屋角裡拖著一隻矮凳子坐了，掀起一片衣襟，擦著眼淚。劉家婆坐在她家門檻上，倒是向她呆看了一會。楊大嫂道：「我從來不曉得什麼三把鼻涕，兩把眼淚地哭些什麼。這回看到大個子這點情義，倒是打動了我的心。我後悔不該嘴快舌快，和他惹出了麻煩。」劉家婆道：「你若是聽我的話，這事也沒有什麼了不得，包管大個子明後天就可以出來。」楊大嫂道：「只要能把他放出來，我還有什麼不願意的嗎？」劉家

婆臉上的皺紋，隨了她的笑意，在全面部都有些閃動，頭也微微地搖擺著。她道：「你夫妻兩人的脾氣，我是知道一點的，就是輸理不輸氣，輸氣不輸嘴。依著我的意思，就可以到秀姐娘那裡去移動二三十塊錢，我不是和你說了，遇著她，她對老朋友老鄰居都很好嗎？但是你們要爭那個面子，不在何德厚面前輸氣，這讓我也沒有什麼話可說了。」

　　楊大嫂道：「我根本和秀姐娘沒有什麼仇恨，也不要在她面前爭什麼面子。無奈……」劉家婆搖著手道：「還沒有說完，你這無奈的話又出來了。」楊大嫂道：「你老人家既然知道我的脾氣，我也就用不著瞞你，有道是人爭一口氣，佛受一爐香。你看大個子那一班把兄弟，都把何德厚那醉鬼恨得咬牙切齒，我是和她去借錢，那成了什麼人呢？為了自己，那不把所有的朋友都得罪了嗎？」劉家婆道：「你要這樣子說，我也沒有辦法，不過……」正說到這句，聽到外面有人叫了一聲「楊大哥」。楊大嫂道：「哪一位？他不在家呢！」隨了這話，正是李牛兒，喘著氣走了進來。他看到楊大嫂，他先咦了一聲，接著笑道：「大嫂子回來了。我聽到說，你區裡投案去了，我跑來和楊大哥報個信。」他一面說著，一面打量她的態度，見她眼圈兒紅紅的，滿臉都是憂愁的樣子，便道：「大嫂子，這件事，你不用為難。我們這賣力量吃飯的人，在家孝父母，出外交朋友，大家要魚幫水，水幫魚，這二三十塊錢，哪裡就真會難倒人？」劉家婆道：「你還說不難倒人，楊大哥都在區裡押起來了。該下房錢，反正也不是造反的大罪。可是楊大嫂子娘兒三個每天的開銷，到哪裡去找？有個地方可以去借錢，她夫妻兩個，為了你們的什麼義氣，又不肯幹。」李牛兒道：「大概是梁胖子的印子錢吧？不過這個人的錢，不借倒也罷了。」劉家婆道：「你以為梁胖子是這座城裡的財神爺，除了這個姓梁的，就找

第十七章　好漢做事好漢當

不到第二個有錢的人？」李牛兒道：「不是那話。你看我們穿在身上、吃在肚裡，有什麼人肯借錢給我們？只有梁胖子這種人，看得我們透，抓得我們住，他可以放心借錢給我們。」他們兩人在這裡說話，楊大嫂都是低頭在一邊坐著，並沒有答言。劉家婆向李牛兒招了兩招手道：「你到我這裡來談談。」李牛兒雖不知道她是什麼用意，但是看她那情形，當然是為了楊大個子，便跟著她去了。約莫有半小時的工夫，李牛兒復走到楊大嫂子這邊來，他先搬條凳子，攔門坐了，然後向她從容地道：「我不是和你說了嗎？我們這班人，無非是魚幫水，水幫魚，既是楊大哥已在區裡押住了，官司算輸了，我們就由輸的這一招上去著手，好在輸到底也不過是拿出二三十塊錢出來的事。楊大哥那班朋友，我都認得的，我去找找他們，一個人湊個三五塊錢，這事也就過去了。」

楊大嫂子搖搖頭道：「這個年月，好心不得好報。上次就為了大個子他們和童老五幫忙湊錢，幾乎弄出了大亂子。牛兒哥，你這好意，我們是心領了，不過我勸你倒是不管的好。」李牛兒笑道：「這和童老五那回事情形不同。你不要著急，我明天一早來回你的信。」說著，他也不再徵求楊大嫂是否同意，竟自去找他的目的去了。天色還不十分晚，太陽偏在街西屋脊上，一個小小的院落，架著橫七豎八的竹竿子，胡亂晾著衣服。院子上面，一排有五間西式平房。有兩家人家的門口，居然還放了幾盆花草。論起何德厚有錢，這點款式算不得什麼。不過他周身上下，沒有一根雅骨，倒也不相信他會住這比較像樣的房子。有了這個觀念，他站在院子外面，躊躇了不肯前進。這就看到秀姐娘穿了一身嶄新的衣服，走向竹竿邊來，便故意咳嗽一聲先來驚動她。秀姐娘回轉頭來望了他，他陪了笑道：「何姑媽，認得我嗎？我叫李牛兒，在三義和酒館裡跑堂。」

何氏點點頭笑道：「無非是家門口這些人，說起來我總會認得的。請進來坐。」李牛兒走近一步，低聲問道：「何老闆在家嗎？」何氏道：「他哪裡會在家？這不又是晚酒的時候了嗎？」李牛兒笑道：「你老人家大概還認得我。」何氏笑道：「不認得也沒有什麼要緊。我這麼大年紀，還怕什麼人會騙了我。」李牛兒道：「不是那話，我有點事情和你老人家商量商量。你若是不認得我，那就太冒昧了。」何氏對他周身上下看了一遍，點點頭道：「我怎麼不認得你？你家大嫂子很大的肚子，在水塘邊洗衣服，還問過我安胎的方子呢！」

李牛兒笑道：「這就對極了。不瞞你老人家說，她今天上午生了，是一個很結實的男孩子。」何氏笑道：「恭喜，恭喜！這個時候，你怎麼還有工夫到我這裡來呢？哦！我明白了，我明白了。」說著，向李牛兒招了兩招手，自己便在前面引路。李牛兒隨著她進了屋子，見這裡也經何德厚八不像地布置了一番。上首四方桌子靠了壁，牆上用大紅紙寫了何氏歷代祖先之神位。左邊一張小方桌，上面放了碗碟瓶罐。壁上也掛了一張紙菸公司的廣告美女畫。右邊兩把木椅，夾住了一張茶几。而且靠門還設了一把藤睡椅，大概是預備何老闆喝醉了回來享受的。何氏讓李牛兒在椅子上坐下，紙菸茶壺，陸續地拿了來。只看她手這樣便當，透著是個有錢的樣子了。何氏拿一盒火柴送到茶几上，趁著走靠近的機會，低聲向他問道：「你是不是為了大嫂過月子，拳邊缺少幾個零用錢？」李牛兒紅了臉笑道：「你老人家，倒猜得正著。不過我和你老人家很少來往，我自己要錢用的話，倒不會向你老人家開口。說起來，這個人你老人家很熟，一定可以幫助幫助他的。」於是把楊大個子惹出了麻煩的事，說了一遍。何氏道：「那我們是很熟的人，二三十塊錢的事，我也拿得出來，你就帶去吧！」說

第十七章　好漢做事好漢當

著，她轉身進屋子去，便取出了一卷鈔票，走近李牛兒身邊，悄悄向他手上遞著。李牛兒站起來，向後退了兩步，兩手同搖著，笑道：「話我是說了，錢我就不願經手。這款子或者由劉家婆來拿，或者你老人家送了去。」何氏道：「你何必這樣多心？我並沒有打一點折扣，就把款子拿出來了。」李牛兒笑道：「窮人也不能不自謹慎一點。你老人家阿彌陀佛的人，還有什麼話說？不過對於何老闆這種人，就不能不放在心頭上。」何氏見他只管退後，不肯伸手來接錢，便道：「那也好，楊大個子夫妻遭了這回事，我也要去看看他。不過怕他們明明白白地不肯借我的錢，我還是交到劉家婆手上吧！」李牛兒笑著拱拱手道：「那就由你老人家的便，我把話傳達到了，那就完了。」說著，又把何氏敬的那支未曾吸的紙菸，依然放在紙盒子裡去，點個頭，又拱了兩拱手，方走出門去。不想他那裡出大門，恰好是何德厚進大門，兩個人頂頭遇著，毫無退閃的餘地，只得站住了兩腳，向他點著頭道：「何老闆好久不見，現在發了財，成了忙人了。」何德厚早有八九分醉意，邁著螃蟹步伐向屋子裡走了來，斜了眼睛，向他周身望著，沉吟了道：「你是……」李牛兒道：「我是三義和跑堂的。」何德厚將手一摸唇上鬍子道：「怪道好面熟，你怎麼會找到了我這裡？找我這裡來，必有所為吧？」李牛兒要說有所為，這次來的意思，就全功盡棄。要說無所為，那又完全不像。因笑道：「雖然是何老闆發了財，我們也不敢打攪你。我們看看何姑媽。」何德厚噴出一口酒氣，張嘴露出七零八落的牙齒。笑道：「本來大家就叫她姑媽，於今做了次長的丈母娘，大家更要叫她姑媽了。你倒特別客氣些，把她娘家的姓，一路提出來，這大概還是看看我何老闆三分面子吧？」說著，打了一個哈哈。李牛兒一面向外走著，一面笑道：「何老闆現在發了財，倒不大照顧我們了，

今天晚上，到我們小店裡去喝兩盅吧！」他說這話之後，腳步是特別加快，最後一句話，已是在很遠的地方說著。何德厚站在門口呆望了很久，然後自言自語地說了一句道：「這小子是來幹什麼的？我倒要調查調查。」在他這種打算之下，正好找到他最近不高興的一個人，楊大個子頭上去，這劉家婆急公好義之舉，少不了又是一番風波了。

第十八章　魚幫水水幫魚

第十八章　魚幫水水幫魚

　　有了錢不見得就是人生一件樂事。所以無錢，也不見得就是人生一件苦事。這雖不見得是人人皆知的一個原理，但翻過觔斗的人，就不會否認這個說法。秀姐娘在這個時候，便是這樣一個人。她覺得以前雖有時窮得整天沒飯吃，可是母女兩個人在一處，有商有量。只要弄點東西，把肚子裡饞火壓了下去，就毫無痛苦。於今雖是不愁吃不愁穿，孤孤單單，除了睡覺著了，時時刻刻，都在眼睛裡藏著一把眼淚。唯其如此，她十分地恨何德厚，倒覺他不回來，一個人悶坐在家裡，還要比看見他好些。這時候何德厚帶了六七分酒意走進來，而且口裡還啾啾咕咕說個不了，她便起身道：「舅舅回來了，我給你做飯去。」何德厚連搖了兩下手道：「不用不用，我早在外面吃飽了回來了。我急於要問你一句話，剛才那個李牛兒來做什麼的？」何氏道：「我說，舅老太爺，你現在憑著外甥女一步登天，你是貴人了。貴人有貴人的身分，你應該……」何德厚橫了眼道：「你不要挖苦我，我也沒有沾著你們娘兒兩個好大便宜，算算飯帳，也許是個兩扯直。有道是夜夜防賊，歲歲防饑，你只管和丹鳳街那些人來往，仔細你手邊那幾個錢，要讓他們騙個精光。剛才李牛兒那小子，準是來向你借錢，看到了我，慌慌張張就走了。你說，已經借了多少錢給他？」何氏道：「喲！人家窮人來不得，來了就是借錢？往日我們窮的時候，也出去走走人家，不見得到人家家裡去就是借錢。」何德厚道：「我在外面混到五十來歲，連這一點情形都看不出來，我這兩隻眼睛長得還有什麼用？」說著，將右手兩個指頭指著自己的左右二眼，同時，還瞪了眼向何氏望著。何氏見他帶了酒意的眼睛，漲得通紅的，另一隻手捏了拳頭垂下來，這就不敢和他多說，只好悄悄地走了開去。何德厚燃了一支紙菸，靠了茶几坐著吸，偏了頭，眼望了天井外的天空出神，忽然將手一拍桌子道：

「這件事，一定有點尷尬，我非追問不可！」說著，站起身來，抬腿就向外走。秀姐娘跌撞著跑出來，扯住他的衣襟叫道：「你這是怎麼了？酒喝得這樣老大不認識老二，你又打算到哪裡去闖禍？」何德厚扭轉身來，橫了眼望著她道：「難道這又干你什麼事？」何氏道：「怎麼不乾我什麼事呢？我們好歹是手足，你惹出了禍事，難道翻著白眼望了你嗎？」何德厚冷笑一聲道：「哼！說得好聽！你倒很惦記我的事？老實說，你恨得我咬牙切齒，我立刻死了，你才會甘心，你還怕我惹下什麼禍事嗎？」何氏聽了這話，不牽住他了，兩手向懷裡一抱，坐在旁邊椅子上望了他發呆。何德厚也不走了，回轉身來，在門下站著，也望了何氏，看她要說些什麼？何氏見他情形如此，便道：「你等了我說話嗎？我就告訴你吧！我是對得起你的。我為你和你救窮，把我的親骨肉都賣了。」何德厚喝道：「你這叫人話嗎？你這是不識好歹，狗咬呂洞賓。你的女兒，一步登天，嫁了個做次長的人，這一輩子吃喝穿戴，什麼都有了，你倒說是為救我的窮賣了女兒。」何氏道：「你是把這件事作過了身，錢上了腰包，什麼都不管了。你知道秀姐現在的情形怎麼樣？前兩天隨著姓趙的回來，事情才是明白了，他在城南作賊一樣的租了一所房子，把她安頓下了。說是用了幾個人伺候她，實在是監禁她的，一步也不許出來。你又和人家訂了約在先，不是人家來打招呼，我不許上門。自己的一塊肉，不能這樣隨便地丟了她，我只好在暗中打聽了，昨天遇到她的鄰居太太，不知道她怎樣會認識了我？她說姓趙的原配女人，已經知道了這件事，成天在家裡和姓趙的鬧，不許姓趙的出門，姓趙的有好幾天沒有和秀姐見面了。你說嫁了個做次長的一步登天，這是不是算嫁了，那還只有天曉得吧？」

何德厚淡笑一聲道：「不算嫁那就更好。你把她再接回來，算白得了

203

第十八章　魚幫水水幫魚

一筆財喜。」何氏聽了這話，臉氣得紅裡變白，白裡變青，翻了眼望著他。很久很久，沒有作聲。何德厚益發在身上掏出紙菸火柴來，站在那裡點火吸菸。何氏鼻子裡呼吸短促，不由得抖顫了身體道：「這……這就是你……你作長輩的人說的話嗎？嫁女是騙財，隨便騙了人家一筆錢……我……我說不上了。」何德厚噴了一口煙，淡笑道：「就曉得李牛兒這東西，無事不登三寶殿，一定搞什麼鬼來了，原來是和你送消息的。不錯，事情是真的，趙次長在這兩天鬧著家務。嫁出門的女，潑出門的水，你還去管那些做什麼？有三妻四妾的人，大小爭風，那還不是家常便飯嗎？」何氏道：「我說老哥哥，你還沒有到七老八十歲，怎麼說話就這樣顛三倒四？你以前不是保證秀姐嫁過去，絕不會受氣的嗎？」何德厚淡淡地一笑道：「作媒的人說話，句句都可以兌現，這世界不要牙齒可以吃飯了。」說著，把兩手一舉，伸了個懶腰，接上打個呵欠，懶洋洋地走回自己屋子睡覺去了。何氏見他不去找李牛兒去了，心裡也就安貼下去。這何德厚最近有個毛病，每晚落枕，使鼾聲如雷地響起，足足要睡十小時，不是往日那樣，愁著明日兩頓飯，天不亮就起來。何氏候看著他睡過兩小時，聽到那鼾聲像雨後青蛙叫一般，一陣緊似一陣。便在箱子裡取了些錢在身上，向同屋的鄰居告訴了一聲，要到城南去一趟。出得門來，卻僱了一輛車子，坐向楊大個子家裡來。這個地方，是街巷的路電燈所來不及照到的區域，因之她也就在巷口上下了車，黑魆魆的對了那叢敞地外的柳樹影子走去。劉家婆的家，門是緊閉著，門縫裡和小窗戶格子裡，卻透出來一道燈光。何氏對這老朋友的住所，自估得出他的方向，便慢慢地移著步子向那門邊走去。老遠聽到唏唆唏唆的響，這聲音是聽慣了而在經驗上判斷得出來，那是拉著打鞋底的麻索聲。劉家婆定是未曾睡。於是悄悄地走到門

下，輕輕地拍了幾下。麻索聲拉得由遠而近，聽到劉家婆在裡面囉唆著出來道：「老八，你就不會早回來一次嗎？我等得……」何氏向門縫裡貼了嘴，答道：「劉家婆，是我呢！」

劉家婆很詫異的道：「什麼，是秀姐娘的聲音，這時候有工夫到我這裡來？」說著，開了門放她進去。她們這裡自無所謂房子前後進，大門裡便是小堂屋，一邊放桌椅板凳，一邊放缸灶柴水。桌上點了一盞煤油燈，照見堂屋中地上，放著一支麻夾，竹夾縫裡還夾著一支生麻。劉家婆的老花眼鏡抬起來架在額角上。手上拿了一隻布鞋底，上面環繞著細麻索。何氏笑道：「你老人家這樣大年紀，還是這樣勤快。自己打鞋底，還是自己績麻，自己搓麻繩。」劉家婆放下鞋底，搬了個木凳子過來，請她坐下。自己坐在缸灶口前那塊石頭上，先嘆了口氣道：「哪個願意這樣苦扒苦掙。無奈從娘肚子裡起，就帶下來一條勞碌的命，不這樣哪裡行？我那外孫子老八，一個月要穿一雙鞋，拿錢去買，哪裡有許多？」說著，又站起身來，將桌上那把補了一行銅釘子的舊茶壺，掀開蓋來張了一下。何氏搖著手道：「你不用費事，我來和你說幾句話，立刻就要回去的。」劉家婆依然坐在石頭上，笑道：「我也不和你客氣。我們這冰涼的粗茶，你也喝不上口。」何氏道：「一般老鄰居都是這樣看待我，以為我現在發了財，了不得了。你看我可是那樣狗頭上頂不了四兩渣的人？」劉家婆道：「是！我就對人說，你還是像從前那樣自己過苦日子，對別人還是熱心熱腸的。」說到這裡，把頸脖子一伸，低了聲音問道：「李牛兒到你那裡去了一趟，遇著了何老闆？」何氏道：「聽他的話幹什麼？」說著，伸手在衣袋裡摸索了一陣，摸出個藍布捲來。將藍布捲打開，裡面是一捲報紙，將報紙捲打開，又是一捲白紙。再把白紙捲打開，裡面才是一疊鈔票。然

第十八章　魚幫水水幫魚

後她拿起來，一張一張地數著，數了六張五元的鈔票，放到桌上，依然把紙捲兒布捲兒包起，揣到衣袋裡去。她笑著顫巍巍地站起來，把那三十元鈔票，遞到劉家婆手上，因低聲道：「我也不好意思去見楊大嫂的面，就請你今晚上把錢交給她，也好讓她明天一大早就把楊大哥救了出來。」劉家婆道：「這錢有的多呢！」何氏道：「權操在人家手裡的時候，好歹聽人家的，二十塊錢的事，你就預備二十塊錢去辦那怎麼辦得通？多就多帶兩個吧！」

劉家婆點了頭道：「阿彌陀佛，你好心自有好報。」何氏拿出這三十元鈔票來，嘴裡雖不曾說些什麼，可是臉上很有得色，嘴角上不免常常帶了笑容。不想聽到劉家婆說到你好心自有好報這句話，似乎得著一個極大的感觸，立刻臉色一變，兩行眼淚，直流下來。她將身子一扭，背了燈光坐著，掀起一片衣襟，撩著眼淚。劉家婆真沒想這樣一句話會得罪了人家，自己要用什麼話來更正，一時實說不上，便也只好呆了兩眼，向她望著。何氏這才想起，未免要引起劉家婆的誤會，因將眼淚擦乾，向她強笑著道：「你不要多心，我並不是因為你說什麼話，心裡難過。我想到我一定前一輩子少做好人，這一輩子來受罪。」劉家婆道：「好了，現在苦日子已經過去了，你該享福了。」何氏道：「劉家婆，你是有口德的老人家，有話，我也不妨和你實說。秀姐名是嫁個有錢的人，實在還不是賣了她了嗎？我就是有兩個錢在手上，一年老一年的，舉目無親，這個罪還不知要受到哪一天呢！說到秀姐自己，那更是可憐了。」說著，又拿了袖頭子抹了眼淚，把得來秀姐困住在城南的情形，報告了一遍。劉家婆見何氏兩番流淚，已經是淚水在眼睛眶子裡轉著。這時，聽著她把消息報告完畢，那簡直是像自己有了傷心的事一樣，坐在石頭上揚著臉，立刻兩行眼淚像拋

沙般流下來。倒是何氏自己先擦乾了眼淚，因向劉家婆道：「這些話，請你老人家不要和楊大嫂子說。我知道她是個直心快腸的人，聽了這些話，這些錢她也用得不舒服。我家那酒鬼說不定睡足了一覺，會醒過來的，我還是就回去為妙。」說著，起身向外走。劉家婆道：「這真是對不住，連茶也沒有讓你喝上一口。這話又說回來了，我就是留你喝茶，也……」她臉上帶了淚痕，卻又笑起來，因道：「我簡直是老了，說話顛三倒四。慢慢凡的走著，讓我拿燈來引你。」何氏道：「哪裡就生成那樣嬌的命，有了兩個窮錢，連路都不看見走了？」說著，她已走出了門了。劉家婆手上捏了三十元鈔票，她膽子立刻小起來。彷彿這門外邊就站有歹人，假如不小心的話，錢就會讓人家奪了去。因之她站在門裡邊望著，並沒有遠送。等著何氏去遠了，她就高聲叫著楊大嫂子。楊大嫂開著門，黑暗裡閃出一道燈光，劉家婆這就走到她屋子裡去，先反手將門掩上，然後和她一路走到裡面屋子裡去，低聲道：「秀姐娘到底是難得的，剛才親自送了三十塊錢來了。明天一早，你把這錢送給姓陶的去吧！把楊大個子放出來了，大家安心。」說著，把鈔票塞到她手心裡。楊大嫂且不忙收錢，把鈔票放在桌上，望了劉家婆皺著眉道：「怎麼還是走的這條路？」劉家婆道：「她自己送來的，好心好意的，難道還不受人家的嗎？那比刷人家兩個耳光還要厲害。你是直性子的人，想這話對不對？何德厚不是個東西，秀姐娘究竟不算是壞人。」

　　楊大嫂道：「這話當然是不錯。不過人家有了錢了，那就是一種有錢人的滋味。」劉家婆拖著椅子，靠近楊大嫂坐著，楊大嫂也就坐下。劉家婆兩手按了她的膝蓋，帶著幾分鄭重的樣子，向她低聲道：「人家有一肚子的委屈，教我不要告訴你，免得你用了她的錢替她難受。」楊大嫂吃了

第十八章　魚幫水水幫魚

一驚道：「這是什麼話？」劉家婆就把秀姐近來的情形，對楊大嫂備細說了，楊大嫂道：「這姓趙的豈有此理。既不能擔一點擔子，就不該把秀姐娶了去。他這樣的做法，花了許多冤枉錢那還是小，耽誤了秀姐的青春是大。秀姐娘實在是個濫好人，沒有法子對付他，如若這事出在我身上，我一定拚了這條命，也要把這事弄穿來。怕什麼？我們是個窮百姓，姓趙的是個次長。難道拚他不過？」劉家婆點點頭道：「小聲一點，小聲一點，你這話有理。我剛才倒和她陪了不少的眼淚。等你先把楊大個子的事了了，哪天我們去看看秀姐娘，和她出個主意。有道是大路不平旁人鏟。」楊大嫂兩手一拍道：「唉！你既是有這個意思，剛才她在這裡，你怎麼不引她到我這裡來談談？我覺得秀姐是個有骨格的孩子，她舅舅把她賣了出去，她已經是十分委屈了，若是再像你這樣所說的，受這一番侮辱，恐怕她沒有性命了。不知在城南什麼地方，我要設法見她一面。」劉家婆道：「大概秀姐娘自己也不大清楚。若是清楚的話，她女兒正在難中，她有個不去看看虛實的嗎？」楊大嫂子看了桌上放的一小疊鈔票，倒很是發了一陣呆，兩手抱在懷裡，定著眼睛，好久沒有作聲。劉家婆道：「你想著什麼？」問了好幾遍，楊大嫂才聽到，因道：「我想秀姐娘在難中，她還巴巴的送了錢來幫我的忙，難道我就不能和她出一點力量？」劉家婆道：「你真是個性急的人，一聽到說就要去。別人的事要緊，你自己丈夫的事也要緊。你還是明天先去辦你自己的事。錢，你好好的收著。一會子老八回來，不看到我，又該叫爺叫娘了。」說著，她開門自出去了。楊大嫂有了這件事在心上，倒是比楊大個子被拘起來一事，還要著急。因為楊大個子不過得罪了房東一條走狗，那事究竟有限。這秀姐被幽禁在城南，遲早有性命之一憂，這事就和楊大個子暫時關閉在公安局裡大有分別。她這樣

想著，睡在枕上的時候，自不免前前後後仔細推想了一番。直到天亮，才有了她自己認為的好主意，於是安然地睡著了。早晨起來之後，給了兩角錢給小孩子上學，又和劉家婆交代了一遍，這才到離丹鳳街不遠，一條升官巷裡走去。這巷子裡的房屋，都相當的整齊，楊大嫂認定有綠色百葉窗的土庫牆門裡走去，那正是那陶先生之家。還未曾到門口，一隻長毛哈巴狗，汪汪的就搶了出來，向腿子上便咬。楊大嫂嚇得向後縮退了兩步，亂喝一陣。驚動得主角陶先生走了出來，右手端了一玻璃杯牛乳，左手拿了大半塊麵包，一路吃喝著，看到楊大嫂子，便將半塊麵包指了她道：「原來是你。這可是奴才住的地方，你貴人不踏賤地，到這裡來做什麼？」楊大嫂還不曾開口，就讓他劈頭罵上這樣一遍，氣得頭髮稍上，都要冒出火來。不過自己仔細熟想了兩晚上，是自己不能忍耐一時，惹得丈夫吃官司。還是等著自己有了機會，再和他算帳。有道是君子報仇，十年未晚。唯其她有了這樣一個轉念，所以雖是走來就碰了一個老大的釘子，倒也不怎樣的介意。微笑著道：「陶先生，你君子不記小人之過，還說那些氣話幹什麼？我們今天前來，就是情虧禮補，和你賠不是來了。」陶先生將手上半塊麵包丟給小哈巴狗吃了，將腳撥了它笑道：「滾進去吧，沒有你的什麼事。」狗銜著麵包走了，陶先生招著手，讓楊大嫂走了進去。莫看陶先生是個收帳的跑腿，這裡也有個類似客廳的堂屋。他放下玻璃杯子在茶几上，人向沙發椅子上一倒。因道：「你說情虧禮補。情虧是不必提了，我看你是怎樣禮補？」

　　楊大嫂雖然站在面前，他卻並沒有叫她坐。楊大嫂將那帶來的二十元鈔票放在玻璃杯子邊上，笑道：「兩個月房錢，給你送來了。至於那屋要修補的地方，我們也不敢說不修補，而且修補了還不是我自己住嗎？不過

第十八章　魚幫水水幫魚

我們做小生意的人，給了房錢又修補房子，實在沒有這個力量。好在我們大房東，終年都有泥木匠蓋房子，只要陶先生隨便調度一下，就可派兩個工人去修一下子。房子究竟是房東的房子，自己先修補了，也不吃虧。」陶先生微笑著點點頭道：「你早有了這一番話，可不就省得這場是非。兩個月房錢？」他說著，把鈔票拿起來看看，因道：「你不是說付兩個月的嗎？這裡付三個月還有多。」楊大嫂道：「是付兩個月。讓陶先生跑了許多回路，鞋子跑破了那是不用說。我若是買一雙鞋子來送陶先生，又不曉得大小，還是請陶先生自己去買吧！」姓陶的笑道：「喲！你還和我來這一手。你要曉得我陶先生是看見過錢的。」楊大嫂笑道：「那我怎樣不曉得呢？有道是瓜子不飽實人心。若論多少，你陶先生不會和我們這種人爭，這只是賞我們一個全臉。」姓陶的道：「管他呢，你這幾句話，說得還好聽。好囉！你請坐等一會兒，我和你去拿帳簿來當面記上。」楊大嫂道：「那用不著，房東也好，陶先生也好，還會錯了我們窮人的帳嗎？只要我窮人少拖欠幾天，也就很不錯了。」陶先生笑道：「你看，你這話越來越受聽了。你還是等一會，我另外還有一件事要答覆你。」說著他上樓去了。楊大嫂想著，這傢伙比什麼都鬼，且不作聲，看他還有什麼答覆我。約莫十來分鐘，姓陶的果然夾本帳簿子走來了。他掀開帳簿子，將新寫的兩行帳，指給楊大嫂看。又將夾在簿頁縫子裡的兩張收條交給她。笑道：「這筆房租的帳算是解決了。自然，你丈夫為了這事在公安局裡等下落的話，那也就算了結。我已和區裡透過電話，也許你沒有到家，他已經先到家了。」楊大嫂站起來道：「那就很感謝陶先生。但是我也要到區署裡去報告一聲吧？」姓陶的笑道：「那用不著。你自己去報告，還能比這裡去的電話，還有力量嗎？」楊大嫂聽了這話，只好又道了兩句謝，方才

走去。走到巷子口上，回頭看看，那姓陶的並不曾出來。這就呸呸兩聲，
向地面吐了兩次口水。

第十九章　情囚之探視

第十九章　情囚之探視

　　這個楊大嫂總算是忍辱負重，把這場是非給結束了。可是她受著的這口冤氣，她不會忘了，那兩口吐沫，正是表示了她恨入肺腑。她受了人家的冤氣，不會忘記，同時，她受了人家的恩惠，也不會忘記的。楊大嫂回到家裡時，果然合了姓陶的那話，楊大個子已是站在門外空地上，向這裡張望。看到楊大嫂子，他迎上來笑道：「我早回來了，累著你跑一趟。」楊大嫂道：「我不跑，他們怎麼會放你回來？其實，光是我跑也是無用，還是得了秀姐娘給的那捲鈔票。」說著，兩人一同走回家去。劉家婆並不慢於他們，跟著腳步走了進來，因道：「大嫂子，怎麼樣？你還是信著我的話不錯吧？我們的命不好，有什麼法子和人家比。有道是長子走到矮檐下，不低頭來也要低頭。你們得了秀姐娘幫這一個大忙，總要記著才好。」楊大個子向她一抱拳道：「不但是秀姐娘我們應當報答她，就是你老人家和李牛兒這樣和我們費心，我們也忘不了。稍微遲一兩天，等著何德厚不在家的時候，我要去面謝秀姐娘一次。」劉家婆點點頭道：「那倒是正理。不過他兄妹兩人三天兩天吵嘴抬槓，你不要和她再加上一層麻煩才好。」楊大個子道：「這個我曉得。不過現在那醉鬼勢子也很孤，他未必敢把我們這些舊朋友都得罪乾淨。聽說秀姐現在像坐牢一樣，悶在小公館裡不能出來。本主兒都這樣不走紅，他這麼一個沾邊不沾沿的親戚，還有什麼興頭？」劉家婆道：「雖然那麼說著，你還是避開他一點的好。好歹我們用不著和那醉鬼較量什麼高低。」楊大個子笑道：「這個你倒可以放心，我總願意省點兒事。」楊大嫂對楊大個子瞪了一眼，彷彿嫌著這話裡有刺。楊大個子立刻將頭偏過去，笑道：「一天一夜，沒有吸紙菸，癮得要死，我去買盒紙菸來吸吸。」說畢，揚長地走了。他夫妻倆因此有了個約束，不敢明目張膽去謝秀姐娘。唯其是不便去道謝，心裡都擱著一分

過不去。在這場公案過去了幾個月，有一個晚上，楊大個子喝了茶回來，一走進大門，就深深地嘆了口氣。楊大嫂子道：「又是狗拖野雞的事，看不上眼了，回來只管嘆氣。」楊大個子道：「還管閒事嗎？管閒事管得人都不能脫殼。正是為了我們自己的事，不免嘆氣。你看何德厚這傢伙，為了錢他把手足之情都送乾淨了。我得了一點消息，他簡直和秀姐娘說，秀姐既是嫁出去了，成仙成佛，變牛變馬，那全靠她的命，不要去管她。那趙次長帶了信來，暫時讓她委屈一下子，那是不得已。只是娘家人不去勾引她，每月還可以貼一百塊錢的養老費。坐在家裡，每月白得一百塊錢，為什麼不幹呢？他又說，這小公館在什麼地方，他也不曉得，秀姐娘要鬧也是瞎鬧。那秀姐娘和他鬧著，他益發下了狠心，要把秀姐娘送到鄉下去。免得秀姐娘在城裡住，會訪出秀姐的下落來。這老賊不知道是一顆什麼黑炭心！我和幾個人商量，要把他捆起來，丟到江裡去餵王八。」楊大嫂笑罵道：「你少嚼蛆，事情沒有做到，讓人家聽了去，把你當兇犯。不過姓趙的都說了這話，秀姐一定日子不好過。好在城南也不是東洋大海，她既是住在那個角落裡，我慢慢地總可以找出她來。」楊大個子道：「我也是這樣想，我們可以到城南去探出她的消息，硬把她設法救了出來。」楊大嫂子笑道：「你又是一套七俠五義？你有那個能耐，不會挑擔子賣菜，也不會為了收房租的一句話，就關到公安局裡去。這件事你少管，讓我先來說明，這次絕不讓弄出什麼亂子，再連累你吃虧。」楊大個子想說什麼，又不敢說什麼，只是對她笑了一笑。楊大嫂道：「你笑什麼？你難道諒著我做不出什麼好事來嗎？你給我三天的限期，你讓我辦著你看看。」楊大個子笑道：「你沒有給我三天限期，你就算對得起我。我憑什麼敢給你三天限期？」楊大嫂子點點頭笑道：「雖然你不敢和我硬，你心

第十九章　情囚之探視

裡未必肯服，我只有做出來你看了再說。」當時她這樣說了，楊大個子也沒在意。到了次日，楊大嫂一大早起來，料理清了家事。

　　楊大個子是賣菜未回，她就把二個孩子託付了劉家婆，扮了個江北縫窮大嫂走出門去。頭上蓋了塊花藍布，手臂上挽個竹籃子，裡面放著針線布片，籃子柄上，勾住一條六七寸長方的小板凳，直奔城南來。她心裡估計了一陣子，趙次長把這小公館安得祕密，熱鬧地方不會來。怎麼樣也是次長常來地方，破爛不像樣的房子不會住下。還有一層，也不是矮小房屋，秀姐隨便可以出來的。要不，怎麼會把裡外消息隔斷呢？她越想越對，在城南幾條街巷裡，穿來穿去，只是打量情形。走到有點和理想中相符合的房子前面，就把小凳子取了出來，放在地上坐著，作一個候生意做的樣子。有人真要交點針線給她做時，她把價格說得大大的，卻也沒有人過問了。這樣在街巷裡轉了一天，看看太陽落山，並沒有得著什麼痕跡，只得回家。到了次日，楊大嫂又是這樣做法，並不感到疲倦。看看又到了下午三點鐘，第二日還是找不著痕跡。便提了那針線籃子，向回家路上走。誰知就在這個時候，倒得著一點路線。有一輛人力車，飛快地拉到面前，看那車子油漆光亮，白銅包鑲了車楨把，分明是自備的包車。車子上坐著頗為肥胖的人，嘴唇上養一撮小鬍子，與楊大個子所形容的趙次長，頗有幾分相像。靈機一動，想著莫非就是他。正是這個時候，那車子停著，他下了車了。他臉上帶了三分笑容，向車伕道：「你就拉到沂園澡堂門口，等著我好了，大概我有兩個鐘點，可以到那裡。」車伕答應了一聲是，將車子兜轉著拉開了。楊大嫂一想，自己的包車，為什麼不拉到要到的地方，卻在半路裡停下來？好在自己是走著路的，就跟定了那人向前走去。由大巷子轉進了一條小巷子，在一座八字門樓下，他搖搖擺擺地進去

了。看那房子，雖是老式的，但那牆壁粉刷潔白，梁柱整齊，卻是建蓋不久。而且門裡面天井寬大，略略栽有花木，倒不是中人以下的家庭。便放下了籃子，就在這門對面一堵粉壁牆前坐下了。坐不到一會，門裡出來一個江北老媽子，匆匆忙忙地走去。她雖看了楊大嫂一眼，並不曾說得什麼。一會兒，她手上提了些紙包回來，像是瓜子糖果之類。楊大嫂看她時，她倒笑了。楊大嫂道：「這位大嫂，你笑我做什麼？」她笑道：「你不是縫窮的嗎？」楊大嫂點點頭。她笑道：「縫爛補破，你要找那男人打光棍的地方去動手。我們這裡女將多似男人，而且人家打公館的所在，也沒有什麼人穿爛的破的。你在這裡坐三天三夜，也沒有人照顧你。」楊大嫂聽說，便提起籃子來，做個要走的樣子，一面答道：「我本來也看著這裡，不像有針線做的所在。不過有兩個小孩子老遠地叫著我，說是這巷子裡有針線做。我走進巷子來，也不知道是哪家有針線，糊里糊塗地就在這裡坐下。你們這大門裡房子有好幾進，就是住一戶人家嗎？」那老媽子道：「本來是住一戶人家。因為上個月，有我們老爺的朋友，搬了一分家眷來，在後進騰出幾間房子給他們住，算是兩戶人家了。」楊大嫂道：「聽你這位嫂子說話，好像是我們同鄉呢！貴姓是？」她道：「我姓錢，主人家倒叫我王媽。」楊大嫂笑道：「那你必定是錢家村的人，我們那裡有個親戚叫錢老二。」王媽笑道：「不叫錢家村，你錯了，叫錢家圩。你是錢二癩痢的親家母吧？你莫非姓劉？」楊大嫂笑道：「對了，我姓劉。錢大嫂子，你把東西送了進去，我在這等你一會，我還有事託你呢！家門口的人，不沾親就帶故，我們是很願來往的。」

那王媽忽然認得了一個鄉親，心裡十分高興，果然拿著東西進去，匆匆地又也來了。她笑問道：「劉大嫂子什麼事託我？」楊大嫂道：「聽說

第十九章　情囚之探視

錢二癲痢也到這城裡來了。他少不了會來看你們自己家裡人吧？」王媽道：「我沒聽說他來呀！他來了一定會到我這裡來的。」楊大嫂道：「那好極了。明天我再來探聽你的消息。這裡兩戶人家姓什麼？你在哪家做活？我也好來找你。」王媽道：「一家姓錢，一家姓趙。你來找錢家的王媽，那就不錯。」楊大嫂聽到說有一家姓趙，心中大喜，覺得皇天不負苦心人，居然把這事找得有點相像了。因笑道：「百家姓上頭一姓的人，也住在這裡，百家姓上第二姓的人，也住在這裡。」王媽笑道：「那怎樣攀得上人家，人家是做次長的。」楊大嫂幾乎噗嗤一聲，要由嗓子眼裡笑了出來。因道：「好了，明天見吧，我不要在這裡耽誤你的工夫。」說著自去了。到了次日中午，楊大嫂就毫不猶豫地走到這裡來，徑直地就敲大門，裡面有人出來開門相問，她便說是找錢家的王媽，當然毫無問題地，就放了她進去。那王媽出來看到她，便引了她到後進廚房裡去談話。自然，楊大嫂因話答話和她鬼混了一陣，卻不住向外面去找一個探望秀姐的機會。這房子有點兒南房北做，天井都很寬大，像北方的院子。廚房在後進房屋的外面，另有一個天井進出，那也正像北方的跨院。楊大嫂在這廚房裡和那王媽說話，隔了窗戶，伸頭向外張望，卻可遙遙望見那後進院子。終於是她把機會等著了，但見秀姐穿了一件花綢長衣，略略地燙了髮梢，一簇頭髮雖然是比家裡的時候，摩登得多了，可是比起那市面上真講究摩登的婦女，卻又相差得遠。第一個印象，就覺得她還不是自己預料的那種風流姨太太。可想趙次長寵她，還比不上普通那種寵法。再看她反背了兩手在身後，對天井裡擺的幾盆花看著，只管繞了轉圈子，花也不會那樣好看，讓她如此注意。便不顧那王媽了，自己提了籃子，就向天井裡走來。可是秀姐還是那般轉了圈子走，並不因為有了腳步聲，抬起頭來看一下。楊大

218

嫂站在屋簷下，向她出了一會神，便低聲道：「太太，有什麼粗針活，讓我做一做嗎？」秀姐抬頭看著，不覺嚇得身子一抖顫，退後了兩步。這楊大嫂雖不是近鄰，在丹鳳街的人，誰不知道她？過去雖不天天見面，可是三四天總有一次見著。這樣的熟人，這樣的見面，便有點玄虛。那楊大嫂似乎明白她的意思，連向她丟兩個眼色，又將嘴向廚房裡一努。秀姐定了一定神點點頭道：「你怎麼走到這後進屋裡來做生意？」楊大嫂笑道：「我們是規矩人，不要緊的。昨日和這裡王媽，新認了親戚，才得進來的。」秀姐道：「原來如此。那倒很好，我有兩三只衣箱套子，正要人做，你會做嗎？」楊大嫂道：「這有什麼不會？只要你把樣子拿給我看，我就會做。」王媽聽到她說話，由廚房裡趕了出來，向秀姐笑道：「趙太太，你有針活，只管交給她做吧！她是我們熟人，我們老早就認得，針線做得很好。」秀姐微笑道：「既是有你和她作保，我就請她和我作點事。」說著，向楊大嫂抬了兩抬手道：「你可以跟我來看看，我的箱子在這後面屋子裡。」說著，她立刻在前面走。楊大嫂為此事而來，當然明白她的用意，立刻跟著她後面走了去。到了她的臥室裡，她還未曾停止，繼續地向屋子後面走。走到了後面屋子裡，秀姐才停住腳，望了楊大嫂，怔怔地呆立了四五分鐘。最後，她輕輕叫了一聲楊大嫂，眼圈兒紅著，立刻流下淚來。

　　楊大嫂低聲道：「你的事，我已知道了許多，訪了兩天，才訪到這個地方。我就是為你的事來的，有話你只管和我說。我先告訴你一句話，讓你安心，你娘很好。」秀姐道：「謝謝你，我也知道你是為我來的。但是我現在有什麼法子呢？只有死了才能了事。可是我要死了，我那六親無靠的娘，更不得了。你是最仗義的人，我是知道的。你現在可有什麼法子救我一把麼？」說到這個麼字，她哽咽住了，向楊大嫂鞠了一個躬。楊大

第十九章　情囚之探視

嫂早是放下了籃子，兩手攙住她道：「你有什麼苦處？你只管說。」秀姐道：「自從那個姓趙的把我娶了來，新鮮過幾天，他就慢慢地淡下來了。既說我知識太淺，又說我不懂交際，還說我不會化妝，多了！反正有許多條件，不配做他的姨太太。不過他也有一點相信我的地方，他說，想不到我那樣窮人家出來的女孩子，嫁給他的時候，倒是真正的黃花閨女，在舊道德上，我這人還可取。我這個黃花閨女，既是在他手裡葬送了，他也就不忍中途把我拋棄。所以把我放在這城南角落裡，不許我出去。那倒不專是怕把我跑了。他那原配的女人，厲害得很，已經找到了我一張相片。她若是在路上遇到了我，恐怕就要讓我下不來。姓趙的本人，也落得作賊的一樣，三四天工夫，才溜著來看我一趟。這沒有關係，他不來看我，我一個人過得心裡舒服些。無如這裡的房東，是他的死黨，連前進院子，都不許我出去。他又不是硬禁止我走，只要向前面去一趟，他們就把許多話來嚇我，說是這城南一帶，姓趙的原配，都埋伏下了人。又是打手，又是什麼隊，又是警察，說得活靈活現，我原不信，可又不敢不信。只好坐牢似的，終日悶坐在這屋子裡。照目前而論，有吃有喝，也有錢花，我倒也無所謂，只是想到了將來怎麼樣，那就太可怕了。我還是初嫁他，在新婚的日子，他就這樣把我關在牢裡，這向後過去，日子不更是一天比一天黑暗嗎？」楊大嫂道：「你的意思願意怎麼樣？只管說，我既然來看你來了，自然盡力而為。」秀姐看到身後有張方凳子，退後兩步，在方凳子上坐了。兩手操著，放在懷裡，看了楊大嫂。楊大嫂道：「有話只管說，用不著什麼顧忌。」秀姐道：「我倒不是什麼顧慮。我根本沒有想到有人來救我。我也從來沒有這個打算。這時候你要問我有什麼主意，我一時怎樣說得出來？」楊大嫂道：「好在這不是忙在一時的事。有那個王媽和我認

親戚，我隨時可來。只要你故意找些針活來我做就是了。」秀姐道：「你是真和她有親嗎？」楊大嫂笑道：「我若真和她有親，何至於今日才曉得你住在這裡？那就早來看你了。」秀姐道：「既是這樣，那倒要你真和我做點針活。你家裡的事，放得下來嗎？」楊大嫂道：「我既然要和你辦事情，家裡的事就無所謂。兩個孩子託了隔壁劉家婆照管，楊大個子他自己會料理自己，這都用不著煩心。」秀姐聽說，果然找出一匹布來，交與楊大嫂裁剪，就在這後面屋子裡開始做箱套子。那趙次長要困住秀姐，也是用的堅壁清野之法，連伙食都附搭在朋友房東錢家。更也不曾用人伺候她，便請錢家的男女傭人順帶照顧著。這樣，他覺得秀姐一言一動，都瞞不了他朋友錢家。而且那些男女傭人，個個都給有賞錢，也不能不受賞圖報。趙次長雖是不能常來看護這位新夫人，就也斷定了不會有什麼變化。楊大嫂來做衣箱套子，是王媽引來的，那是決沒有什麼疑心的。楊大嫂在這後面屋子和秀姐談了許久，卻也沒有談出什麼頭緒。也是秀姐心虛，總怕會露出什麼馬腳，談一會子，自己也就離了開去。有時那王媽也到屋子裡來看看，讓兩人不得不疏遠一點子。到了四點鐘以後，又怕姓趙的會來，楊大嫂只好避開，約了次日再來。第二日去的時候，楊大嫂也另換了一種手法。帶了幾尺布去，送給那王媽，笑道：「這是我在外面和人家做針活得來的。常來打擾你，我心裡很是不過意，這個送給你做件小褂子穿吧！」王媽笑得合不攏嘴來，因道：「你也辛辛苦苦得來的一點東西，我怎好用你的？不過不用你的，你也未必肯依，只好謝謝你了。」楊大嫂只要她收下了，就等於簽訂了一張友好協定，心裡十分痛快，走到秀姐屋子裡去，高聲道：「太太，我今天一定要把你那個箱套做起來。要不，你還有許多針活，以後不要我做了。」

第十九章　情囚之探視

　　秀姐也高聲笑道：「你這人很老實，東西我也不等著要，你慢慢地做就是了。」她們這樣一說一答，都對面望著使了一個眼色。然後秀姐帶了她到後面屋子來，第一下，就塞了一捲鈔票到她手上。楊大嫂道：「你這做什麼？我不是為錢來的。」秀姐道：「我也曉得你不是為了錢來的，但我要你和我做事，沒有錢怎麼行得通？」楊大嫂道：「你先說，要我和你辦什麼事？」秀姐道：「我昨晚上足足想了一夜，這姓趙的對我不仁，我也就對他不義。我就是當他的玩物，我也要有個三分自由。把我塞在這文明監牢裡，好像我還是有點巴結不上，說我知識太淺。」楊大嫂搶著道：「笑話！不是為了知識太淺，就這樣便便宜宜地嫁給他做姨太太嗎？」秀姐道：「這話都不去說了。他既看不起我，就算我忍耐著，我也不會有個出頭的日子。三十六著，走為上著。」楊大嫂坐在椅子上，不覺兩手同時拍著腿，站了起來道：「對了。」秀姐搖搖手道：「低聲低聲。」楊大嫂對外面望望低聲道：「我一見你就有這個意思，只是不便說。」秀姐淡笑道：「你以為這是鬧著玩的事呢！可以隨便說。那姓趙的說他是官僚，他又是個流氓。要是跑得不好，還落在他手掌心裡，那就是自己作死。有道是跑得了和尚跑不了廟。我若糊里糊塗走了，那不是先和我娘找麻煩嗎？當真的，他把我放在這地方，就會把我關住了嗎？我就是怕我走開了，連累著我的老娘，現在我要請你替我辦的一件事，就是想法子把我娘送到一個沒有人知道的地方去住著。然後我這條身子無掛無礙就可以遠走高飛了。」楊大嫂手上，捏著她給的那一捲鈔票，望了她倒沒有話說。秀姐道：「你那是什麼意思，以為這件事不好辦？」楊大嫂道：「不是那意思，你看我們也是離不開城市的人，把你老娘送到哪裡去安頓？」秀姐指著她手上那一捲鈔票道：「這就是我為什麼交這一筆錢給你的緣故了。你們離不開這

222

座枉死城，難道也沒有個親戚朋友在別的地方？」楊大嫂昂著頭想了一些時，因點點頭道：「有是有兩個人，可以找他一下。不過……」說著搖了兩搖頭道：「就怕你不肯找。」秀姐道：「有人救我老娘出去，那就是救苦救難觀世音了，我有個不願的嗎？」但楊大嫂把這個人的名字，送到口裡，依然忍了下去。只是搖搖頭帶了微笑。這事透著很尷尬，倒讓秀姐莫名其妙呢！

第二十章　鄉茶館裡的說客

第二十章　鄉茶館裡的說客

　　原來這下層階級社會，他們也有他們的新聞。這新聞不是印刷在紙上，是由口頭傳遞。秀姐和童老五的交誼，本來也只做到心心相印。而這口頭的新聞，卻是渲染得十分新奇。自秀姐出嫁了，童老五下鄉了，這新聞演成了個悲劇，更是有聲有色。這時的楊大嫂，卻想插進這戲裡來，也做一個角色，所以她乘機要提到童老五了。因沉吟了一會，笑道：「第一個人，提起來，也許你還不大熟識，就是丹鳳街三義和跑堂的洪麻皮，他現在下鄉了。」秀姐道：「我知道這個人，不過不十分熟識。你再說這第二個人是誰？」楊大嫂道：「這第二個人，若是你願教他幫忙的話，我想讓他犧牲性命也肯幹，就是怕你不願找他，這個人姓童。」秀姐聽了這話，果然怔了一怔。楊大嫂道：「他下鄉去了，你是知道的了。可是他對你並沒有什麼怨言。假使你願意的話，把你娘先送到他家裡去，讓他找個地方安頓，我想他沒有什麼話說。」秀姐紅著臉搖搖頭道：「一個人總也有兩塊臉。事到於今，又讓我去求他，人家縱然原諒我，我自己難道不慚愧嗎？」說著，嗓子一哽，流下淚來。她立刻覺得這是不許可露出痕跡的所在，在腋下鈕絆上扯出手絹，揉擦著眼睛，因道：「倒是洪夥計還可以託託他。」楊大嫂道：「這樣好了。你既是願意找找老朋友，我就和你作主，在老朋友這條路上設法。若是童老五知道了這消息，自己來幫忙的話，倒也不必埋沒了他那番好意，只要不算是你去找他，也就可以了。」秀姐兩手操在懷裡，低了頭沉思很久，最後她點點頭道：「那也只好那樣辦吧！」楊大嫂道：「那麼這筆錢我就拿去了。這是是非之地，我也不必常來，等我辦得有點頭緒，我再來向你回信。」秀姐道：「好！諸事拜託。假如錢不夠的話，你再來和我要。這種不義之財，你倒不必和我愛惜。」楊大嫂有了她這話，益發可以放手去做。當天拿了錢回來，就和楊大個子

商量這件事。楊大個子道：「這事託老五最好，他在鄉下，大小有個家。可是秀姐娘也未必肯到他那裡去，還是讓我先下鄉一趟，探好路線吧！」

　　商量好了，楊大個子歇了生意沒有做，背個小包袱，撐把雨傘就下鄉去。童老五所住的鄉下，離大城三十里路。除了有小河可通，而且還是車馬大道，直通他村莊附近。所以童老五雖然住在鄉下卻也不十分閉塞，所有城裡丹鳳街的消息，他都曉得一二。只是自己把心一橫，任你城裡發生了什麼故事，都不去過問。這日楊大個子趕了小船下鄉，船不順風，三十里路，足走了六七個鐘點。靠船登岸的時候，太陽已將落山，站在河堤上四周一望，見村莊圍圍，一片綠地上，又是一堆濃綠，一堆淡黃，分散在圩田裡面。這倒教他站著發怔。原來就知道童老五下鄉，住在三洞橋七棵柳樹莊屋裡。船伕在三洞橋靠的岸，那是不會錯的。這無數的零星莊屋，知道哪處是七棵柳樹？照眼前看去，幾乎每個莊屋面前，都有兩三棵或七八棵柳樹，這知道哪是童老五的家呢？呆了一會，順著腳邊的一條小路，走下堤去。路上遇到兩三次鄉下人，打聽童老五家在哪裡，都說不知道。信腳走去，遇到一道小河溝，兩岸擁起二三十棵大柳樹。這正是古曆三月天，樹枝上拖著黃金點翠的小葉子，樹蔭籠罩了整條河，綠蔭蔭的。柳花像雪片一般，在樹蔭裡飛出去。水面上浮蕩著無數的白斑，有幾隻鵝鴨，在水面上游來游去。楊大個子雖不懂得賞玩風景，在這種新鮮的色調裡看去，也覺得十分有趣。在那柳樹最前兩棵下面，有一所茅屋，一半在水裡，一半在岸上。水裡的那屋子，卻是木柱支架著，上面鋪了木板，那屋子敞著三方朝水，圍了短木欄，遠遠看到陳設了許多桌椅，原來是一所鄉茶館子。楊大個子一想，這大地方，哪裡去找童老五？不如到這茶鋪子歇息一會，和跑堂的談談天，說不定會問出來，於是走到水閣子裡去，卸

第二十章　鄉茶館裡的說客

下了包袱雨傘。這裡也有四五個鄉下人在喫茶，有兩個人在下象棋，看到楊大個子走進來，都抬頭看他一下。他臨近水面一副座頭坐了，過去一個長黑鬍子跑堂和他泡茶。楊大個子喝著茶，見裡面橫著一列櫃臺，上面也放了幾個大琉璃器瓶子，盛著麻花滷蛋，豆腐干之類。另有個瓦酒罈子擺著，分明是帶賣酒。櫃臺裡順放了一張竹睡椅，有人躺在上面，露了兩隻腳在外，想必是這裡老闆，透著相當的自在。楊大個子等那跑堂的過來，笑問道：「這裡有個七棵柳樹嗎？」跑堂的道：「有是有這個地方，現在房子沒有了，樹也沒有了。」楊大個子道：「那為什麼？」他道：「兩年前，就一把火燒光了。」楊大個子道：「這就奇了。我一個朋友在幾個月前搬下鄉來，就說住在那裡，怎麼會是兩年前，就沒有了這個所在呢？」那櫃臺子裡面躺著的一個人直跳起來，叫道：「楊大哥怎麼下鄉來了？」

　　楊大個子看時，卻是洪麻皮，穿了件藍布短袷襖，胸面前三個荷包，都是飽鼓鼓的。上面那個小口袋，還墜出一截銅錶穗子來。楊大個子笑道：「這真是大水沖了龍王廟，一家人不認得一家人。沒有想到問一下午的路，問到自己家裡來了。你混得很好，開上茶館子當老闆了。」洪麻皮笑道：「我猜你絕不會是來找我，你是來找童老五的吧？」說著，抬腿跨過凳子，二人隔了桌子角坐了。楊大個子道：「我來找老五，也來找你。老五混得怎麼樣了？」洪麻皮道：「一個人只要肯賣力氣，城裡鄉下，一樣可以混口飯吃。你沒有要緊的事，大概也不肯特意跑下鄉來一趟。什麼事呢？先說給我聽？」楊大個子向茶館子周圍看了一看，因道：「也沒有什麼了不得的事，回頭我再說吧！」洪麻皮也就明白了他的意思。因道：「太陽一落山，老五也就到我這裡來了。就在我這裡吃晚飯吧。免得到了他家，老娘又要瞎忙一陣。碰碰你的運氣，我帶你去打兩網魚試試。」說

著，取下裡邊牆上搭的一副小撒網，搭在肩上，引了楊大個子向外走著。楊大個子存放了包袱雨傘，隨了他來，笑道：「你幾時學會了打網？」洪麻皮笑道：「那有什麼難的？還不是到一鄉打一幫。要不，我們也就不敢由城裡奔到鄉下來。」兩人一面走著，在小河溝沿上一面談話。楊大個子把秀姐的情形說了一遍。洪麻皮道：「我沒有什麼，大家都是老鄰居，只要是我可盡力的，我無不盡力而為。不過老五年紀輕兩歲，火氣很大的，他未必還肯管這一類的事了。我們在鄉下，他提都不願提一聲。」楊大個子道：「我們是個老把兄弟，當然知道他的脾氣，也無非讓他頂撞我兩句就是，慢慢地和他一說，他也沒有什麼想不開的。」說著話，兩個人走過了堤，兩人到了河道外一個水塘圈子裡，周圍長了蘆葦，夾了兩棵老柳樹。洪麻皮在蘆葦叢裡，朝著水繞了半個圈子，然後站在樹蔭下，向水裡撒上了一網。楊大個子背手站在一邊看著，見他緩緩將網繩拉著，還不曾完全起水時，果然就有兩隻銀梭似的活魚，在網裡跳著。網拉到岸上來，裡面正有兩條半斤重上下的條子魚。楊大個子道：「喂！運氣不壞，夠這一餐飯的菜了。」洪麻皮道：「我們還撒兩網，也許再來兩條魚。」說著，繞了水塘，撒上三網，又打起兩條魚。他折了一根柳枝，將四條魚腮穿了，在水裡洗乾淨了網腳，提了網和魚向家裡走。楊大個子道：「這不能說完全是運氣，這是你有點本領，憑你這點本領，你也可以混飯吃了。」洪麻皮道：「什麼稀奇？這地方家家有網，處處有魚。」楊大個子道：「我是說你打得了魚，送到城裡去賣，那不是一種不要本錢的買賣嗎？」洪麻皮道：「你忘記了這裡到城裡還有三十里的路吧？」楊大個子道：「第一天打得了魚，第二天起早送到城裡去賣，三十里路，也難不倒人吧？」洪麻皮道：「人生在世，有飯吃，有衣穿，就算了。城裡可以住，鄉下也可以

第二十章　鄉茶館裡的說客

住，人要是在鄉下住慣了，就不願進城。少掙兩個錢，少受兩回氣，也就可以扯直。」

　　楊大個子道：「你以為在城裡住就要受氣嗎？」洪麻皮道：「住在城裡雖不見得人人受氣，但至少像我們這種人是受氣無疑。」楊大個子還沒有答言，路邊瓜棚子裡有人從中插話道：「這話十分對。」楊大個子回頭看時，正是童老五，搶上前挽了他的手道：「你早看見我了？我特意下鄉來找你的，洪夥計說你自己會上他茶館裡來的，我正等著你呢！」童老五一手挽了個籃子，裡面盛著瓜豆。一隻手挽了楊大個子的手，因笑道：「我也正唸著你。來得好，在鄉下玩幾天再進城去吧！」楊大個子道：「哪裡有工夫玩？」童老五道：「沒有工夫玩，你怎麼又下鄉來了？」楊大個子微笑道：「抽空來的，有點兒小事和你商量。」童老五道：「特來和我商量事情的？什麼事？我倒願意聽聽。」洪麻皮道：「無非是生意經。回頭我們吃晚飯的時候，打四兩酒慢慢地談著。」楊大個子見洪麻皮立刻把話扯開，也就料到童老五現在是一個什麼脾氣。一路回到茶館子裡。太陽下了山，茶客都散了。那個跑堂的正在水邊一七洗剝一隻宰了的雞。麻皮也自己動手，在水邊石塊上洗割這四條魚，一面和童楊兩人閒談。雞魚洗刷乾淨了，就交給那跑堂的去燒煮。門口有個小孩兒經過，童老五讓他跑一趟路，又在家裡取了一塊糟肉來。這是月初頭，早有半鉤銀梳似的月亮，掛在柳梢頭上。洪麻皮也不曾點燈，將煮的菜，大盤子搬上靠外的一副座位，三人分三方坐了，大壺盛了酒，放在桌子角上，洪麻皮便拱了手道：「半年來沒有的事了，我們痛痛快快地喝上一頓。」童老五先走過去了，提起桌角上的大壺，就向三只大茶杯子裡篩著。楊大個子笑道：「怎麼著？這茶杯子的斟著喝嗎？」洪麻皮笑道：「鄉下人睡得早，喝醉了你

躺下去就是了。」楊大個子道：「我倒望你二位不要喝醉，我還有許多話要和你兩個商量呢！」說著話，三個人帶了笑，喝過兩遍後，楊大個子先談些生意買賣，後來說到朋友們的景況。童老五倒也感到興趣，逐一地問著。後來他端起酒杯來喝了一口，嘆著氣道：「其實不必多問，也可以猜想得出來。我們這一類的人，除了在床底下掘到了金窖，無緣無故，也不會發財的。」楊大個子道：「也有例外發財的，除非是何德厚這種昧了良心的人。」童老五聽到了這個名字，卻向地面吐了一下口沫，因道：「你提起這種人做什麼？」楊大個子道：「這話不是那樣說。譬如說部鼓兒詞，裡面有忠臣，就也有奸臣，有惡霸，也就有俠客。沒有壞的，就顯不出這好的來。談談何德厚這個不是東西的人，也可以顯出我們這班挑桶賣菜的人裡面，也有不少的君子。」童老五笑道：「你說的君子，難道還會是你我不成？」楊大個子道：「那有什麼不會呢？假使你童老五練就一身本事，口裡能吐出一道白光出來。那照樣的你也會做一個專打抱不平的俠客。」童老五端起酒來喝著，鼻子裡哼了一聲。洪麻皮笑道：「聽鼓兒詞聽得發了迷的時候，我們不就自負是一個俠客嗎？」

楊大個子道：「不是那樣說。論到講義氣，我們幫人家的忙，是盡力而為。說到錢財上去，那絕不含糊，就以我們三個人而論，當了衣服幫人的時候，那也常有。真遇到那樣急事，非我們性命相拚不可，我們也不怕死。說來說去，這都和劍客，俠客，差不多。」童老五哈哈大笑道：「所差的就是口裡吐不出那一道白光。」說著端起杯子來大喝了一口。楊大個子道：「這不玩笑，譬如我姓楊的有了急事，你能夠見事不救嗎？」童老五道：「我真想不到你會在公安局被拘留。若是知道這消息，我一定進城去看你一趟。」楊大個子道：「卻又來，怎說我們就不願提個好人壞人呢？若是

第二十章　鄉茶館裡的說客

有機會的話，何德厚是不要猜想，他還要做些惡事的。這種人不一定只害他家裡。他若是能抓錢，能利用到朋友鄰居頭上來的時候，他對著朋友鄰居，也不會客氣。」童老五道：「你這話雖是有理。但是眼不見為淨，既看不到，也就不去管這趟閒事了。」楊大個子笑道：「若是像你這樣說法，我剛才說我們能做俠客的那一番話就算白說了，世界上的俠客，只有去找事做的，哪裡有眼不見為淨的呢？」洪麻皮笑道：「你這樣一說，倒好像我們就是三位俠客了。」楊大個子倒沒有將話接了向下說，只是端起酒杯子，慢慢地喝著。童老五放下酒杯，手上拿了個雞腿子骨頭，舉起來啃著。洪麻皮道：「楊大哥喜歡吃米粉肉。明天我到鎮上去買兩斤肉回來。中午蒸米粉肉你吃。」楊大個子道：「家裡我也久丟不開，我打算明天一大早就回去。」童老五道：「你難道來去五六十里路，就為了談一陣子俠客嗎？總也有什麼事要和我商量。」楊大個子道：「你已經說了，眼不見為淨，我還和你商量些什麼？」童老五道：「雖然我說眼不見為淨，但我也不攔著你說話。」楊大個子端了酒杯，緩緩地呷了一口，因道：「你若願意我說呢，我也有個條件，就是你一定要把話聽下去。」童老五笑道：「這當然！容易辦！反正你也不能當了我的面，指明著我來罵。」楊大個子笑著，點了兩點頭道：「好！我慢慢地把這事和你來談了。假如你聽不入耳的話，你也得聽下去，不能攔著我。還是你那話，反正我也不能當了面罵你。」童老五笑道：「你遠路迢迢的跑了來，就是你指明了罵我，我也忍受了。」楊大個子將酒杯子裡酒慢慢地喝著，一直將酒喝乾。於是將酒杯子放在桌上，按了一按，表示他意思沉著的樣子。頓了一頓，然後笑道：「我還是要由何德厚這酒鬼身上說起。」

　　童老五笑道：「不管你由哪個人身上說起，我總聽下去就是了。」洪

麻皮聽說，在桌子腳底下踢了兩踢楊大個子的腿。楊大個子看他時，他笑道：「我無所謂，你只管說，你說什麼人的故事，我也愛聽。我保證老五不能攔住你不說。」楊大個子懂了他的意思，於是把秀姐現在困難的情形，詳詳細細地說著。童老五果然不攔住他，只是低了頭喝酒吃菜，並不說話。楊大個子連敘述故事和自己的來意，約說了一個鐘頭。最後，他道：「我並非多事，我受了人家一點好處，我不能不謝謝人家。我想，雖然各人的交情，各有不同。但是我們為人，只當記人家的好處，不當記人家的壞處。」童老五道：「大個子你雖是比我年紀大兩歲，你栽的跟頭，也不會比我多。於今做人，談什麼仁義道德？只講自己怎樣能占便宜，怎樣就好。就是不占便宜，也犯不上無緣無故，和人家去扛石磨。你想那姓趙的能在城裡逞威風，有什麼不能在鄉下逞威風？我算換了個人跑到鄉下來，就是要躲開是非，若把這事由城裡又鬧到鄉下來，我可沒有法子帶了我的老娘向別處逃難。」楊大個子道：「我們把秀姐娘弄到鄉下，也不鳴鑼驚眾，人家怎麼會知道？再說把她接到鄉下來，自然也要弄一個妥當些的地方，絕不讓人知道。那姓趙的沒有耳報神，他怎麼會知道秀姐娘在鄉下哪裡？」童老五冷笑一聲道：「他又怎麼會不知道在鄉下呢？你不記得在我家裡吃頓晚飯，都讓他們那些狗腿子嗅到了，追到我家來。你想我們這老老實實的做小生意人，逼得過那些妖魔鬼怪嗎？」楊大個子偏過頭去，向了洪麻皮望著，因問道：「洪夥計，你說這鄉下空闊地方，隨便住一個人，是不是大海藏針一樣？」童老五端起酒杯來喝了一口，重重地將杯子放了下來，哼了一聲道：「就是到這裡來萬無一失，我也不願她到這裡來。有道是人人有臉，樹樹有皮，我們在姓何的面前，丟過這樣一個大臉，知者說是我們為了義氣，不知者說是我們為了吃醋。她陳秀姐是個天

第二十章　鄉茶館裡的說客

仙，我們癩蛤蟆吃不了這天鵝肉。根本不用轉她什麼念頭。若說是打抱不平，不是我說句過分的話，秀姐有今日，也是她自作自受。要說她是為了老娘犧牲，那算了大大一個孝女，孝順就孝順到底吧？反正關在屋子裡做姨太太，總比坐牢強些，就算坐牢，她原來也心甘情願。」楊大個子道：「老五，年輕輕的，說這樣狠心的話。」童老五道：「為了你老哥老遠的跑了來，我只說到這個樣子為止。依了我的性格……」他將這句話不說完，端起酒杯來喝了一口。楊大個子在月光下看了童老五一眼，笑道：「你不用起急，說不說在我，聽不聽在你，辦與不辦，更在你。就算我這是一番廢話，我們的交情還在，難道還疑心我做老大哥的有什麼歹意不成？」童老五默然，沒有作聲。洪麻皮道：「老五就是這小孩子脾氣，楊大哥有什麼不知道的。論到秀姐母女……」楊大個子搖了手道：「不要提不要提，我們弟兄，難得見上一面，老談些不痛快的事做什麼？這魚湯很好，酒不喝了，和我來一大碗飯，我也好討魚湯喝。」洪麻皮果然盛了一大碗飯，兩手送到他面前，他端起飯碗，將湯倒在飯裡，然後扶起筷子唏哩呼嚕扒著飯吃個不歇，吃完了那碗飯，用手一摸嘴巴，站起來笑道：「酒醉飯飽，痛快之至。」

　　說著，倒了一碗茶，走到月地裡去漱口。他順了茶棚子面前那條人行小路，越走越遠。童老五在茶棚子裡，向外張望著，在月亮地裡，已是看不到楊大個子的影子。洪麻皮低聲道：「老五，你的話，不該那樣說。楊大個子來者不差，你縱然不高興他那番說法，從從容容地把話對他說，也沒有關係。人家這樣遠來找你，你給人家一個下不來。」童老五聽了這話，也就低頭不語。飯後，大家坐著喝茶，楊大個子只說了些不相干的話，先談了一陣老戲《狸貓換太子》，後來又談一陣電影《火燒紅蓮寺》。那新月

漸漸落到對面堤上柳樹梢上了，童老五便伸了個懶腰，站起來道：「我要回去了，明日到我家去吃早飯。」楊大個子道：「空了兩手，我不好意思見老娘。」童老五道：「自己弟兄，說這些做什麼？明日見吧！」童老五也覺有點對楊大個子不住，說了這話，自走回去。可是他回到家裡自想了一晚，不免另有了一肚子話，次日起個早，便到洪麻皮茶棚子裡來。在半路上卻遇著了他。他道：「楊大個子天一亮就起來了。茶也不喝，提了包袱就走。無論如何，留他不住。你自己去追他一程吧！他順著大路走的。」童老五二話不問，拔步就向前追著，一追追了兩三里路，看見楊大個子的影子，便招手叫著，奔到他面前，問道：「怎麼樣？你倒真生了我的氣？」楊大個子答覆一句話，就教童老五急得幾乎哭起來。

第二十一章　楊大嫂的驚人導演

第二十一章　楊大嫂的驚人導演

　　識字不多的人，他有他的信仰點。這信仰點，第一是鬼神迷信，第二是小信小義。如妨礙著這信仰點，人是很可能出一身血汗的。這時童老五追著楊大個子問話，他就是這樣答覆著。他道：「我們交朋友，不交那沒有血性的人。」童老五站著呆了一呆問道：「你是說我是個沒有血性的人嗎？我們交了這麼些年的朋友，無論出錢出力，我童老五可比你退後過一步？怎麼會是沒有血氣的人？」楊大個子道：「就憑眼前這件事，我把你看穿了。憑我老楊的面子，特意跑到鄉下來請你幫忙。不問是幫誰的忙，你都不能，回絕個乾淨吧？你就因為秀姐對你不好，所以你就不肯和她的母親幫忙。這裡面顯見得你存有私心。其實仗義的人，是見人有危難，就要前去幫忙，私人的恩仇，倒應當放在一邊。看你這個人，就做不到這種程度。本來我也可以不必和你說這些，你是不會明白的！不過你既追著來了，我要不把話對你說破，你倒不知道我究竟為什麼走的。好了，再見了。」說著，把右手抬著一揚，轉身就走開了。童老五呆了一呆，然後搶著追了幾步，扯住楊大個子的衣襟道：「你若是這樣說我，我有點不服。」楊大個子道：「我也不要你服。反正你可以知道我是一種什麼人，我也知道你是一種什麼人就是了。我約好了五天之內，回人家的信。東方不亮西方亮，我得趕快到別的地方去想辦法。」童老五道：「你再住一天，我們談談。」楊大個子還沒有答覆，看到洪麻皮在大路上老遠的跑了來，也是抬著手一路喊著。等著他到了面前，楊大個子笑道：「你也打算來挽留著我？這會子好像我又吃香起來了。既是吃香，我就得拿拿喬。你們答應我的話，我就再住一天。你們不答應我的話，我也當趕快去另想別法。」洪麻皮道：「不就是在鄉下找間房子，安頓秀姐娘嗎？這有什麼了不得？老五辦不到的話，你交給我辦就是了。」說著，將右手拍了一下胸口。看老

五時，老五默然地站著，卻沒有作聲。楊大個子笑道：「你二人在當面，答應了我照辦，我才停止腳步的。要不然，我就走得很遠去了。你要是反悔……」洪麻皮伸手過去，將他肩上背的小包裹拿過來，笑道：「不要搭架子了。昨晚上我就託人定下了兩三斤肉。你若是走了，這些肉難道讓我們自己來過一個年不成？」說著，他倒是背了包袱就往回走。楊大個子跟著兩人後面走，口裡自言自語地道：「我這能圖著什麼？費錢費氣力，朋友面前，還要落個不順眼。」

　　童老五在他前面走，始終是不作聲。到了洪麻皮茶棚子裡，恰好童老娘也趕了來，手裡挽了一隻篾籃子，裡面裝著新鮮菜蔬，倒有一隻鉗了毛的雞頭，垂在籃子外面。看到楊大個子就喲了一聲道：「楊大哥發了財嗎？怎麼不認我這個伯母了？我們還是實心實意，以為必是和從前一樣親熱，老早就起來了，宰了這隻雞，想著你一大早就要……」楊大個子兩手一抱拳頭，連作了幾個揖。因笑道：「老娘，你不能怪我。我這老遠地跑了下鄉來，不是到你老人家家裡來，是到哪裡來呢？不想昨晚上和老五一談，碰了我一鼻子的灰。一來我是受人之託來的。這裡既想不到辦法，我趕緊回城另打主意。二來我也不好意思在這裡，所以老早的就走了。」老娘道：「倒不是老五碰你一鼻子灰，他上月連賭幾場，把錢輸光了。你要錢用，找你童老娘想主意才對。我餵了一隻百多斤重的豬，拿去賣了就是了。你大遠地跑了來，真會讓你吃了悶棍回去嗎？」楊大個子笑道：「這也可以見我姓楊的，實在不成器，找人無非是借錢。但是這回下鄉，我並不為了錢來，而且還帶了一點錢來，要老五代辦一點事。無如就是老五不念交情。」童老五道：「喂！大個子，大路頭上老叫些什麼呢？詳情到我家裡去談就是了。」童老娘對兩人打量了一番，因道：「咦！這是什麼事？

第二十一章　楊大嫂的驚人導演

先說給我聽！」楊大個子道：「我在這裡喝口茶。」童老娘雖在手臂上挽住了一隻籃子，她還是兩手互相捲了袖口，沉著臉向楊大個子道：「你們這些東西，一輩子不長進。不是我見了面就要說你，你有了要緊的事，早就該對我說。現在我來問你，你還拖泥帶水做這些神氣。」說著，將一手拉了楊大個子，笑喝著道：「隨我來吧！」楊大個子這已覺得面子十足，再要執拗，便透著不近人情。於是隨了童老娘就跟著到她家裡去。他們在村莊裡，分得了人家三間屋子住，兩間住房，連著一間廚房。童老娘燒了一壺茶，炒了一碟南瓜子，將楊大個子安頓在外面屋子裡坐。她卻在廚房裡煮飯燉雞，隔了屋子和他談話。等著童老五和洪麻皮來了，楊大個子已經把秀姐所託的事，完全報告過了。

　　童老娘坐在灶門口燒火，兩只巴掌一拍道：「人家肯求我，是人家看得起我，那還有什麼話說？老五不去接她，我去接她。我們這裡有兩間房，分一間給秀姐娘住也毫不妨事。」童老五帶了一盒紙菸回來，抽出一支菸捲，送到灶門口，笑道：「請你老人家抽一支香菸，抽著菸你老人家慢慢想著說吧。人家現在是全身帶錢走路的人了，若把秀姐娘放在我們家裡住了，我們這樣窮，不怕人家疑心我們不懷好意嗎？」童老娘把紙菸銜在口角裡，在灶口裡抽出一根燃著的柴棍子，將菸點著了，又把柴棍子遞給老五。笑道：「孩子，我比你還窮得硬呢！但是你要曉得這是人家來投靠我們，在我們這裡避難，並非我們去請了她來。她來了，我們不但不會沾一點財喜，而且還要擔著一分心呢！」童老五道：「這就對了。我們給她安頓一個地方就是了，何必安頓在我們家裡？好在她有的是錢，要什麼都不難，就讓她自個住著，也不會住不下去。」楊大個子道：「我也不願秀姐娘住在你們這裡，我們完全是好心為人，何必讓人家疑心我們有了私

意。童老五願助她們一把力氣的話，最好是這一輩子都沒有人曉得。要不然，不但人家說圖她姓陳的錢，還說想著她的人呢！」童老五伸了大巴掌，在桌面上咚的一聲拍著，叫道：「這話痛快。楊大個子的話，若是老早的這樣說了，讓我賣命也肯。我就是有這番苦心，說不出來。你現在替我說明了，你就知道我昨天不願承擔這件事是什麼原因。你既是這樣說了，好，我們吃過飯一路進城。叫我當名轎伕，把秀姐娘抬下鄉來，我都願意。只要不用我出面子，無論做什麼事，我都不推諉。」洪麻皮向楊大個子道：「你看，五哥這不是滿口答應了嗎？小夥子總有小夥子那一股子雜毛脾氣，你急什麼？我們絕不是那種怕事的人。放下鄉下的事，我也陪著你兩個人走上一趟。」童老娘也插嘴笑道：「要我去不要我去？假如要我去，我和你們一路走。」洪麻皮搓著兩隻手心道：「你看痛快不痛快？老娘都要跟著我們一塊兒去呢！」楊大個子覺得勸將不如激將，這一激居然大告成功，心裡自然十分歡喜，高高興興地把午飯吃完，就和童洪兩人一路進城。到楊家之時，楊大嫂老遠地看到，迎上前來，抓住童老五衣襟，點了頭向他周身上下看了一遍，笑道：「幾個月鄉下日子，過得你又胖又黑，身體這樣健旺，這就比在城裡好得多了。」童老五笑道：「現在我們是鄉下人，到了城裡來，凡事都請求大嫂照顧一二。」楊大嫂笑道：「幾個月不見，也學會了說話了。若是早就這樣會說話……」童老五道：「那就發了財了嗎？」大家說著話，走進了屋子，楊大嫂張羅著茶水，這話就沒有告一段落。但是童老五見楊大嫂進進出出，臉上都帶了微笑。因道：「大嫂子好像是很高興，見著我老是笑嘻嘻的。」楊大嫂抿嘴微笑著，卻不作聲。正在這時，老遠地聽到王狗子在外面叫道：「老五來了，歡迎歡迎，我們喝酒去。」他衝進屋子來，看到小桌上擺了幾碗菜，豎立著一

第二十一章　楊大嫂的驚人導演

瓶子酒，便站著將舌頭伸了一伸，笑道：「人還是疏遠一點的好，你看，你們一進門，大嫂子就辦了這些個吃的。」

楊大嫂搶上前，斟了一茶杯酒交給王狗子，又把筷子夾了一塊鹹菜燒的冬瓜肉塊，舉起來，笑道：「狗子你張開口。」他真張開口，楊大嫂把一塊肉塞進他嘴裡。笑道：「天天見面的人，我也是一樣地優待你。喝了這口酒，我有話和你說。」王狗子真端杯子喝了一口灑。楊大嫂笑道：「今天要你賣一點力氣，要你和老五跑幾趟路。」王狗子道：「跑什麼路？」楊大嫂向門外伸頭看了一看，因低聲道：「今晚上有個機會，何德厚在人家吃喜酒。大概不到十二點鐘以後也不會回去。就在十二點鐘以前，大家把秀姐娘送了出城。老五同洪夥計剛剛到，在人前並沒有露臉，決沒有人知道你們進了城。沒有人知道你們進了城，那就也沒有人知道秀姐娘的蹤跡了。」王狗子道：「吃過飯天就黑了，我去通知秀姐娘。」楊大嫂道：「若只是通知一聲，找上許多人來做什麼？她既是下鄉去過日子，換洗衣服，手邊應用東西，哪裡可以不帶個齊全？你們可以挑了籮擔，在她巷口子上等著，讓秀姐娘把東西悄悄地偷運了出來。反正箱子櫃子不動，把裡面衣服零碎抽送出來，也絕不會有人知道。」老五道：「這件事交給王狗子去辦，那又算差派著對了。」狗子笑道：「秀姐娘是我頂熟的人，她把東西給我，我就把東西收在籮擔裡面，那有什麼差錯嗎？」楊大嫂道：「大家先坐下來吃飯，讓我自己來掛帥點將。」說著，大家圍了桌子坐下，扶起筷子來吃喝。楊大嫂卻坐在桌子角上，左手撐了桌子角，右手舉了一把小茶壺，嘴對了嘴喝著茶，眼望了大家吃喝。因笑道：「我們先約定一個會面地點，就是丹鳳街口那座土地廟後身。第一這裡叫車子方便，隨時都可以坐上車子就走。第二那裡本是我們成天來往的地方，大家向那

裡走，也沒有什麼人疑心。第三是何德厚一有了錢，就賣掉了丹鳳街的房，我們只管做我們的，不用擔心在那裡會碰著醉鬼。吃完了飯是這樣，老五跟著我到一個地方去拿一點錢來。楊大個子先在土地廟外面小茶館裡去泡一碗茶坐著。洪夥計同王狗子可以挑兩副籮擔，裝個做小生意的樣子，在秀姐娘門口經過兩趟。洪夥計那裡熟人少，你儘管到她家去……」

洪麻皮笑道：「元帥，我要打攪你，把你的話插斷了。我和秀姐娘，也不十分熟識。我冒冒失失去通知她，她若不理我，豈不碰一鼻子灰？」楊大嫂笑道：「這是我元帥點兵，沒有把自己心裡的事告訴你。我把活安排定了，立刻就要到秀姐娘那裡去一趟。我告訴了她有一個麻子來接，你這臉上的記號，絕不會認錯了招牌。說得實在一點，我把你的衣服顏色都說了出來，那她還有什麼不相信的？」說著，站起身來，放下了茶壺，把斜插在頭髮上的黑牙梳，梳了兩梳頭髮，將短袂襖上圍裙解下來，走到門外來，在身上撲了一陣灰塵，將圍裙搭在門上笑道：「大個子，家裡的事交給你了，我去通知一聲。」說著，扭身就走了。童老五笑道：「我看今天這件事，都是大嫂子忙出來的。」楊大個子道：「這個女人，生來是一條勞碌命。她要閒著三天，周身都是毛病，那也只好由著她去了。」

大家說笑著，把這頓飯吃過去了。楊大嫂卻笑嘻嘻地一陣風走進來。手撐了門向大家道：「妥當了。老人家聽了這個消息，又是高興，又是害怕，戰戰兢兢的，只管對了我傻笑。現在你們喝口熱茶就可以照計行事了。」楊大個子笑道：「你看你這一點子威風，大家都聽著你安排安排就是，你還左一聲你們，右一聲你們，將大家胡亂指揮一陣。」楊大嫂笑道：「那有什麼關係？除了你，都比我年紀小，我托一托大，這並無關係。就是你，委屈你一下子，你還不是只好忍受著嗎？」童老五道：「這些不去

第二十一章　楊大嫂的驚人導演

管他了。你說帶我到一個地方去拿錢。這時候哪家銀行裡，哪所錢莊裡可以拿到錢？」楊大嫂笑道：「若是到銀行錢莊上可以拿到錢，你童老五早有老婆了。」楊大個子紅著臉，望了她道：「這是什麼話？這是什麼話？」楊大嫂將頭一偏嘴一撇道：「你不用著急。你的老婆這樣大歲數，還有什麼人要沾你的便宜嗎？我是說童老五沒有老婆，就是為著沒有錢。他若為了娶老婆和我借個一千八百，那還有什麼話說，還不是照數相借嗎？話也說明了，時候也到了，老五和我一路走吧！」說著，又互相捲了兩捲袖子，向童老五招了一招手道：「快隨我來，我們還有很多路要走呢！」童老五道：「我還沒有問清。和大嫂拿錢呢？還是和秀姐娘拿錢呢？」楊大嫂道：「多此一問，快走快走！」她放開大步走著，童老五也只好跟隨了走，走了很多的路，在深巷裡一家門口，敲了兩下門。一個女僕開門出來。站在門口就呀了一聲道：「劉嫂子忙呀！這晚了還有工夫到這裡來？」童老五站在身後聽著，倒有些驚訝，楊大嫂子怎麼又改姓了劉了？楊大嫂道：「這是我娘家兄弟，新從江北回來，你問問他什麼家鄉情形，他都可以告訴你。我是特意帶他來和你談談的。」楊大嫂又向老五道：「兄弟你過來見見，這是我們同鄉錢家嫂子。這裡可又叫她王媽。她為人仗義得很，真肯認同鄉。」童老五想著，莫非是在她身上拿錢，為顧全楊大嫂的言語，只好和她一抱拳。王媽笑道：「你們到這裡來我是十分多謝。不過我們是剛開過晚飯，我還要收拾廚房，沒有工夫談話呢！」楊大嫂道：「我們這也不是外人，就坐在廚房裡等著你好了。」王媽在黑暗裡向他們招了兩招手，讓他們跟著進來。楊大嫂把童老五引到廚房裡安頓在一片燈光陰暗的地方，讓他坐下。王媽道：「劉嫂子，你不要到趙太太那裡去看上一看嗎？」楊大嫂道：「我是要去的。她約我做的針線，我還沒有完

工呢！」說著，她回頭向童老五道：「兄弟，你在這裡坐一會子，我去交代兩句話。」說完，起身走了。童老五匆匆地來到這裡，對於楊大嫂的做法，根本有些莫名其妙。這時讓他一人坐在廚房角落裡，更是不解，那王媽洗著鍋碗不住地問著，張家表叔生意怎麼樣，李胖子又娶了一頭親嗎？王瞎子還是做他的舊生意嗎？童老五對於這些問題，實在無從答覆。然而又不知楊大嫂葫蘆裡賣的什麼藥？怕答覆不出來，會誤了她的大事。只好隨了她的話因，含糊地答覆著。那王媽倒是個實心眼子，對於童老五的話，都很相信。便到上房裡去，偷了一把太太喝的茶葉，用菜碗泡了一碗茶送到他手上，笑道：「我這裡是連紙菸都沒有一根，只好請你喝一碗寡茶了。」童老五還不曾答覆她這句話，只見楊大嫂子笑嘻嘻地走了進來，笑道：「太太，你要買什麼鄉下新鮮小菜吃，你交給我這位兄弟，他隨時可以送來。」隨了她之後，有一個女人走了進來。在暗處向光亮處張望，看得十分清楚，那正是自己想見而不願見的秀姐。口裡因失驚哦了一聲，身子隨著一顫抖站了起來，手上捧的這碗茶，蕩漾著傾潑了出來，將衣服潑溼了大半邊。他站了起來了，秀姐在不甚明亮的電燈下，才將他看清。她雖不曾失驚喊出聲音來，可是只感覺到周身血管緊張，熱汗陣陣地由脊梁上透了出來。到底她是一個精明女子，這一剎那間，她已了解楊大嫂來此的用意。因道：「劉大嫂子，這是你令弟嗎？」楊大嫂道：「我來介紹。這就是我說的那位太太。她想託你在鄉下買些野味來吃。錢交在我這裡了。」

秀姐道：「是呵！諸事拜託，我是不會虧負人的。我現時已吃齋唸佛了。對什麼人都把天放在頭上說話。」童老五聽她這些話，如何不明白？在燈光下，見她面孔通紅，把眼皮垂下了，擁出了長長的兩簇睫毛，可知

第二十一章　楊大嫂的驚人導演

她心裡頭是一種什麼滋味。可是在自己心裡，也是一陣慌張，簡直想不到用一句什麼話來答覆她。呆呆地站著，只是看看楊大嫂，又看看秀姐。楊大嫂道：「太太，我兄弟很老實的，他絕不白受人家一點好處的，兄弟，你說是不是？」她說著，回過頭來望了童老五。她那意思，自然是想逼出童老五一句話來。童老五終於說出一句話來了，他道：「我們不要久在這裡打攪，可以回去了。」秀姐聽他所說的話，聲音不大，卻十分沉著。抬起眼皮對他看了一看。楊大嫂雖不滿於他這種表示，可是卻替秀姐很難受，不能不從中轉圜一下。因道：「是的，我們還有好多事沒有辦妥呢！」童老五向秀姐看時，見她的眼皮，益發垂下，在害臊的臉色上，籠罩了憂鬱的臉色，幾乎是要哭出來。這也就在心裡發生很大的反應，很後悔剛才這兩句沉重的言語。楊大嫂自己也看出這情形來了，便向秀姐點點頭道：「我們先走了。過後兩三天，我會把新鮮菜和野味都送了來。這些東西，都出在鄉下，鄉下是決沒有什麼難辦的。」秀姐透出一口氣，說了一句有音無字的是，向後退了幾步。楊大嫂向王媽道：「你也正忙著，改天你閒空的時候，我們再來吧！」於是她自在前面引路，引了童老五走。童老五跟著走出去，便先向王媽點了個頭。走出廚房來，見秀姐站在路邊，也點了個頭，說聲「再見！」

第二十二章　老人意外收穫

第二十二章　老人意外收穫

　　人是感情動物，受著情感支配，賢愚都是一般，尤其讀書無多的人，這情感衝動，更是猛烈。童老五一鼓作氣，辭別了秀姐出來，但在一剎那間，在電燈下，看到她臉色慘白，身體顫動著，幾乎要歪倒下去。出得門來之後，回想到秀姐那種情形覺得十分可憐。楊大嫂子在後面走著，見他垂了頭，兩手挽在背後，大開了步子走著，便笑道：「老五，你拚命地走，怎麼不說一句話？」老五並沒有作聲，卻長長地嘆了一口氣。楊大嫂道：「你為什麼嘆氣，你有什麼心事嗎？」老五道：「怎麼會沒有心事呢？」楊大嫂道：「事久見人心，到了現在，你也許看出了她是種什麼人。」老五低了頭只管走路，很久才答覆了一句道：「那位老太太，大概到了，他們都等著我呢！有什麼話，改日再談吧。」兩人穿了大街，搭著一輛公共汽車，到了丹鳳街口。在這汽車上，童老五還是低頭坐著，並不作聲。到了下汽車以後，快進那街口了，他才站住腳道：「大嫂，我倒要問你一句話：你是去要錢的，也並沒有開口和她要錢。」楊大嫂道：「錢？老早就把錢拿來了，到了現在臨時抱佛腳，那怎麼來得及？」童老五道：「你既不是去拿錢，這個忙勁上，為什麼趕了去，趕了來？」楊大嫂笑道：「你問這句話嗎？我想你自己也應當明白。」童老五點點頭笑道：「你倒是好意，引著彼此見一面。雖然事情過了，我們的事情，當然還沒有完全取消。可是我看了她一下，有什麼用？我依然不能挽救她一絲一毫。」楊大嫂抿嘴微笑了一笑，因點點頭道：「你能說出這話，那就好了。我的性情，你當然知道，救人須救徹。現在第一步我們先把老太婆救到鄉下去再說。老太婆一走，少不了何德厚要亂鬧一陣。我們站在一邊先看他用些什麼手法。他不找著我們，我們自也不去理會。他要找著我們時，我們先對付了他，讓他沒得屁放，然後再……」正說著，迎頭見楊大個子跑了來，

站在路邊，氣吁吁地道：「我們都等得不耐煩了。這是什麼喜慶大事，可以慢條斯理地去辦？現在秀⋯⋯」說到這裡，把聲音低了一低，接著道：「秀姐娘老早就來了，她倒很有些害怕，藏在土地廟後面，不敢露一點影子。」

老五道：「你就讓她先走好了，又何必等著我？我跟著他們後面追出城去就是了。」楊大個子道：「不是那樣說，我們總希望遇事保險一點，倘有人在路上，和我們為難，我們就好動手。」說著，走到丹鳳街。這裡靠近南段，除了一家茶館露出燈光外，其餘店鋪和人家，都閉了門。只見洪麻皮王狗子在街燈光下，人家屋簷下站了，只管向街這頭探頭探腦。老五輕輕地頓了腳道：「你們這樣子幹，不是故意露出自己的馬腳嗎？」王狗子迎上前道：「叫你去不願去，去了就不願來。事情都預備好了沒有？我們等著要走了。」老五道：「我一雙空手，有什麼準備不準備？跟了你們走就是。」楊大個子，更是性急，已經僱了一輛人力車過來。何氏手上提了一個藍布包袱由小廟後轉身出來。一回頭看到老五，倒退了一步，望了他，顫著蒼老的聲音，叫了一聲童老闆。她不叫老五，而叫童老闆，倒讓童老五在彼此情誼生疏下，更感到一番尷尬。便道：「你老人家上車吧，有話再說。」於是秀姐娘坐上車子，洪麻皮和童老五各挑了一副小擔子，跟著車後跑去。王狗子和楊大個子空了手遙遙跟著，楊大嫂卻是兩手叉了腰，站在街邊上，緩緩看他們走去。這座大城，為了交通關係，有兩處城門是不關的。所以他們雖黑夜出城，倒不受著什麼限制。楊大個子和王狗子跟著他們一行直走出城門口來，見那輛人力車，一直拉過去，並無什麼阻礙。兩人在城門外面閒站了一會，見路旁歇著餛飩挑子，各過去站著吃了一碗餛飩，也並沒有看到城內有什麼人追了出來。這才坦然地走回

第二十二章　老人意外收穫

家去。童老五和洪麻皮押著人力車子，到了馬路盡處，便一同歇下來。秀姐娘究竟是大城市裡生長出來的人，卻不曾走到城外偏僻的舊街道上來。這時見兩旁的店鋪，窄窄的擁擠了一條石板路，那屋簷直壓到人頭上來，伸手可以摸得到。人家雖也有電燈，可是這電燈都變了柑紅色。商家停了，各半掩了門，可以看到裡面一兩個人影子。就由那半掩的門裡，放出油膩魚腥肉膻的味來，另是一種境況。童老五挑了擔子，跟在後面，低聲說道：「姑媽，你慢慢地走吧，這個地方，除了來往鄉下，找船坐的人，是不會有別種人來的。我們由這條小巷子穿過去，那裡有夜航船。大概還沒有開船，我們趕著坐船，一覺醒過來，明天就到了鄉下碼頭，永遠離開了這個是非窩，你說痛快不痛快？」

　　何氏雖並不說什麼，也不問什麼，可是她那雙眼睛，卻不住地前後左右打量著。洪麻皮的擔子，挑在秀姐娘面前走著，他就笑道：「姑媽，你今天還是初次走夜路吧？不要緊，這個地方，是另一種世界，有那只開眼看城市的主子，他不會看到這裡的街道。我們那位何老闆，倒是來過此地的人，可是他現在不能來了，我敢保這個險，為什麼不能來了呢？他口袋裡有錢，怕人家要借他的。囉！這街邊上那個小酒館子，以前他就常在那裡賒酒喝，說不定有的陳帳沒有還清，於今人家見了他要當他財神爺，加倍算帳。他有了錢，膽子特別小，這裡就不敢來了。」何氏道：「夜航船在什麼地方？我想還是到船上去吧！」說著，她看到街邊一條小巷子斜插出去，立刻抽身就向巷子裡走。老五在後面叫著道：「不對不對！你老這條路走錯了，到河邊向那邊走，你向這邊走了。」這一句話喊得急促些，何氏突然轉過身來，一隻腳插入裂縫的街石裡，蹩住著腳，竟摔了一跤。老五看到，立刻放下挑子，搶向前去，將秀姐娘攙著。秀姐娘還彎了腰，

一時直立不起來。老五扶著她道：「沒有蹩著腳上的螺螄骨嗎？」她顫著聲音道：「這怎麼辦？腳痛得很，我走不動了。」老五道：「不要緊，到河邊的路很近，我背了你老人家去。」說著，蹲下身子，兩手抄過去，將何氏背在肩上，回轉頭來向洪麻皮道：「請你看著一下擔子，下了河我再來接擔子。」路邊站著短衣的半老人，他插嘴道：「你這老弟臺孝心不錯，擔子不重，我幫你這孝子的忙，送著你們下河。」說著，真過去將老五歇在街上的挑擔子，挑著跟了洪麻皮向小巷子裡走了去。恰好夜航船的船頭上，掛著兩只玻璃罩子燈，還在等著上客。童老五將秀姐娘背到船艙裡，找了一個安適的地方，輕輕將她放下。洪麻皮引著那幫忙的人將擔子挑進艙，大家同聲道謝。那人道：「不用謝，我告訴你，我就是一個要孝養娘老子，偏偏沒有了娘老子的人。我看到人家孝順父母，勾引起來我一肚子心事，我就願意幫成人家這個忙。人家孝順了父母，好像我也孝順了父母一樣，我心裡是一樣的痛快著。」說畢，他一抱拳頭，也就走了。秀姐娘坐在船艙板上，將手揉了腳背道：「多年不出遠門，出遠門就把腳蹩痛了，你看這豈不是糟糕！」

童老五道：「腳吊筋，歇歇就好的，那不要緊。你走不動，到了碼頭上，我找輛車子，推了你回去就是。你好好地躺上一覺吧！」說著，解開小鋪蓋捲兒，給她在艙板上占了一席之地，讓她躺下。她原來在老五未見面的時候，心裡就老啾咕著，那小夥子脾氣是不好惹的，鬧得不好，見面有個下馬威，這樣大的年紀，還要受他這一套，自己實在是不願意的。想不到老五對於自己，特別客氣，客氣得人家都誤會了，說他是自己的兒子。這時，心裡想著，自己所猜的，固然是不對，而且老五所做的事，倒正與自己意思相反，比從前對待自己，還要好得多。這是什麼原故呢？雖

第二十二章　老人意外收穫

然當了滿載夜航船上的人，不能說出什麼來，可是她心裡卻懊悔著，連向童老五道著對不住。她又想著，別說是兒子，就是有這樣一個女婿，教人死也甘心。她想到這種地方，老臉皮上，倒有點發燒。好在這船艙，只點了一盞小的菜油燈，是鐵罐子，擺放了幾根燈草，燃著的鐵口綁了懸在艙底下，似有如無的那一點黃光。搭船的客人，也只照見滿艙的黑影子，她蜷縮在一個艙角落裡，當然不會有人看到。她倒是低住頭，不斷偷看童老五。見他周身肌肉飽滿，長圓的臉，豎起兩道濃眉毛，罩了一雙大眼睛。他挺了腰坐著，兩腿並著架起來，托住他環抱在胸前的兩隻手臂，他的小夥子烈火一般的精神，正和他那肌肉一樣的飽滿。她又轉了一個念頭，假使自己的女兒，嫁了這麼一個女婿，雖不能過舒服日子，總也不至於餓死。住在鄉下也好，住在城裡也好，身子是自己的。於今將女兒給人做了二房，讓人關著在小公館裡，等於坐牢。拿了人家三千塊錢，割了自己一塊肉，以為可以在晚年享幾年福。於今倒是像作賊一樣，要在晚上逃難，這就算是靠女兒，做次長的外老太太嗎？她後悔著，有點兒埋怨自己了。夜航船在沒有開以前，總是十分嘈雜的，何氏自己躺了沉思著，並沒有和老五交談。船開了，終日辛苦而又冒著危險的人，覺得心裡一塊石頭，安然地落了地。船搖晃著在催眠，人就不能不要睡覺了。到了次日早上，夜航船灣泊一個小鎮市上。這個小鎮市，到童老五所住的地方，還有十五里。平常由城裡下鄉，絕不這樣走，這是故意繞著大半個圈子走回來的了。童老五料著這個地方，絕不會讓何德厚的鼻子尖嗅到。先同洪麻皮，將兩小挑行李，搬上了岸，歇在小客店裡。然後自己走下船來，攙著何氏上坡。她看這地方，前後兩道堤，簇擁了幾百棵楊柳樹，小小的一條街，藏在堤下面。人要由河岸上翻過堤來，才可以看到這邊的房子，若在河上

看來，這裡簡直不像一所鄉鎮。她這又想著，何德厚鑽錢眼的人，只挑熱鬧地方跑，不會這裡來的。心裡隨了這清新的景緻清新了起來。那突突亂跳的心房，也安定了下來。由童老五攙著，慢慢地向河岸上走，因道：「我向來要強，不肯出老相，這一下了鄉，倒擺出老相來，路都走不動了。」童老五笑道：「你生也生得我出，你老客氣什麼？你不見自從昨夜以來，人家都錯把我當了你的兒子。」

何氏搖搖頭道：「莫說是生一個養老的兒子不容易，就是養一個作伴的女兒，也要有那分福氣。」說著，搖晃了她的頭，只管嘆氣。童老五對於她這番讚嘆，很是感到滿足。扶著她進了小客店，見街上有新鮮豬肉，買了四兩豬肝，一仔掛麵，親自下灶，做了一碗豬肝麵給何氏過早，他倒只和洪麻皮乾嚼了幾根油條。等著她把麵吃完了，老五才笑著向她道：「到了這裡，你老人家就百事不用煩心了。昨晚在夜航船上沒有睡得好，可以在這裡面房間裡，休息幾個鐘頭。你老請等著，我去推了車子來。你老只管睡，這裡有洪夥計代看守著行李，不會有事的。」說了不算，他還手扶了她到小客房裡去。何氏在那夜航船上，雖也睡了一覺的，可是心裡頭過於害怕，沒有睡得安貼。這時到了鄉下，覺得是何德厚生平所未曾提到過的一個所在，他自然也不會追到這個地方來，床鋪現成，便引起了幾分睡意，頭一著枕就安然地昏沉過去了。及至一覺醒來之後，窗子外的陽光，老遠地射著眼睛，已是正午了。便看到童老五敞開了短襖子面前的一排鈕扣，露出了胸脯，將粗布手巾只管擦了汗，面孔紅紅的，站在天井屋簷下。便坐起來問道：「老五，你出這樣一身汗，在哪裡跑了一趟來嗎？」他笑道：「我沒有作聲呀，你老倒醒了。我趕了一乘車子來了，你出來喝口水，我們就走吧！」

第二十二章　老人意外收穫

　　何氏扶著牆壁，慢慢走了出來，因道：「這可是要命，正在用腳的時候，把腳骨蹩痛了。」老五道：「那你就不用煩心。連人帶行李，我一車子都推了去；本來可以不必把腳蹩痛的，那是你老心裡頭著急，自己惹出來的麻煩。現在你老就安心在鄉下過太平日子好了，有天大的事，都有我母子兩個和你老來頂住。」那洪麻皮泡了一碗粗茶，坐在前麵店堂裡休息，他正溫涼著一碗茶，放在一邊，讓老五解渴。倒不想他遠路推了車子回來，站著還在擦身上的汗，這又向何氏誇嘴，要和她保險了。在楊大個子下鄉來說情的時候，他還是還價不賣，硬得不得了，於今到城裡去受了一次累回來，情形就變了，比秀姐娘的兒子還要孝順些。年紀輕的小夥子，性子總是暴躁的，可是說變就變，什麼都可以更改，於今又是這樣的柔和好說話了。他如此地推想著，見何氏摸索了出來，老五還跟在後面，遙遙作個扶持的樣子。笑道：「你出了那麼些汗，難道茶都不要喝一口嗎？」童老五笑道：「是要喝！十五里路，一口氣跑了去，又是一口氣跑了來。」說時，他掀起一片衣襟，當了扇子搖。另一隻手，便來端茶碗。看到何氏坐在桌子邊，就把茶碗放下來，向她笑道：「你老剛起來，先喝兩口。」何氏道：「這就用不著再客氣了。你來去三十里路，難道連水都不喝？我還要你出力氣呢！」童老五回轉頭來，見洪麻皮有點微笑的樣子，也就只得不再謙遜了。坐了來喝過了兩碗茶，買了些饅頭發糕，大家就著茶吃了。洪麻皮幫著他在店門外，收拾行李，捆紮車子。這獨輪車子，雖又笨又緩，可是倒很受載。一邊騰出座位來，給秀姐娘坐，一邊捆紮了許多行李。童老五的手扶了車把，車帶掛在肩上。偏昂起一邊身座，顛了幾顛，然後笑道：「行！行！並不重。」於是放下車把，再回到店堂裡來，引秀姐娘上車。她坐上車子道：「老五，你這樣出力，我真是

不過意。其實你就找一乘車子送我去就是了，我這幾個車錢還花得起。」老五道：「我並不是為你老省錢。這也不去說，你老久後自知。」於是何氏也就坦然地在車上坐了。童老五推了車子，洪麻皮挑了一副小擔子跟在後面。出了街市，便是一片平原水田。這日子莊稼趕在麥季，各田裡麥長得二三尺長，太陽裡面搖撼著麥穗子，展眼一望，正是其綠無邊。遠處村莊，一叢叢的綠樹，簇擁丁三五處屋角。人家門口水塘裡，常有雪白的鷺鷥，臨空飛了起來。樹蔭子裡面，布穀鳥叫著割麥栽禾，東叫西應。何氏道：「在城裡住家的人，陡然換了一番新鮮眼界，倒也是有趣。老五，以前我就怕你娘在鄉下住不慣，於今看起來，在鄉下這樣眼界空闊，也沒有什麼過不慣的了。」童老五道：「她老人家比在城裡住時更健旺多了。也並不是吃了什麼好的，喝了什麼好的。她老人家第一用不著為我煩心，絕不會出亂子了。第二呢，在鄉下沒有斷了下鍋米的時候，好歹，總可以設法。你老在鄉下住著吧，保你會長胖起來。」何氏先笑著，然後又嘆了一口氣。因道：「若是為了省心，才可以長胖的話，我無論搬到哪裡去住，也不會長胖的。你想我這顆心，會安頓得下來嗎？」童老五正將車子推著上坡路，氣吁吁地沒有答話。洪麻皮跟在後面便插嘴道：「姑媽，你怎麼會把為什麼下鄉來的意思都忘記了？你這回來，不就為的是要把你心裡的疙瘩解開來嗎？你老下鄉來，這是第一著棋，將來第二三著棋跟了做下去，你老人家自然就會有省心的那一天了。」

何氏道：「那就全靠你們弟兄幫扶你這可憐的姑媽一把了。」洪麻皮道：「那是自然，我們不出來管這事就算了，既然過問了這事，單單把你老一個人接到鄉下來住著，那算個什麼名堂呢？」何氏連連點頭道：「是的是的，這樣，我將來也有長胖的一日了。我這大年紀，土在頭邊香，本

第二十二章　老人意外收穫

不想什麼花花世界。我那個大丫頭，兩三歲以後，死了老子，就沒有過著一天安心日子，到鄉下來她也是住得慣的。」洪麻皮道：「是，我很知道她。」他們這樣把話說下去，童老五倒是默然地推了車子。一路經過了兩三個村莊，便達到一片小土山腳下，那山腳下，松樹和竹子，堆得毛茸茸的，看不出一點路徑。平原上一條人行小路，彎曲著向那竹樹叢子裡鑽了去。推了車子，慢慢地向前走著，迎面就是一叢竹子將那條路吞入了林子裡去。那車輪子滾著堅硬的黃土路，吱吱呀呀的，在車軸裡發出響聲。車子不能鑽進竹林子去了便放在斜土坡邊。童老五道：「姑媽，到了，我攙著你到村子裡去吧！」他說著話，掀了一片衣襟起來，低下頭去，擦著額角和頸脖子上的汗珠子。何氏看著，真是老大不過意。可是童老五卻含了笑容向她笑道：「你老人家走不動吧？還是讓我來攙著。」何氏扶了車子緩緩站起，還沒有答應，卻聽到樹林子裡有人笑出來道：「好啦！在這裡捉住了就不要放她了。」這倒讓她吃上一驚，難道還有獵狗跟蹤到這裡來嗎？

第二十三章　風雨無阻

第二十三章　風雨無阻

　　當秀姐娘何氏那樣焦急的時候，那邊的人，益發笑攏了來。她怔了一怔，童老五倒是看出她的意思來了，笑道：「到了這裡你老人家就可以放心了。不但沒有什麼人敢到這裡來闖禍，就是有兩個三個不怕死的到這裡來，我們簡直可以捆了他的手腳，把他丟在河裡去。這也是伺候著你老人家的人來了。」說著話，那人迎著到了面前，正是童老娘。她笑著拍了手，迎到面前，因道：「秀姐娘，你好呵。有道是青山綠水又相逢，人生在世，哪有永久隔別的道理？」口裡說著，手便牽了何氏的手，對她周身上下打量了一番。笑道：「還算不錯，總還是這個樣子。」何氏卻沒話可說，除了說拖累著大家，便只是唸佛。童老娘攬著她穿過竹樹林子，便現出一幢瓦蓋的大莊屋。只看土庫牆，八字門樓，外面樹木森森，便不是平常莊戶人家。不由得問道：「在鄉下，你們住這樣好的房子，怪不得不願進城了。」童老娘笑道：「我們住著這樣好的房子，人家要都把我們當了財主相待了，那還想做挑桶賣菜的生意嗎？我們商量過了，我們那茅草屋，怕你住不慣……」何氏立刻搶著道：「那是什麼話？」童老娘電搶了答道：「這自然是多餘的過慮。可是我們想，不光為著你一個人住。而且我們住的所在，那醉鬼他總也訪得出來。防賊之心不可無，倘若他衝來了，一下子遇到了你，那我們費盡了氣力，又是一腳踢翻了。你住在這個地方，是紳士家裡，醉鬼就是知道了，也不敢進來找你的。這些事我們都和你想得周周到到的。」說著話，繞了那土庫門牆走，何氏也正想著，怎樣好在這大戶人家，做一個不請自來的客人？可是他們帶著她，轉過了大門前圍牆，由一片菜園裡，踏進一所後門裡去。那門裡有一個小院落，一口井，三四間披屋，正是大戶人家布置著守後路的所在。那屋子裡打掃乾淨，桌子板凳都現成。童老娘引著她看了一遍。她笑道：「這實難為著

你娘兒兩個樣樣都和我辦齊全了。」童老娘笑道：「你看著總還差一點兒吧？至少還差著一個人和你作伴。」何氏笑道：「這倒是真話。不過我這也算是逃難，有個地方，讓我躲著風暴雨那就是天大的幸事，我還要什麼人作伴？我這大年紀，也不害怕什麼了。熟人是生人慢慢變成的，我在這裡住上兩三個月，不就有熟人嗎？」童老娘道：「雖然這樣說，這兩三個月，難道你就不要熟人嗎？這裡到我家，不過一兩里路，我可以和你來作伴。話還是先說明，我絕不擾你的，每天吃了早晚飯就來，第二日天亮回家。」何氏道：「老姐姐，你怎麼說這樣的話？你娘兒，還有楊大哥夫妻，洪夥計，王大哥，都是我的救命恩人，還有比我這老命更大的事還得你們大家牽我一把，怎麼現在和我客氣起來了呢？」童老五洪麻皮兩人，將推挑的細軟，紛紛向裡送著，聽了這話，老五便道：「不客氣就好，我們就要姑媽不客氣，才可以放開手來做事呢！」何氏見了他越發沒甚話說，只是千恩萬謝地唸著佛。洪麻皮童老五兩人，索性忙了一下午，和他挑水挑菜，採辦油鹽糧食。童老娘也就依了她自己所訂的約：次早回去。以後每日晚上，都來和何氏作伴。不想到了第三天，童老娘鬧了一場脾寒病[1]，就不能來作伴了。一連兩三天，又下著麻風細雨，老五想了她一定是很寂寞，便抽出一點空閒，打了赤腳，戴了斗笠，跑來山上莊屋裡看她。那後門半掩著，被雨打溼了半截，但聽到檐溜上的雨點，的篤的篤落在地面，其餘卻沒有什麼聲響。童老五且不驚動她，看她在做什麼。輕輕地將後門推開了，見那小院裡的青苔，在牆上長得很厚的一片。上面幾間披屋，都藏在牽絲一般的檐溜後面。卻聽到何氏道：「你都吃了吧，慢慢地吃。明

1　脾寒病——方言，即瘧疾，有的地方又叫做「打擺子」。

第二十三章　風雨無阻

天想吃嗎，再到我這裡來。」老五倒有些奇怪，這是她和誰在說著話？而且這語音是十分不客氣的。因先叫了一聲姑媽，何氏隔了屋子道：「這樣陰雨天，路上一定泥滑得很，你還跑來幹什麼？」老五取下斗笠，走了進去看時，可還不是秀姐娘一個人。她坐在一把矮椅子上，兩手抱了膝蓋。她面前有一隻大花貓，正在吃放擱地上的半碗小魚拌飯。因笑道：「我說呢，這個地方，又是陰雨天，哪裡會有客來？原來是和這隻貓說話。」

何氏笑道：「實不相瞞，我有三天沒有說過話。前面正房裡的房東，人口也就不多，我搬來之後，東家來看我，問過幾句話，後來，又派了一個長工，看看我住後的情形，就沒有來過人了。」童老五笑道：「他們家裡兩三個小孩子，都拜我娘做乾娘，家裡有什麼風吹草動，都要她去商量一陣，她說的話，他們沒有不相信的。」何氏趕快起身，向隔壁灶房裡去，童老五也跟著到廚房裡來。因道：「姑媽，你不要弄什麼給我吃，我剛才由家裡吃了飯來的。」何氏笑道：「你看這細雨陰天，坐著也是煩悶得很，燒壺茶你喝，炒碟瓜子蠶豆你解解悶。」童老五笑道：「姑媽到鄉下來不久，鄉下這些玩意也都有了。」何氏笑道：「還不都是你娘送給我的嗎？不登高山，不現平地，直到於今，我才曉得能替窮人幫忙的，還是窮人。窮人不會在窮人身上打主意。窮人也就不肯光看著窮人吊頸。」童老五笑道：「你老人家這話，也得打個折扣。窮爛了心的人，挖了祖墳上的樹木磚頭去賣錢的，哪個地方都有。」他兩人一個坐在泥灶口上燒火，一個坐在矮椅子上抽旱菸兒。兩個人閒閒地說著話。一會兒工夫，水燒開了，南瓜子和蠶豆也炒好了。何氏用鍋裡開水，泡了一大瓦壺茶，提到隔壁屋子來。童老五兩手各端一隻碟子跟在後面，送了過來。何氏笑道：「這是家裡的東西，也要你自己端著來吃。這話又說回來了，除了你

娘兒兩個，還有誰來？要說待客的話，還只有款待你們了。」彼此坐了談笑著，茶喝了不少，瓜子豆子吃光。何氏談得很高興，沒有一點倦容，童老五雖不見得有倦容，可是他心裡卻有些不安。因為母親是逐日一次的脾寒，到了這個時候，應該發作。雖然接連吃了兩天丸藥，可是這個時候好了沒有，還是不得而知，幾次想站了起來，向何氏告別。及至一看到她談話毫無倦意，又不便在她興趣最濃的時候走開。只好稍停了一停答話，只微笑地望了她坐著。這樣有了半小時之久，她忽然醒悟過來，因向老五笑道：「你看，只管談話，讓我把大事情忘記了。你娘是天天要發的毛病，恐怕這時候又發作了，你趕快回去吧！」童老五緩緩地站起來，向她笑道：「不過我若是走了，你也很悶的。」何氏笑道：「那你也就顧慮得太多了。悶有什麼要緊？我這麼大年歲的婦道。」老五聽了這話，就不再客氣，提起了斗笠，向外走去。何氏說著話，由屋子裡送他出來，一直送到大門口。老五以為她在家裡煩悶，便由她在那裡站著。自己走了一大截路，回過頭來，看到何氏手扶了後門半扇，半斜靠了身子，只是向自己後影看了來。自己直走入了竹子林裡由疏縫裡張望了去，她還在那裡站著呢！老五心裡想，這位老太太，對了我姓童的，倒是這樣依依不捨。其實也不是，不過她住在這幾間終日不見人的披屋裡，實在也悶得難受。不能替她找個解悶的法子，那要讓這位老人家悶死在這裡了。心想若不是為了自己母親有病，一定要在她家談過大半天，反正下雨的天氣，也沒有什麼事可做。真不忍讓這個孤苦伶仃的老太婆，老在這清清涼涼的地方住著。他低頭想著，還是很快地開著腳步走了回家。到了家裡時，倒是喜出望外，童老娘今日健旺如常，拿了一隻大鞋底子，站在房門口，一面看天色，一面拉著麻線納鞋底，手拉了麻繩唏唆作響。老五笑道：「你老人家

第二十三章　風雨無阻

好了，也罷也罷。」

說著偏了頭向老娘臉上望著。童老娘笑道：「你看我做什麼？我要是發了擺子，我還不會躺下嗎？」童老五笑道：「若是知你老人家身體這樣康健，我就在秀姐娘那裡多坐一會子，她一個孤孤零零的住在那大屋後面，真是顯著淒涼得很。」童老娘道：「我也就是這樣說，若不是為她那樣孤單，我為什麼天天跑了去和她作伴，不過這樣做，總不是辦法。依著我還是把這臺戲的主角，快快弄下鄉來吧，有了這個人在這裡，母女有個伴，哪怕終年關在那披屋裡，她們也不嫌悶了。」童老五聽了他母親的話，靠著牆壁坐在板凳頭上，兩手環抱在胸前，半低了頭，垂著眼皮，只管看了地面。童老娘道：「你還有什麼想不開的？既然和人家幫了一半的忙了，你就索性幫忙到底。」老五依然眼望了地面，並不抬頭看他母親，只略微將頭搖了幾搖，也沒有作聲。童老娘道：「什麼意思？你覺得有些為難嗎？」

童老五又沉思了約莫有三四分鐘，才抬起頭來，因道：「我所覺得困難，不是……」說著，將上牙咬住了下嘴唇皮，搖了搖頭道：「我所認為難辦的，就是……」童老娘道：「怎麼著，你是十八歲的姑娘，談到出嫁有些不好意思嗎？」童老五道：「我還有什麼不好意思，只是人心隔肚皮。我們這樣做，儘管說是俠義心腸，可是那不知道的人看起來，必以為我們存著什麼壞心事，想占人家便宜。」童老娘道：「鬼話！清者自清，濁者自濁，有道是事久見人心，她秀姐是三歲兩歲的孩子，拿一塊糖就可以騙得走的嗎？況且這件事，現在也沒有外人得知，無非是你幾個要好朋友，抬舉你出來為首做這件事。老實說，他們就怕你避嫌疑，不肯要秀姐，他們還會笑你嗎？這件事不辦就算了，要辦還是早辦，還免得遲了會

出什麼亂子。」童老五點頭道：「是真說不假，是假說不真。我是要冒點嫌疑，去辦一辦這件事。陰天無事，洪麻皮茶棚子裡，也不會有生意，我就馬上去和他商量商量吧。」童老娘道：「不做就不做，一做起來，你馬上就要動手。」童老五已站起身來伸手去取門外靠著的斗笠。聽到母親這話，他縮回手又坐了下來。老五的手環抱了在胸前，靠著門框站定，昂頭看了天上的細雨。見那雨細得成了煙子，一團團地在空中飛舞。他只是望了出神，並不回頭一下。童老娘笑道：「我曉得你也是這種毛頭星，心裡頭有事就擱不下來。你要找洪夥計，你立刻就去找吧。不要把你悶出病來。」老五笑道：「本來就是這樣，在家裡也是無事。」說著，還是提著斗笠向頭上一蓋，立刻就走了。到了洪麻皮茶棚子裡時，見他藏在裡面小屋子，將被蓋了頭，橫躺在床上睡覺。於是把他拉了起來，因道：「晚上又不熬個三更半夜，為什麼日裡要睡午覺？」洪麻皮道：「兩手捧著，就坐在這棚子雖看斜風細雨，那也無聊得很吧？」老五笑道：「我也正因為這斜風細雨天沒有事做，想來和你約一約，一路到城裡去，在城裡頭，茶館裡坐坐，酒館裡坐坐，這日子就容易混過去。」洪麻皮笑道：「喲！你倒想得出主意？你預備帶上多少錢到城裡去擺闊？」老五道：「你好沒有記性呀！我們到現在為止，和人家辦的一件事情還沒有了結，你知道不知道？」洪麻皮笑道：「原來你提的是這件事。但是這樣陰雨天，我們跑進城去，又能做些什麼事？」

老五笑道：「這不是三伏天晒皮袍子，要趁什麼大晴天？怎見得陰天到城市裡去，就不能做什麼事。」洪麻皮就垂著頭想了一想，突然兩手一拍，跳了起來道：「我算是想明白了。今天是什麼時候，我們進城還來得及嗎？」老五道：「假使我們立刻動身，還來得及呢！但是我們要去的

第二十三章　風雨無阻

話，身上總要帶幾文錢。我老娘身體是剛剛好，我也應當把家裡的事安排安排。」洪麻皮道：「好！我們明天起早走，風雨無阻。」童老五伸手擦擦頭皮道：「說到這裡，我倒有一件事想要求你一下了。最好，你在明天早上，到我家裡去邀約我一下子。這樣，我老娘就不嫌我去得太要緊了。」洪麻皮將手指了臉上道：「據你這樣說，倒是我這個麻子把事情看得太要緊了。」童老五將臉板著，一甩手道：「麻皮，連你這樣相知的朋友，都說出這種話來，那我還有什麼希望！」說著，扭身就走了。這洪麻皮是個茶館子裡跑堂的角兒，他到底多見識了一些事。他知道童老五是這麼一個性格，倒不急於去和他解說什麼。到了次日早上，還是下著斜線雨，風吹著樹葉，沙沙的響。洪麻皮光著赤腳，打了個油布包袱，在肩上背著。頭上蓋了斗笠，大大的帽簷子，罩了全身，便向童家來。童老娘就迎著笑道：「洪夥計這一身打扮，不用說是打算進城的了。我這位寶貝兒子，正是坐立不安。你來得很好，就帶了他走吧！」童老五手托了一管旱菸袋，蹲在地面上，左手托菸袋頭，右手捏了半截粗紙煤，不斷地燃了菸吸著。洪麻皮上前一把將他扯起，因笑道：「男子漢頭上三把火，要救人就救個痛快，大風大雨，攔得住我們嗎？我們要學孫悟空西天去取經，火焰山，我們也要踏了過去。」童老五經他一扯，笑道：「好！男子漢頭上三把火，我們立刻就走。」於是他仿著洪麻皮的裝束，也光腳戴斗笠背了油布包袱一路走去。在風雨泥濘中，走了三十多里路。到了城裡，已是半下午。老五向洪麻皮商量著，這一身打扮，又是兩腿泥點，人家一望而知是本日由鄉下來的。這個樣子，在何德厚面前現上一下，倒不用著說什麼，就是一個障眼法，那何醉鬼會有什麼神機妙算？他看見我們兩人，今日才到城裡來，前幾天的事情，自不會疑心到我們身上來了。兩人把這事商量好了，

卻又發生了新的困難，就是何德厚已不是從前的菜販子，他終日裡找地方花錢，卻不願原來的熟人有一個看見他，知道他在什麼地方，可以到他面前去現一現呢？兩人商量了很久，卻沒有得著妥當法子。老五走得既快，性子又急，他向洪麻皮笑道：「管他這些累贅。我們就到他家門口溜上一趟。我們何必避嫌疑，說是不知道他家在哪裡。」

洪麻皮猶疑著倒沒有確實地回答。老五提起兩條腿，只管向前，便直趨著向何德厚的門口。洪麻皮是個光棍，又和何德厚沒什麼交涉，他更不在乎。偏是一直走到何家門口，也沒得著碰到何德厚的機會，兩人挨門走過，老五只管扭轉頭望著。他道：「喂！麻哥，我看這醉鬼是個擱不穩的東西，今日這樣的陰雨天，也不見得他就會藏在家裡。我們索性衝到他家裡看看，你說好不好？正正堂堂地走了去，我想他也疑心不到我們什麼。」洪麻皮道：「照你這樣說，你就硬去找他，他又隨說什麼？」老五道：「好！我們就去。」說著，他扭轉身直奔何家。那洪麻皮趕快地跟著後面，低聲道：「若是遇見了他，你可要說是來看……」一語未了，路邊有人叫住道：「呔！老五，好久不見，哪裡去？」說這話的，正是何德厚。他敞著青湖縐短袷襖的胸襟，他嘴角裡銜了一支紙菸，手上提了一瓶酒，一串荷葉包。老五道：「我們正要來看姑媽。忘了你們府上門牌號數了，一時還沒有找著。」何德厚向他看看，又向洪麻皮看看，因道：「兩位是一路進城的？」洪麻皮道：「在鄉下混不過去了，又想進城來找點手藝買賣做。我們到了這附近，就彎了一點路，看看何老闆。」何德厚一搖頭笑道：「麻哥，你到底年紀大兩歲，會說兩句客氣話。你們會來看我？好吧，來了就到我家裡去坐坐，管你們是不是看我。」說著，他在前面走。老五回過頭來，向洪麻皮看看，洪麻皮卻正著臉色，不帶一點笑容。

一路到了何家，老五站在滴水檐前，放下斗笠，人還不曾走到廊子裡，卻笑嘻嘻地昂了頭，叫一聲「姑媽」。洪麻皮心裡想著，你不要看這小子毛手毛腳，做起來，倒還真有三分像。正這樣揣測了，何德厚也轉身迎了出來，咦了一聲道：「你們這是故意裝糊塗，拿我開玩笑吧？現在我可沒有喝酒。」這句話倒有些針鋒相對，教童洪兩人，都不好答什麼話了。

第二十四章　裡應外合

第二十四章　裡應外合

在他們這一群裡，雖然算何德厚這個人最可惡，然而算他年紀最大，大家究竟不能不對他謙讓三分，所以在言語之間，也不一定和他比嘴勁。何德厚說了他們一句裝糊塗，見他們並沒有作聲，自己立刻有些後悔，是不是自己言語過重了一點？便笑道：「你二位總不見來，跨進門好歹是位客，你看我是心裡悶不過，有話就衝口而出，請不要見怪。裡面坐，裡面坐。」說著，點頭又帶著招手，童洪跟著他進去。這裡前後兩間屋，前面也就陳設著成一個客室的樣子。兩把椅子夾了一張方桌，上面陳列滿了茶壺酒杯，以至於菜飯碗。更有草紙帳本，大小秤盤，以至於破襪子。何德厚將桌上零碎東西一陣清理，在破襪子底下找出一盒紙菸來，於是遞著紙菸，請二人坐下，嘆了一口氣道：「也許是你二位不知道。秀姐娘這大年紀了，她竟會背著我捲逃了。有道是好事不出門，惡事傳千里。現在這幾條街幾條巷，哪個不知道？」童老五道：「這事真有點奇了。有道是葉落歸根，一個人上了年紀，哪個不想骨肉團圓？姑媽她老人家這樣大年紀，正是圖個熱鬧，謀了團圓的日子，好好兒的為什麼離開這個家呢？」何德厚道：「這事就是這一分奇怪，我是她親手足，我也猜想不到她是為什麼要離開我？若是年紀輕的人，還可以說是不守婦道。她已經是個老婆婆了，也絕不會去再找一個男人。這是向哪裡去安身呢？」洪麻皮道：「這也是奇怪，難道外人還會好似自己手足嗎？我們是剛剛進城，實在不知道這件事，究竟為了什麼原因呢？」何德厚道：「那天吃過午飯，半下午我才出去，回來就不見她了。我們臉都沒有紅一紅，更不用提沒有說過一句什麼話了。所以街坊朋友把是什麼原因來問我，我總是說不出所以然來。你想，自己家裡人跑了，為的是什麼原因跑的，我都說不出來，人家不罵我是個大混蛋嗎？」童老五笑了一笑。何德厚笑道：「老五，你不用笑，

我自己罵自己，我真是個混蛋。我養活了她母女一二十年，到頭倒是腳板上擦豬油，用那種狠心手段對我。你想，所有一千個是一萬個是，到於今不都是吹灰了嗎？我早曉得有今日，不養活她母女兩個人，省下多少錢？少淘多少氣！現在這事傳遍了，倒想不到你二位一點消息都不知道。」洪麻皮道：「原來如此，何老闆是隨她去呢？還是要去找她回來？」何德厚歪了頭吸著紙菸，淡淡地笑道：「我找她回來做什麼？有供給她吃的，有供給她喝的，我一個不會多享受一點？」洪麻皮道：「你那外甥女，她不會和你要娘嗎？」何德厚把嘴角裡的紙菸取下來，彈了兩彈紙菸灰，因躊躇道：「依著人家告訴我，她母親走了，她一定知道。但是秀姐是個十分調皮的人。我沒有把柄，糊里糊塗去問她。那麼，她豬八戒倒打一耙，反說我逼走了她的娘，我豈不是搬石頭壓自己的腳？我現在不去告訴她，她也就不會來反問我，我樂得圖一個乾淨。」

童老五默然坐著吸了半支菸，只讓洪麻皮去和何德厚說話。說到這裡，便向洪麻皮道：「何老闆正不是心事！我們不要在這裡打攪了。」何德厚淡笑道：「扯淡！我有什麼不是心事？我只當她死了。」洪麻皮知道童老五不耐久坐，便站起來道：「晚上酒館子裡見吧！我們有好幾處要跑，來得及，最好明天就回到鄉下去。因為我們鄉下還有要緊的事呢！」說著，已走出屋子來，各人提起放在屋簷牆腳下的斗笠，放到頭上，在天井裡雨絲下站著。老五抬起一隻手揚了一揚道：「何老闆，凡事想開一點，晚上吃酒，等你候東了。」於是兩人高高興興地冒著雨走了。走出了這條巷子，童老五低聲道：「這醉鬼是真不疑心我們呢？還是裝假的？」洪麻皮道：「根本我們就不必到他這裡來。我們幹我們的，管他知道不知道。事情做到了現在，我們是騎在老虎背上，不幹也得幹。我們先去見了

第二十四章　裡應外合

楊大個子夫妻，把計策想定了再說。」童老五笑道：「晚上還約著醉鬼吃酒呢！我們偏偏老他一寶[1]，看他還來不來？」洪麻皮笑道：「我們見了楊大個子再說。」他們一路走著，一路啾咕了這事，有個十幾歲的小夥子，站在路邊，對他們兩人望了一望。他兩人只管走路，也沒有加以理會。到了楊大個子家裡，那雨兀自下著，他們家矮屋簷上的檐溜水，倒像掛了一片破水晶簾子。楊大嫂子拿了一隻男鞋幫子，靠了屋門框，就著光線在縫綻。童老五老遠地叫了一聲「大嫂子」。楊大嫂猛可地抬頭笑道：「我料著你不久會來，不想你倒是來得這樣快，而且落雨天也來了。」兩人在屋簷放下斗笠，走進屋來。

　　楊大嫂跟在後面，低聲問道：「那位老太太怎麼樣了？在鄉下住得慣嗎？」童老五道：「若是住得慣，我們不會冒著雨進城來了。」楊大嫂子道：「城裡這位年輕的，我倒是見過了兩回，正是急得不得了，不知這位老的情況怎樣？這兩天似乎有了一點真病，天天到醫院裡去看病。」洪麻皮向老五看了道：「這倒是個機會了，只要她能出門來，比她縮在家裡又好得多了。」楊大嫂笑道：「老五是喜歡聽施公案的，現在到了他自己做黃天霸的時候了。」童老五道：「少說笑話。大個子哪裡去了？我們等著他商量呢！」楊大嫂道：「放著我諸葛亮在面前，你倒要去找牛皮匠。天下這樣大的雨，你們也不必出去了。我燒一鍋熱水，你們洗腳。我給你找兩隻舊鞋子踏著。然後我去切四兩豬頭肉，買兩包花生米子，打半斤酒，你們舒舒服服地坐到天色摸黑，大個子就回來了。」洪麻皮道：「我們在城裡不多耽擱。要是像大嫂子這樣鋪排，一天不急，二天不忙，那要到什

1　老他一寶──行會語言，即「照樣搞他一傢伙」。

麼時候做完這件事？而且也是老五多事，剛才還特意去看了那醉鬼，看看他性情怎麼樣。他雖沒有疑心到我們身上來，但是他知道我們進了城，就不宜多耽誤。」楊大嫂放下了針活，在破牆眼裡掏出了火柴盒與紙菸盒，正要向他們遞著紙菸敬客，聽了這話，不免呆上一呆，向他們望著，因道：「你們這不是無事找事，為什麼要到他面前去露一手？這樣說，你們不能先走了。必得那個人走了，你們還在城裡，而且還故意讓那醉鬼常常看見你們，才可以迷糊了他的眼睛。」說著，擦了火柴，向他兩人點著紙菸，眼望了他們，看他們如何答覆。童老五搔了頭髮，皺了眉道：「你們還要這樣怕他嗎？」楊大嫂道：「我們不是怕他，我們為了顧全那個人，不能不這樣做。」

　　童老五默然地吸著紙菸問道：「難道另找一派人把救出來的人送下鄉去？」楊大嫂說著話走到隔壁廚房裡去，坐在缸灶口上燒火，昂了頭向這邊道：「慢慢地談吧！反正這個時候也不就去動手，說早了洩漏了我的陰陽八卦。」童老五聽她這話，自是將信將疑，卻望了洪麻皮微笑。洪麻皮笑道：「你就耐煩點，等著諸葛亮的將令吧！至多也不過幾個鐘點的事。你只當我們走路走得慢些，這個時候還在路上走著。再過一會，這位諸葛亮就要叫你附耳上來，你就可以恍然大悟了。」童老五因洪麻皮如此說，便依了他的主張，洗過了腳，和洪麻皮坐在矮桌子邊，搓著花生仁的紅皮衣，將茶杯盛了燒酒端著喝。楊大嫂坐在門邊矮凳子上，手納了鞋幫子，陪他們說話。酒喝光了，老五隔著門望對過空場柳樹縫裡的街燈，正亮著一顆紅黃色的燈泡子。天色已經昏黑了。卻聽到楊大個子學了時髦的京調《月下追韓信》，一路唱著：「顧不得山又高，水又深，山高水深，路途遙遠，來尋將軍。」童老五迎到門口來道：「今天生意好，這樣高興唱

第二十四章　裡應外合

著回來。」楊大個子將兩只空的菜夾籃，疊著擱在一處，將扁擔扛著走了來，便放在門外屋簷下。突然站住道：「咦！這樣大雨天，你們由鄉下來了，是我們這位軍師打無線電把你們叫來的？」他取下頭上斗笠，走進屋來向地面看看，許多花生仁子皮，桌上剩了一張乾荷葉，還有些滷肉香味，桌上玻璃的酒瓶子，空著放在桌子角上。因笑道：「你們來了大半天了？」洪麻皮站起來道：「我是個幫腔的，不能不跟著唱的人走。可是剛才聽了大嫂子說，這事少了人辦不成，多了人又七手八腳，怕走漏了機密反而不妙。」楊大個子自在廚房打了一提桶水來，人坐在凳子上，將兩隻腳插入提桶柄兩邊，在水裡浸著，自己互相搓洗。向童老五道：「這樣說你們都商量好了辦法了。」童老五皺了眉道：「這件事，未免太讓老洪出力。」洪麻皮道：「只要事情辦得好，出一點力，那也沒有關係。計策是想好了，就怕人家不上我們的圈套。」楊大嫂子一拍胸，然後又伸個大拇指道：「這主意我想了好幾天，實在是不錯。而且碰到這個下雨的天，又千好萬好。這條計要不成功，以後我不叫諸葛亮了。」說著，拉了楊大個子站到一邊，對他耳朵邊啾咕了一陣。楊大個子笑道：「那很好！我準照辦。」說著，走向前拍了洪麻皮的肩膀，笑道：「那未免要你受一點累。」洪麻皮道：「這無所謂，跑幾里路算不了什麼。但是預備車子，不要誤了事才好。」楊大嫂道：「對過小巷子裡的李大疤子他的車子，就可以讓過來。本來我就計劃了把他拉在內的。但是他和我們交情淺些，有了洪夥計來了，光借他的車子，他沒有什麼不肯的。」楊大個子道：「正為這件事，她還存了些錢在我們這裡。我們照樣的出租錢，有什麼借不借。他不拉車子在家裡睡覺，一樣可以賺錢，他還有什麼不幹嗎？只是要麻皮多受累，將來只好叫她們重重地謝你了。」童老五道：「不光是讓他出力，我照著

大嫂子的話，在半路上接車子。」楊大嫂笑道：「至於你受累不受累，這個我們不管，好歹這筆帳你去和債主子慢慢地算。」說著，向洪麻皮夾了兩夾眼睛。童老五嘆了口氣，又搖了兩搖頭道：「大嫂子，你不能算諸葛亮，我童老五為人，你還看不透，我先說了許多話也無用，我們向後看吧！」

　　正說到這裡，門外有人接嘴道：「你們擺什麼八卦陣？就是你們四個人玩，不要我王狗子了。」說著，他一頭伸著，先闖了進來，後面跟的是李牛兒，他笑道：「我們在門外面聽了半天了，幸是沒有外人來，要不，讓別人聽去了，也大大不妙吧？還有什麼可以讓我效勞的嗎？」楊大嫂道：「這事用不著許多人，人多礙眼。我們這窮人家屋小門戶淺，家裡說話，大街上聽得清清楚楚，不必說這些話了，吃飯去吧。大個子身上有錢，讓他會東就是。其實這也不是大個子的錢，更不是我的錢，你們去上小館子，飽餐戰飯，找個地方睡足了，明天一大早我們好全體出戰。」說著，在桌子下面拿出一雙硬膠皮鞋，擲到大個子面前，笑道：「你去代表作個東。」大個子笑道：「反正你也不會無功受祿，你帶了兩個孩子也跟去了。」楊大嫂子道：「我哪有工夫同你們去吃飯？趁著這個時候，那張公館的人在吃晚飯，不大注意人來往，我找個機會去通知一聲。」楊大個子道：「那我就把兩個孩子帶了去吃一頓吧！」於是王狗子李牛兒各和他抱著一個小孩，一同上街去吃小館子。楊大嫂捲起褲腳管，赤腳穿了一雙膠鞋。還是照往常的規矩，託劉家婆看了家，將鎖門的鑰匙交給她，撐了一把雨傘，直奔錢公館。她性子急了，怕在公共汽車站上等車子，又怕人力車拉不快。益發是撒開兩條腿走去。到了錢公館所在的那條巷子裡，才緩緩地走著。看那大門時，正好是掩了半邊，門洞子裡一盞電燈亮著，似

第二十四章　裡應外合

乎是有人剛剛出去。於是收了傘側身進門，扭著牆上的電燈機鈕，代熄了電燈，然後挨著屋簷，走向他們家後進屋子來。見秀姐屋子裡，正亮著電燈，玻璃窗戶上，掩上了淺紫的窗帷，略略有些安息香味，由那裡傳送出來的正是帶著幾分病的象徵。便在堂屋門放下了雨傘，走到房門口，輕輕地叫了一聲「趙太太」。秀姐在裡面屋子裡哦了一聲。楊大嫂走進屋去，見她和衣斜躺在床頭上，將毯子蓋了下半截。床面前放了一張茶几，上面擱著大半碗粥，一碟子肉鬆和京冬菜葉子，又是一隻小玻璃碟子，裡面放了糖果。便輕輕地走近床沿，低聲笑問道：「病怎麼樣了？」秀姐道：「病算是好了。為了等你的消息，我還是這樣躺著。」楊大嫂笑道：「恭喜你，有了辦法了。」用手扶了窗欄，對著她耳邊，輕輕說了一陣。秀姐聽了，也是眉飛色舞。因道：「那正好，我明天上午再到醫院裡去一趟，並請這裡的錢太太陪了我一路去。」楊大嫂笑道：「那就好了。洪麻皮這個人你認識不認識？」秀姐道：「我倒是知道這麼一個人，見過沒有見過，可記不起來。」

　　楊大嫂道：「那管不了，明天準八點鐘，讓他把車子拖在巷子口上等著。他穿的藍短袂襖，袖子上綻一塊圓的青布補釘。左手背上貼一張膏藥。還有一層，他臉上有幾個碎麻子，最好認不過。但願明天下雨就更好，那車子扯上新的綠油布篷子，一打眼你就看出來了。明天早上，你要照時行事，這個機會是不可以失掉的。」秀姐道：「我自己身上的事，我還能含糊嗎？」說到這裡，一陣腳步響，是那王媽搶著進來了，這裡兩個祕密談話的人，都不免心房亂跳，把臉紅著，王媽將一個手指點了楊大嫂道：「劉嫂子，我看到門外一把傘，想著不會有第二個人，一定是你來了。」楊大嫂是早已預備好了一套話的，雖然被她猛可地一問，心裡

有些驚慌，但是過一兩分鐘她立刻鎮定了。因笑道：「趙太太沒有和你說過嗎？她前天上醫院去遇到我，教和她叫一叫嚇[1]，我昨天就該來，不得空閒，所以今天才來。」王媽道：「你叫過嚇了嗎？」楊大嫂道：「前日在路上，趙太太交給我她自己用的一條手帕子，我就是捧了這手帕子叫嚇回來的。這件事，我們怕趙老爺不願意，所以瞞著呢！」王媽道：「是啊！叫叫又有什麼關係呢？又不花費什麼的。這樣大雨天，還要你老遠跑了來。」楊大嫂道：「趙太太為人太好，我們這窮人得了人家些好處，可就不敢忘記。」王媽道：「是啊！你這人快心快腸，你還沒有吃晚飯吧？到我們廚房裡去吃點東西。」楊大嫂笑道：「那倒不用。我家裡丟著兩個孩子呢！過一天我再來看趙太太的病吧。」說時，已是抽身向外走，回轉頭來向秀姐道：「現在有八點了嗎？我做事是記準了時候的。」秀姐道：「是的，八點鐘，只早不晚，你放心去罷，誤不了你的事的。」楊大嫂聽著這話，回頭看了一看秀姐，這才點個頭走了。秀姐究竟沒有做過這一類的非常舉動。臉和耳根子都發著燒，心房裡更是亂跳得厲害。既感覺到躺在床上，不怎麼舒服，索性脫了衣服，蓋著棉被睡了起來。她的行動，那前面住的錢府上是相當注意的。她晚飯不曾吃一點又躺下了，前面的女主人錢太太，得著幾番報告，便到這房裡來看她。秀姐心裡想著事情，便將被和頭蓋了，以免看了燈光，又分著心事。那錢太太走到屋子中間，輕輕叫道：「趙太太睡著了吧？」秀姐將被掀著，伸出頭來，因道：「錢太太來

1　叫嚇——迷信行為，即「叫魂」。舊時害病，疑為嚇跑魂魄所致，每於天黑時，由二人在戶外前後而行，前者拖一掃帚，上披患者衣服，一面向家走，一面呼喚病人的名字，後者即答以「回來了」。——冀求魂魄歸竅，病即痊癒。

第二十四章　裡應外合

了，請坐。我這個病好像是轉了脾寒了，現時又在發燒，明天早上再辛苦錢太太一趟，陪我到醫院裡去看看。」那錢太太在電燈光下，看著秀姐的臉色，映了燈光泛紅，也不用得撫摸她，就知道她這是體溫增高。因道：「那不成問題。我已經叫錢先生轉告趙先生，無論如何，明日下午要來一趟。這果然不是辦法。」秀姐道：「我能很原諒他的，倒不必他來。他來了，坐不到一點鐘，忙了又走，倒讓我心裡悶得慌。將來日子正長，我倒不計較目前這一點煩悶。一個女人睜開眼給人做二房，若不預備吃虧受氣，那根本就不必來。我是自信命該如此，只求太太平平過下去就是了，並不要男人陪著我。我賣身救我的娘，我娘不凍死餓死，我就稱了心願，沒什麼可埋怨的。」

錢太太聽了她這一番話，也心軟了半截。除了答應明天上醫院之外，又著實安慰了她一陣。秀姐是早已把所有的東西都安排好了的，等著大家睡熟，半夜起床，把箱子裡的金錢首飾揣在身上。便坐在床上，睜眼望了天亮。不到七點鐘，便將房門打開，自己穿好了衣服，靠住了桌子，將手掌托了頭，歪斜地坐著。王媽在堂屋裡掃地，看到秀姐這樣姿勢，料著是為了上醫院去，便進來和她預備著茶水。秀姐便兩手伏著桌子，頭枕了手臂，鼻子裡哼著，王媽站在她面前，低聲問道：「趙太太，頭有點發量嗎？」秀姐道：「我急得很，我急得要到醫院裡去，現在幾點鐘了？」王媽道：「快八點鐘了。錢太太還沒有起來呢！」秀姐突然站起來，手扶了桌沿道：「那末，我就先向醫院裡去了。」說著，起身便向門外走了去。她走得突然，是向來沒有的舉動，前進院落裡的錢府上人，就不曾加以攔阻。她開著大門走了出來，遙遠地看到小巷子口上停了一輛人力車，天雖不曾下雨，長空裡卻是陰陰的，那輛車子，預先已撐起了綠色的雨篷。秀

姐心中一喜，一面大聲叫著車子，一面直向巷子口走去。那車伕把車子拖了進來，秀姐看那車伕穿著藍布短袂襖，袖子上釘一塊圓的青布補釘。那人拖車把的手背上，貼了一張膏藥。她心想這就是了，絕不會錯。那車伕更把車子拖上前一步，仰了臉笑道：「太太要車子，坐上去就是。」他歇下了車子，在秀姐面前。秀姐已發現他臉上有十幾顆白麻子，更覺沒有疑問。一腳跨過了車把，就鑽進車篷裡去。車伕扶起車把，轉過車身來，拉了就跑。秀姐算是脫離了這囚牢了。

第二十五章　全盤失敗

第二十五章　全盤失敗

　　這個拉車子的車伕，正是洪麻皮。他依照了楊大嫂的錦囊妙計，拉著一輛借來的人力車子，老早就歇在這巷口子上等著。他預備用極快的速度，在三十分鐘之內，拉出南門。在南門外橋頭上，童老五在那裡等著。接上這輛車子，就徑直拉下鄉去，預備在小碼頭上，再換船回家。王狗子在那小碼頭上等著，預備眼見他們上了船，拖回這輛空車子。楊大個子楊大嫂李牛兒沿著經過的街道放哨，以防萬一。他們一般的注意著一個穿藍布短衣的人，拉一輛綠油布篷的車子過去。可是楊大嫂究竟不是諸葛亮，她哪裡能夠一切都算得很準。當洪麻皮拉轉車身，正待要跑的時候，對面來了油亮的人力包車，將巷口堵住。巷子很小，勢難容著兩輛車子，擦身擠過去，他只好停著了。秀姐坐在車篷裡，把車簾子遮擋了下半身，由簾子上向外看來，看得清楚，那車上坐的人，正是冤家趙冠吾。他是很難得起早到這小公館來的，怎麼今天有這樣一個突擊。她心裡亂跳，汗一陣陣地由裡層衣服向外冒著，立刻縮了身子藏在那車簾子底下。所幸趙冠吾倒沒有向這車子注意，洪麻皮側了車子讓著路，他那車子已拉過去。洪麻皮見趙冠吾那麵糰的鼻子下蓄了一撮小鬍子，穿一套薄呢西服，口角裡銜著一支雪茄，這是一個小官僚的樣子，而且所坐的又是自用包車，更像是個闊人。那末，十有七八，可能是趙次長了。他立刻這樣想著，就放慎重了態度，預備將車子拉出小巷子以後，逐次地加快步伐，以免引起別人的疑心。他讓過那輛車子以後，拖了車把緩緩向前。坐在車上的秀姐，心裡迸跳著在想，也罷，也罷，躲過一關了。就在這時，聽得後面，一迭連聲地叫著：「趙太太不忙走！趙先生回來了。」洪麻皮聽了這喊聲，也是慌了手腳。跑不是，不跑也不是，不免猶豫著，那個趙冠吾的包車伕，已兩三步跑了向前，一把將車後身拉住。叫道：「你不要走，人家叫著呢！」秀

姐坐在車上，料到是不能走，便踢了腳踏板道：「停住停住！」洪麻皮更是心慌意亂，也來不及掉轉車身子，就把車子放下。秀姐走下車來，已是面紅耳赤。但她立刻感覺到自己非極力鎮定不可，自己這條身子已拚出去了，什麼風浪，也不必怕它，只是這一班挽救自己的朋友，都是無錢無勢的人，不能教他們受著連累。有什麼千斤擔子，都應該讓自己一人挑了去。她在一兩分鐘之內，已把這個意思決定，所以下了車子之後，牽了兩牽衣襟，便向大門口走回去。那主人趙先生，進房去之後，又由大門裡迎出來，手指裡夾了雪茄，向她連連指點著，皺了眉苦笑道：「我曉得你性急，可是沒有人陪伴著走，仔細加重毛病。」

　　說著搶向前一步，攙了她一隻手臂。笑道：「我自己送你到醫院去。這小巷子，汽車不得進來，你坐我的車子出巷子去，我已約好了一輛汽車在馬路上等著了。」秀姐低了頭，沉著臉色，緩步走向大門裡去。趙冠吾將她攙扶進了大門，又回轉身來向停住車子，站在巷口上的洪麻皮，招了兩招手。他走過來問道：「還要車子不要？」趙先生在身上掏出一元鈔票塞給他手上，點個頭笑道：「不要車子了，也不能讓你白忙一陣，這算車錢，不虧你了。」說畢，他就轉身進去。他倒並不介意這車伕是否諸葛亮差了來的，逕自向屋子裡走去。見秀姐斜坐在椅子上，把一隻手肘來撐住了桌子，手掌托住自己的頭，微閉了雙眼，面色已由緋紅變到蒼白。趙冠吾走近兩步，站到她面前，伸手摸了一摸她的額角。這猶如觸到牆壁一樣，她沒有一點感覺與反應。趙冠吾將手指上雪茄送到口裡吸了兩下，因點點頭道：「略有一點熱，但是你面色很不好看。為了你的病，我良心上實在受到很大的責罰，我現在有點事情要到上海去辦一辦，我帶你到上海去治病吧！這樣我可以整日地陪著你。」秀姐只是閉了眼睛，默然地坐

第二十五章　全盤失敗

著，周身動也不動。趙冠吾對她望了一望，在對面椅子上架了腿坐著。將手上雪茄蒂頭扔了，另在西服袋裡抽出一支雪茄來銜在嘴裡，又在袋裡掏出打火機，按著了火將菸點上。他很凝神地，對秀姐看了，然後將打火機蓋子用力一按，帶著幾分力氣，把它向衣袋中一揣，左手夾出嘴裡的雪茄，向旁邊一甩灰，重聲問道：「你為什麼不作聲？不願到上海去嗎？」秀姐睜眼看了他一看依然把眼閉上。趙冠吾冷笑一聲道：「你少在我面前搗鬼！你的計畫，我都知道了，你想捲逃！」秀姐突然站起來，睜了眼道：「我想捲逃？你有什麼證據？」趙冠吾將雪茄銜在嘴裡吸了兩口菸，又把手夾著取出來。先哈哈一笑，那笑聲極不自然，他那撮小鬍子聳上兩聳，露出幾粒慘白的長牙。

他道：「哼！要證據嗎？多的是！我若搜查你身上，馬上可以搜出贓物來。」秀姐心裡連跳了一陣，但她繃著臉子，向椅子上一坐，瞪了眼道：「你若再侮辱我，我就把命拚了你。」趙冠吾搖搖手低了聲音笑道：「你不用忙，我不搜你。我先說破你的心事，再說我的辦法，讓你心服口服。昨天下午，那個姓童的到城裡來了，見過你舅舅。本來這也沒有什麼可疑心的，你要知道常到你舅舅那裡去的小趙，他認識姓童的。他在你舅舅家門外，遇到了他，他和一個同伴，一路嘰咕著一些不尷不尬的話。他告訴了你舅舅，他兩人當晚就在丹鳳街前後，暗裡偵探他們。晚上六點鐘上下，他們在丹鳳街遇到那個拿屎罐子砸許先生的王狗子，隨在他身後，到楊大個子家裡去，在那裡聽到童老五一群人在商量這件事。後來楊大個子的老婆到這裡來看你。」趙冠吾說著，淡笑了一笑道：「她膽子不小，敢到太歲頭上來動土！後來你還和楊大個子老婆暗暗約了，今天八點鐘逃走，又說記準了時候，不會誤事。這些事我怎麼會知道的呢？這是那小趙

的功勞，當楊大個子老婆到這裡來的時候，他也跟著來了。他藏在廚房柴堆後面，你們都沒有看到他。他等那楊大個子老婆走了，連夜就來報告我。天不亮的時候，我就在這巷子口裡，伏了截擊的人馬，你哪裡會逃得了？」他說這些話的時候，聲音都極為低微，說完了，他總結了一句道：「我為了顧全大家的面子，連前面的錢太太都沒有告訴她。你現在只有依了我，跟我一路到上海去，逃開這是非窩。如其不然，我要把姓童姓楊的這班人一齊提了。我還告訴你，我猜著這一輛車子，都是你們同黨弄的手腳。據報告，他一早就在這裡巷口子上等的。但我不願把紙老虎戳破，放他走了。說破了，不是大家面子不好看嗎？可是，你若不知好歹，一定要和我彆扭，那我也就說不得。你說，我猜破了你的心事沒有？」秀姐先是怔怔地聽著，及至他說完了，這才明白前功盡棄，什麼話也說不出來，扭轉身去兩手伏在桌子上，頭枕了手臂，哇地一聲哭了起來。趙冠吾也很明白她所以哭的原因，緩緩地吸著雪茄，讓她去哭。約莫有十分鐘之久，他嘻嘻地笑道：「你要逃走這一點，我原諒你，因為我把你悶住在這小公館裡，我自己又不來照看你，這是你應有的反響。不過，我現在要一勞永逸來解決這個問題了。你馬上收拾一點東西，跟我到上海去，我就一切不問。你不要疑心我把你帶到上海去，會怎樣為難你，我這著棋，有好幾番妙用。第一，姓童的這班人，再不能來打你的主意了。第二，我會把你住在一家很好的朋友家裡，而是我那位潑婦所找不到的地方。從現在起，我有點公事，每星期要到上海去住兩天，這樣我們每星期可以舒服過兩天了。第三，我想找個家庭教師，在那裡安心教你認識幾個字，不必像在這裡，教你晝夜的悶著。我還有一著妙棋，藉著你這次生病為由，宣布你死了，可以永遠……」秀姐突然仰起臉來，臉上掛了兩行淚珠，她也不去揩

第二十五章　全盤失敗

抹它，望了他道：「宣布我死了！那很好！可是不用得你宣布，人家會知道我死了的，不錯！我是要逃走。但這與別人無干，完全是我自己出的主意。現在，我當然逃走不了，但是我也不想到上海去每星期舒服兩天。我就死守在這屋子裡，隨便你怎樣辦？」

趙冠吾道：「隨便我怎樣辦嗎？我先把姓童的那班人抓起來，再要你到上海去。我已防備了你這著棋，絕不肯隨我走。我老實告訴你，我已派了十幾個人出去，把楊大個子童老五這些人，一個個地監視住了。非你和我上了火車，這些監視他們的人，不會放鬆一步，說一聲捉，一個跑不了。你先是為了解救他們，才答應嫁我，現在你能不為了他們跟我到上海去嗎？我覺得我對你仁至義盡，要不然，我有法子對付你的。我為什麼要對你仁至義盡呢？我也就是要報復那潑婦一下，她越吃醋，我越要待你好。你就是今天真跑掉了，我也要再弄一個女人的。話說明了，你應該和我一條心，打慟你的情敵。」秀姐聽了這句話，不由得在掛了淚珠的臉上，眉毛一揚噗嗤笑了出來。因道：「我的情敵？我沒有情敵。如果有的話，就是你！」說著，把手向趙冠吾一指。趙冠吾吸著雪茄，坦然地受了她一指，躺在椅子背上，噴了一口煙笑道：「就算我是你的情敵，可是你已被我俘虜了。你現在有兩條路，不是死，就是降。然而死是死不得的。你若死了，你不顧你的老娘了嗎？我現在明白，何德厚以前說你娘逃走了的話，我以為他是騙我的，現在我信了。她必定也是童老五這班人弄去的，他們的計畫也很周到，先把你娘移走，再來拐騙你，那末，我就落個人財兩空，找不著人算帳了。現在一齊都抓在我手心裡，你若死了，我也不會放過你的老娘。就是放過她，她以後靠誰吃誰？靠老五嗎？你想想，你仔細想想！你還是跟我到上海去的好。」秀姐變了臉色，對他呆呆望著，突然哭了起

來道：「你做官的人，是要為百姓辦事的，你……你……你好狠的心！」說完，她把兩手伏在桌上，頭枕了下去，扛動著肩膀，號咷大哭。

　　這一哭把前面的錢太太老太太都驚動了。她們進得屋來，牛頭不對馬嘴地胡亂勸了一陣。趙冠吾倒是行所無事的，兩手挽在身後，口裡銜了雪茄，繞了天井的屋簷下走著。他聽到屋子裡的新夫人沒有哽咽聲了，那兩個勸說的人，也就帶了兩分笑容，慢慢地走了出來。趙冠吾這就取出嘴裡的雪茄彈彈灰，又咳嗽了兩聲，依然把雪茄銜到嘴裡，走進了屋子去。秀姐已不是先前那樣子了，臉上收去了淚痕，衣服也牽扯直了，正拿出一隻提箱放在桌上，將衣服零用細軟，陸續地向箱子裡收集。趙冠吾站在桌子邊，背了手向箱子裡看著。嘴裡銜著菸，嘴角向上翹著，不斷地放出微笑。秀姐突然把箱子一蓋，在箱子蓋上拍了一下，望了他道：「你笑！笑什麼？不過是把俘虜戰勝了！」趙冠吾取下雪茄，在桌子沿上敲了兩下灰，笑道：「你不死守在屋子裡了？願隨我走了？」秀姐反是坐在桌子邊椅子上，把兩手抱了右腿的膝蓋，繃了臉道：「走哇！說什麼？我為了我老娘，我還得留了這條身子。」趙冠吾道：「東西還沒有收拾齊備吧！」她淡笑道：「不收拾了，到上海去買新的。」趙冠吾在小口袋裡掏出小金錶來看了一看，站起來道：「好！就走。坐十一點鐘快車。你東西只管放下，我自有人替你收拾。」秀姐將箱子蓋上的搭扣，按了一按，把箱子柄提在手上，輕輕掂了一掂，頭一昂道：「走罷！我那班丹鳳街的鄰居，還都在你的爪子跑腿手下監視著呢！我上了火車，也好讓他們早早恢復自由。我遲早是要走的，我何必延誤時間，教別人受罪？」趙冠吾把掛在衣鉤上的帽子摘下，向頭上一蓋，笑道：「算你明白了，我們走吧！」秀姐更是比他性急，已是走出房門來了。趙冠吾在她身後，帶上了房門，緊緊

第二十五章　全盤失敗

地跟著。秀姐一走出大門，就看到趙冠吾的人力自用車，攔門放著，車把伸出來，架在大門外臺階上。那車伕環抱了兩手站在車邊。小巷子裡，站有兩個短衣人，其中一個，便是小趙，兩手插在他的褲帶裡，站在小巷子中間一塊石板上。秀姐看到，扛著雙肩笑了一笑，回頭看到趙冠吾在身後，因道：「這把我當了個飛行大盜了！那麼為了你放心起見，我坐你的車子了。你能跟在車子後面走嗎？」趙冠吾笑道：「走出兩條巷子去，就是馬路，汽車在那裡等著，我可以當你一會子護從。」秀姐笑著點了一點頭，提著箱子走上車子，車伕扶起車把來，秀姐向路心站著的小趙點了兩點頭道：「可以開關放我們走了！」小趙在戴的鴨舌帽下，眼光一溜，見趙次長在車後搖搖頭，便微笑了閃到一邊去。車伕將車子拉動了，秀姐回轉身來，向趙冠吾道：「呔！姓趙的，你該傳令收兵了。你還讓你的人監視著我的朋友？」趙冠吾跟在車後，兩手插在衣袋裡，笑道：「你放心，不會讓你朋友為難。你和我上了火車，他們也就各自回家了。」秀姐沉了臉子坐在車上，被拖出了小巷口，見洪麻皮的那輛車子，還停在大巷子的人家牆腳下，他坐在車腳踏上，兩手扶了腿，抬著眼皮，又微低了頭向這裡望著。秀姐兩手抱住懷裡的提箱，將眼光死對他看了兩下。她心裡卻有一把刀，在碎割了她的臟腑，眼角裡卻像有兩股熱氣向外衝。這包車伕偏讓這個要看而不敢看的時間拖長，慢慢地拉了過去。只聽那橡皮輪子，滾著鵝卵石街面，發出嘶碌嘶碌的響聲，像是替人心上說話：死路死路！趙次長在車後走著，卻格格格發出一陣怪笑。在這怪笑聲中，秀姐幾乎昏暈過去了，眼面前一切，都看不見了。等她醒過來的時候，人力車停在馬路邊，這裡正有一輛漂亮的汽車等在那裡。自世界上有了汽車，它的罪惡，不會比它的貢獻少些。這又是它製造罪惡的一個機會到了。

第二十六章　這條街變了

第二十六章　這條街變了

　　這一幕故事的變化，任何人都出乎意外，那個被女諸葛派遣來的洪麻皮，他也只是照計行事，並沒有預先防範不測。自秀姐下了他的車子，轉身回公館去以後，趙次長又給了他一塊錢，教他走開。他既是個拉車子的，只拉人家三五步路，得了一塊錢，那還有什麼話說？自然只有走開。不過他想著趙次長真把他當了一名車伕，料著自己的來意，姓趙的未必知道。便把車子拖在大巷子裡停著，等看著還有什麼變化。直至秀姐坐著趙冠吾的車子走了，他才覺得毫無補救的辦法，微微地嘆了一口氣，站了起來。就在這時，那個戴鴨舌帽子的小趙走過來，臉上帶了三分刻毒的笑容，一手插在褲袋裡，一手指了洪麻皮的臉道：「便宜了你！你還不快回去，還打算等什麼呢？」洪麻皮已是扶起了車把，向他看了一眼，自拖著空車子走了。他在趙冠吾一切舉動上，料得楊大嫂的陰陽八卦，已在他手上打了敗仗，楊大個子這班朋友，正還在馬路上痴漢等丫頭，應當趕快去給他們送個信，也好另想法子來挽救這一局敗棋。如此想著，就依然順了原來計劃搶人出城的路線走。在南門內不遠的馬路上，只見楊大嫂站在一棵路樹下，正不住地向街心上打量著。她看到洪麻皮拖了一輛空車子過來，立刻搶了向前，迎著低聲問道：「怎麼回事，怎麼回事？」她說著人走到車子前，手將車把拉住。洪麻皮把車子拖到路邊上，搖搖頭道：「完全失敗了。」楊大嫂子站在路邊，向他身上打量了一番，紅著臉道：「那怎麼回事？」洪麻皮扶了車把站定，剛剛只報告了幾句，卻見那個戴鴨舌帽的小趙，手扶了腳踏車，同著一個歪戴呢帽子的人，在藍袟襖上，披了一件半舊雨衣，一隻手插在雨衣袋裡，一隻手指了楊大嫂道：「我由丹鳳街口跟著你到這裡，我看見你在這裡站了三四個鐘頭了。好是趙先生把你機關戳破，不願和你們一般見識，要不然，立刻請你們黑屋子裡去坐坐。

還不給我快滾！」說著，他抬起一隻皮鞋，踢了車輪子一腳。楊大嫂又氣又怕，臉色紅裡帶青，說不出話來。看這兩人時，他們橫斜著肩膀走了。楊大嫂呆了一呆，望著洪麻皮道：「事情既然弄糟，你拉了一輛車子，怪不方便，你先把車子送交原主子，我一路去看大個子他們幾個人。我一個女人，不怕什麼。」說著，她抽身立刻奔出南門去了。洪麻皮年紀大些，膽子也就小些，把車子送回了原主，既不敢到楊家去，又不願一人溜走，就到丹鳳街四海軒茶館裡去坐著。原來自從洪麻皮在三義和歇了生意了，楊大個子這班朋友，都改在四海軒喝茶。這是下午兩點鐘的時候了，陰雨已經過去了，天上雲片扯開來，露出了三春的陽光。丹鳳街那粗糙的馬路皮，已有八分乾燥，打掃伕張三子，拿了一柄竹排掃帚，正在掃刷路邊窪溝裡的積水，掃到四海軒門口，一抬頭看到洪麻皮坐在屋簷下一張桌上，兩手捧了茶碗，向街頭上老望著。他所望的地方是對面人家的屋瓦，太陽晒著，上面出著一縷縷的白氣，像無數的蜘蛛絲在空中蕩漾。張三子想著，這還有什麼看的？他必是想什麼出神。便問道：「洪夥計，好久不見了，一個人喫茶？」洪麻皮見他站在街邊，笑道：「你還在幹這一個。我在這雖等人。」說著，將茶碗蓋舀了一盞茶，送到外邊桌沿上。張三子拿起茶碗蓋，一仰脖子喝了，送還碗蓋，笑道：「你等什麼人？我給你傳個信。我還是丹鳳街的無線電呢！」洪麻皮笑了，因道：「你看到楊大個子或者王狗子，你說我在這裡等他們。」張三子沿著馬路掃過去了，不到半小時，楊大個子來了，兩手扯緊著腰帶的帶子頭，向茶館子裡走了進來。一抬腿，跨了凳子，在洪麻皮這張桌子邊坐了。兩人對望了一下，很久很久他搖著頭嘆口氣道：「慘敗！」

洪麻皮道：「大家都回來了嗎？我不敢在你家裡等，怕是又像那回一

第二十六章　這條街變了

樣，在童老五家裡，讓他們一網打盡。」跑堂送上一碗茶來，笑道：「楊老闆今天來晚了！」楊大個子將碗蓋扒著碗面上的茶葉，笑道：「幾乎來不了呢！」那跑堂的已走開了，洪麻皮低聲道：「怎麼樣？都回來了嗎？」楊大個子道：「人家大獲全勝了，還要把我們怎麼樣？而且我們又沒有把他們人弄走，無證無據，他也不便將我們怎麼樣！」洪麻皮低聲道：「他們把秀姐弄到什麼地方去了！」楊大個子道：「就是這一點我們不放心。童老五氣死了，躺在我家裡睡覺。我們研究這事怎樣走漏消息的，千不該萬不該，你們不該去找何德厚一次，自己露了馬腳。」洪麻皮手拍了桌沿道：「老五這個人就是這樣，不受勸！我昨天是不要他去的。」楊大個子道：「他氣得只捶胸，說是不打聽出秀姐的下落來，他不好意思去見秀姐娘。我們慢慢打聽吧！」說畢，兩個默然喝茶。不多一會，童老五首先來了，接著是王狗子來了，大家只互相看了一眼，並不言語，坐下喝茶。童老五一隻腳架在凳上，一手按了茶碗蓋，又一隻手撐了架起的膝蓋，夾了一支點著的紙菸。他突然慘笑一聲道：「這倒好，把人救上了西天！連影子都不曉得在哪裡！」楊大個子道：「這不用忙，三五天之內，我們總可以把消息探聽出來。明天洪夥計先回去，給兩位老人家帶個信，你在城裡等兩天就是。」童老五道：「除非訪不出來。有道是拚了一身剮，皇帝拉下馬。」王狗子一拍桌子道：「對！姓趙的這個狗種！」楊大個子笑道：「他是你的種？這兒子我還不要呢！」這樣一說，大家都笑了。就在這時，李牛兒來了，他沒有坐下，手扶了桌子角，低了頭向大家輕輕道：「櫃上我分不開身，恕不奉陪。打聽消息的事，我負些責任。姓趙的手下有個聽差，我認得他，慢慢探聽他的口氣吧！」楊大個子道：「你小心一點問他的話，不要又連累你。」李牛兒笑道：「我白陪四兩酒，我會有法

子引出他的話來的。這裡不要圍得人太多，我走了。」說畢他自去了。這裡一桌人毫無精神地喝著茶，直到天黑才散。次日下午，他們在原來座位上喝茶，少了個洪麻皮。李牛兒再來桌子角邊報告消息，說是秀姐到上海去了。童老五和大家各望了一眼，心上哪澆了一盆冷水。王狗子拍了桌子道：「這狗種計太毒！上海那個地方就是人海，我們弟兄根本沒有法子在那裡混，怎麼還能去找出人來呢？」童老五道：「既然如此，我只好下鄉去了。城裡有了什麼消息，你們趕快和我送信。青山不改，綠水常流，我們總要算清這筆帳。」楊大個子笑道：「那自然。我們那口子，為了這事，居然鬧了個心口痛的病，兩天沒有吃飯了。不出這口氣，她會氣死的。」童老五長長地嘆了一口氣，搖搖頭道：「我也會氣死。明日一早我就滾蛋。回家睡覺去。」李牛兒道：「只要消息不斷，總可以想法子。」

楊大個子道：「也只有這樣想著吧！」這樣說著，這一頓茶，人家喝得更是無味，掃興而散。童老五住在楊家，次日天亮，楊大個子去做生意，他也就起來了，在外邊屋子裡問道：「大嫂子，少陪了，心口痛好些嗎？」楊大嫂道：「好些了，我也不能早起做東西你吃。你到茶館子裡去洗臉吧！你也不必放在心上。君子報仇，十年未晚。」童老五大笑了一聲，提了斗笠包袱，向丹鳳街四海軒來。街上兩邊的店戶，正在下著店門，由唱經樓向南正擁擠著菜擔子，鮮魚攤子。豆腐店前，正淋著整片的水漬，油條鋪的油鍋，在大門口灶上放著，已開始熬出了油味。燒餅店的灶桶，有小徒弟在那裡扇火。大家都在努力準備，要在早市掙一筆錢。四海軒在丹鳳街南頭，靠近了菜市，已是店門大開，在賣早堂。七八張桌子上光坐上二三個人。童老五將斗笠包袱放在空桌上，和跑堂的要一盆水，掏出包袱裡一條手巾，手捲了手巾頭，當著牙刷，蘸了水，先擦過牙齒，

第二十六章　這條街變了

胡亂洗把臉。移過臉盆，捧了一碗茶喝。眼望丹鳳街上，挽了籃子的男女，漸漸地多了。他想人還是這樣忙，丹鳳街還是這樣擠，只有我不是從小所感到的那番滋味。正在出神，卻嗅到一陣清香，回頭看時，卻是高丙根挽了一隻花籃子在手臂上，裡面放著整束的月季、繡球、芍藥之類，紅的白的花，在綠油油的葉子上，很好看。笑道：「賣花的生意還早，喝碗茶吧！」丙根笑道：「我聽到王狗子說，你今天要回去。我特意來和你送個信。我們現在搬家了，住在何德厚原來的那個屋子裡，我們利用他們門口院子做花廠子。」老五道：「哦！你就在本街上。你告訴我這話，什麼意思？」丙根道：「我想你總掛念這些事吧？」老五伸手拍拍他的肩膀，呵呵一笑。因道：「請我吃幾個上海阿毛家裡的蟹殼黃吧？我離開了丹鳳街，不知哪天來了。」丙根沒想到報告這個消息，卻不大受歡迎，果然去買了一紙袋蟹殼黃燒餅來放在桌上，說聲再見，扭身走了。童老五喝茶吃著燒餅，心想無老無少，丹鳳街的朋友待我都好，我哪裡丟得開丹鳳街？他存在著這個念頭，吃喝完了以後，懶洋洋地離開了丹鳳街。他走過了唱經樓，回頭看到趕早市的人，擁滿了一條街，哄哄的人語聲音，和那嗒嗒的腳步聲音，這是有生以來，所習慣聽到的，覺得很有味。心裡想著，我實在也捨不得這裡，十天半月後再見吧！但是沒過了半個月，他卻改了一個念頭了，楊大個子王狗子李牛兒聯名給他去了一封信，說是：秀姐在上海醫院病死。趙冠吾另外又給了何德厚一筆錢，算是總結了這筆帳，以後斷絕來往。這件事暫時不必告訴秀姐娘。這個老人家的下半輩子，大家兄弟們來維持吧！童老五為了此事，心裡難過了半個月，就從此再不進城，更不要說丹鳳街了，足過了一年，是個清明節。他忽然想著，不曉得秀姐的墳墓在哪裡，那丙根說過，何德厚住的屋子，是他接住了，那到舊房子

裡看看，也就是算清明弔祭了。這樣想了，起了一個早就跑進城來，到了丹鳳街時，已是正午一點鐘。早市老早的過去了，除了唱經樓大巷口上，還有幾個固定的菜攤子，沿街已不見了菜擔零貨擔。

　　因為人稀少了，顯得街道寬了許多。粗糙的路皮，最近又鋪理一回，那些由地面上拱起來的大小石子，已被抹平了，鞋底在上踏著，沒有了堅硬東西頂硌的感覺。首先是覺得這裡有些異樣了。兩旁那矮屋簷的舊式店裡，又少去了幾家，換著兩層的立體式白粉房屋，其中有兩家是糖果店，也有兩家小百貨店，玻璃窗臺裡面，放著紅綠色紙盆，或者一些化妝品的料器瓶罐，把南城馬路上的現代景色，帶進了這半老街市。再向南大巷口上，兩棵老柳樹，依然存在，樹下兩旁舊式店鋪不見了，東面換了一排平房，藍漆木格子門壁，一律嵌上了玻璃，門上掛了一塊牌子，是丹鳳街民眾圖書館。西邊換了三幢小洋樓，一家是汽車行，一家是拍賣行，一家是某銀行丹鳳街辦事處。柳樹在辦事處的大門外，合圍的樹幹，好像兩支大柱。原來兩樹中間，賣飯給窮人的小攤子，現在是銀行門口的小花圍。隔了一堵花牆，是一幢七八尺高的小矮屋，屋裡一個水灶。這一點，還引起了舊日的回憶，這不是田佗子的老虎灶嗎？但灶裡所站的已不是田佗子了，換了個有鬍子的老闆。隔壁是何德厚家故址了。矮牆的一字門拆了，換了麂眼竹籬。院子更顯得寬敞了，堆了滿地的盆景。裡面三間矮屋，也粉上了白粉。倒是靠牆的一棵小柳樹，於今高過了屋，正拖著半黃半綠一大叢柳條，在風中飄蕩。童老五站在門口，正在這裡出神，一個小夥子迎了出來，笑道：「五哥來了！」在他一句話說了，才曉得是高丙根。不由啊喲了一聲道：「一年不見，你成了大人了。怪不得丹鳳街也變了樣子。」丙根笑道：「我們今天上午，還念著你呢！」說著，握了他的手。老五笑

第二十六章　這條街變了

道：「你見了我就念著我吧？」丙根道：「你以為我撒謊？你來看！」說著，拉了老五的手，走到柳樹下。見那裡擺了一張茶几，茶几上兩個玻璃瓶子，插入兩叢鮮花，中間夾個香爐，裡面還有一點清煙。另有三碟糖果，一蓋碗茶。這些東西，都向東擺著。茶几前面，有一攤紙灰，老五道：「這是什麼意思？」

　　丙根道：「這是楊大嫂出的主意，今天是清明，我們也不知道秀姐墳墓在哪裡，就在她這原住的地方，祭她一祭罷。我們還有一副三牲，已經收起來了。我們就說，不知你在鄉下，可念著她？她不是常說她的生日，原來是個清明節嗎？」童老五聽了這話，心裡一動，對柳樹下的窗戶看看，沒有作聲，只點了兩點頭。丙根道：「我不能陪你出去喝茶，家裡坐吧！」童老五道：「你娘呢？」他道：「出去買東西去了。」老五道：「你父親呢？」他道：「行畢業禮去了。」老五道：「行畢業禮？」丙根笑道：「不說你也不知道。現在全城壯丁訓練。我父親第一期受訓。今天已滿三個月了，在街口操場行畢業禮。楊大個子王狗子李二，都是這一期受訓，他們現時都在操場上。我們祭秀姐的三牲，一帶兩用，楊大嫂子拿去了，做出菜來，賀他畢業。晚上有一頓吃，你趕上了。」童老五道：「既是這樣，我到操場上去看他們去吧！」說著，望了茶几。丙根道：「你既來了，現成的香案，你也祭人家一祭。」童老五道：「是的是的。」他走到茶几前面，見香爐邊還有幾根檀香，拿起一根兩手捧住，面向東立，高舉過頂，作了三個揖，然後把檀香放在爐子裡。丙根站在一旁，自言自語道：「很好的人，真可惜了！」童老五在三揖之中，覺得有兩陣熱氣，也要由眼角裡湧出來，立刻掉過臉向丙根道：「我找他們去。」說著，出門向對過小巷子裡穿出去。不遠的地方，就是一片廣場。兩邊是條人行路，

排列一行柳樹掩護著，北面是一帶人家，許樵隱那個幽居，就在這裡。東邊是口塘，也是一排柳樹和一片青草掩護著。這一大片廣場的上空，太陽光裡，飛著雪點子似的柳花，由遠處不見處，飛到頭頂上來，這都是原來很清靜的。景象未曾改掉，現在柳花下，可蹴起一帶灰塵，一群穿灰色制服的人，背了上著刺刀的步槍，照著光閃閃的，和柳花相映。那些穿制服的人，站了兩大排，挺直立著，像一堵灰牆也似。前面有個兒穿軍服掛佩劍的軍官，其中有一個，正面對這群人在訓話。在廣場周圍，正圍了一群老百姓在觀看。童老五在人群裡看著，已看到楊大個子站在第一排前頭，挺著胸在那裡聽訓。忽然一聲「散隊」，接著哄然一聲，那些壯丁在嘻嘻哈哈聲中，散了開來，三個一群，五個一隊走著。童老五忍不住了，搶著跑過去，迎上了散開的隊伍，大聲叫著「楊大個子，楊大個子」。在許多分散的人影中，他站定了腳，童老五奔了過去，叫道：「你好哇！」他道：「咦！沒有想到你會來。」

　　童老五也不知道軍隊的規矩，抓住楊大個子的手，連連搖撼了一陣。他偏了頭向楊大個子周身上下看著。見他穿了熨貼乾淨的一套灰布制服。攔腰緊緊地束了皮帶，槍用背帶掛在肩上，刺刀取下了，收入了腰懸的刀鞘裡。他那高大的身材，頂了一尊軍帽在頭上，相當的威武。看看他胸前制服上，懸了一塊方布徽章，上面橫列著幾行字，蓋有鮮紅的印。中間三個加大的字，橫列了，乃是楊國威。童老五笑道：「呵！你有了臺甫了。」楊大個子還沒有答覆呢，一個全副武裝的壯丁奔到面前，突然地站定。兩隻緊繫了裹腿的腳，比齊了腳跟一碰，作個立正式，很帶勁地，右手向上一舉，比著眉尖，行了個軍禮，正是王狗子。童老五不會行軍禮，匆忙著和他點了頭。看他胸面前的證章，他也有了臺甫，乃是「王佐才」三個

第二十六章　這條街變了

字。因道：「好極了，是一個軍人的樣子了。」「王狗子」笑道：「你猜我們受訓幹什麼？預備打日本。」說著話，三個人走向了廣場邊的人行路。大個子道：「受訓怪有趣的，得了許多學問。我們不定哪一天和日本人打一仗呢？你也應該進城來，加入丹鳳街這一區，第二期受訓。」童老五笑道：「我看了你們這一副精神，我很高興。第二期我決定加入，我難道還不如王狗子？」狗子挺了胸道：「呔！叫王佐才，將來打日本的英雄。」童老五還沒有笑話呢，卻聽到旁邊有人低聲笑道：「打日本？這一班丹鳳街的英雄。」童老五回頭看時，一個人穿了件藍色湖縐夾袍子，瘦削的臉上，有兩撇小鬍子，扛了兩只肩膀，背挽了雙手走路。大家還認得他，那就是和秀姐作媒的許樵隱先生。童老五站定腳，瞪了眼望著道：「丹鳳街的英雄怎麼樣？難道打日本的會是你這種人？」許樵隱見他身後又來了幾名壯丁，都是丹鳳街的英雄們，他沒有作聲，悄悄地走了。

　　筆者說：童五這班人現在有了頭銜，是「丹鳳街的英雄」。我曾在丹鳳街熟識他們的面孔，憑他們的個性，是不會辜負這個名號的。現在，他也許還在繼續他的英雄行為吧？戰後我再給你一個報告。

丹鳳街：

從市井小民的無奈與苦澀，寫盡小人物的英雄情懷

作　　者：張恨水

發 行 人：黃振庭

出 版 者：崧燁文化事業有限公司

發 行 者：崧燁文化事業有限公司

E-mail：sonbookservice@gmail.com

粉 絲 頁：https://www.facebook.com/
　　　　　sonbookss/

網　　址：https://sonbook.net/

地　　址：台北市中正區重慶南路一段六十一號八
　　　　　樓 815 室

Rm. 815, 8F., No.61, Sec. 1, Chongqing S. Rd.,
Zhongzheng Dist., Taipei City 100, Taiwan

電　　話：(02)2370-3310

傳　　真：(02)2388-1990

印　　刷：京峯數位服務有限公司

律師顧問：廣華律師事務所 張珮琦律師

國家圖書館出版品預行編目資料

丹鳳街：從市井小民的無奈與苦
澀，寫盡小人物的英雄情懷 / 張恨
水 著 . -- 第一版 . -- 臺北市：崧燁
文化事業有限公司 , 2023.10
面；　公分
POD 版
ISBN 978-626-357-664-3(平裝)
857.7　　112014957

定　　價：375 元

發行日期：2023 年 10 月第一版

◎本書以 POD 印製

電子書購買

臉書

爽讀 APP